키메
라

키메라 3

ⓒ홍수연 2022

1판 1쇄 인쇄	2022년 8월 17일
1판 1쇄 발행	2022년 8월 30일

지은이	홍수연

펴낸이	박대일
교정	박준용
편집	이문영 · 박지해 · 박현주 · 임유리 · 이지영 · 김하랑 · 임지원
마케팅	임유미 · 백소연
디자인	김은희

펴낸곳	파란미디어
출판등록	2004년 9월 14일 제313-2004-00214호

주소	03992 서울시 마포구 동교로23길 14 국제빌딩 6층
전화	02.3141.5589 영업부 070.4616.2012 편집부
팩스	02.6499.5589
전자우편	paranbook@gmail.com
카페	http://cafe.naver.com/paranmedia
인스타그램	@paranmedia

ISBN	979-11-92591-07-0(04810)
	979-11-92591-04-9(전3권)

키메라

3

홍수연 장편소설

파란

차 례

균열

오리건 연구소의 선배와 연락한 결과 정말로 김효영이라는 한국인이 존재했다. 연구직이 아닌, 행정직에 근무하는 여자였다. 서류의 주민 등록 번호와 동일했다.

직원 연락처에 실린 사진을 선배가 보내왔다. 10여 년 전의 사진이라고 했다.

그 사진을 모니터에 띄우고 신현은 꽤 오래 뜯어봤다. 그와 닮은 구석이 없어 보이는데 다른 사람들 눈에는 어때 보일지 궁금했다.

SNS 메신저를 띄우고 윤기에게 말을 건넸다.

[사진 하나 보낼 것 있어요.]

[누구? 왜?]

물어보고는 실없는 농담을 한다.

[왕이 될 상이더냐?]

무시하고 사진을 보냈다. 보내자마자 바로 읽음 표시가 떴다.

[뭐야? 연상?]

[떠오르는 사람 없어요?]

[없는데.]

[출생의 비밀을 추적 중이에요. 저하고는요?]

엉뚱한 되물음만 왔다.

[갑자기 왜?]

[대체 절 반대하는 이유가 뭔지, 정확히 알고 싶어서요.]

[미친. 반대하면 때려치워야지. 시크하게! 세련되게!]

답변하지 않고 신현은 윤기의 답만 기다렸다. 이렇게 말은 하지만 본인이 궁금해서라도 답은 해 줄 거였다. 수 분 동안 메신저의 울림이 없어서 신현은 자신의 일에 집중했다. 답은 점심까지 먹고 나서야 왔다.

[나름 계속 봤는데. 네 사진까지 띄워 놓고.]

윤기는 그래 줄 사람이었다. 밑의 직원들이 힘들 정도로 괴팍스럽고 제멋대로인 사람이었지만 신현의 일을 항상 최우선으로 두고 있는 사람이었다. 중요 회의 다 때려치우고 밥도 안 먹고 사진만 봤다고 해도 믿을 만큼.

[원래 닮았다고 생각하면 어디든 한 군데는 닮아 보이는 법이거든. 그런데 이 여자하고는…….]

글자들을 응시하며 신현은 긴장한 이마를 문질렀다.

[없어. 1도 없어. 어떻게 이렇게 안 닮을 수 있어?]

그 마지막 문장을 생각에 잠긴 채 한참을 응시했다.

한 번 잠들면 깨는 법이 없는데 요즘엔 달랐다.

정은이 집에서 자고 가는 날이면 새벽녘에 종종 깨곤 했다. 다시 잠들지 않고, 정은을 깨워도 괜찮을 시간까지 기다리곤 했다. 오늘도 그랬다.

신현은 기척을 내지 않도록 조용히 움직였다. 잘 볼 수 있도록 손을 뻗어 안경을 찾아 끼고, 베개에 팔을 괴었다.

흩어진 머리칼부터 이마, 속눈썹, 입술까지 샅샅이 살폈다.

'아기 같네……'

오늘도 자는 모습만큼은 순하고 귀여웠다. 심장이 몽글몽글해진다.

아무리 쳐다봐도 질리지 않는다는 말은 이럴 때 쓰는 것이지 싶다.

정은은 침대 끝, 그와 좀 떨어진 곳에서 푹 잠들어 있었다. 힘들다는 핑계로 도망치다 잠든 셈이다. 가끔 좀 춥다 싶으면 품으로 파고들 때가 있었다. 난방을 다 꺼 볼까 싶기도 했다.

정은이 뒤척였다. 그 바람에 시트가 내려와 둥근 가슴의 반이 드러났다. 커튼 사이로 들어온 희뿌연 새벽빛이 명암을 만들어 냈다. 이렇게 다, 빤히 지켜본 걸 알면 난리가 났을 것이다. 피식. 웃음이 나왔다.

이미 다 외웠는데. 모양, 색깔, 감촉, 작은 점의 위치.

심지어 장축과 단축, 높이도 알고 있으니 누군가 그 부피를 계산해 보라고 한다면 눈을 감고도 구할 수 있을 것이다.

아쉬움 속에서 신현은 시간을 확인해 봤다. 슬슬 깨워도 될 때였다. 그러고 보니 오늘은 김천댁이 오는 날이라, 더 일찍 떠날 게 분명했다.

안경을 다시 벗어 치운 신현은 정은의 콧대에 천천히 손가락을 뻗었다. 미세하게 끝을 스치듯 건드리니, 처음엔 눈치를 채지 못했다.

다시 한번 건드렸다. 이번엔 조금 더 세게.

파리 같은 곤충인 줄 알았는지 코 중간을 찡긋거리면서도 깨지 않았다.

'이 고집 좀 보라지.'

다시 손가락을 가져가는데 완전히 닿기도 전에 정은이 '으응' 귀찮은 소리를 내며 쳐 냈다. 그 손을 잡아 쥐자, 그때야 정은이 눈꺼풀을 들었다.

깼다.

쏘아보는 정은을 웃음으로 끌어안으며 신현은 말랑한 입술을 삼켰다.

엉뚱한 사실을 깨닫고 정은은 눈을 반짝 떴다.

얼마나 정신이 나갔는지 오늘 김천댁이 오는 날이라는 걸 완전히 잊고 있었다. 정신없이 옷을 챙겨 입고 구두를 신었다. 흘러내리는 머리를 쓸어 올리며 급하게 문손잡이를 잡으려는데 띡띡, 도어 로크 번호를 누르는 소리가 들렸다. 한발 늦은 거다. 어디 도망갈 구석도, 꺼질 구멍도 없었다. 샤워 젤, 칫솔, 속옷까지도 이 집에 남기지 않고 매일매일 다 들고 다녔고 사람을 시켜 침대 시트까지 빨고 휴지통까지 비우게 했다.

그런데 결국, 오늘, 여기서.

문이 열리자마자 딱 마주쳤다. 김천댁이 크게 뜬 눈으로, 완전히 얼어서 정은을 바라보았다. 어버버버, 소리를 내는 동안 정은이 입가에 검지를 올리고 조용히 현관을 나온 뒤 등 뒤로 문을 닫았다.

"너, 너."

기겁한 얼굴이다. 김천댁이 정은의 위아래를 살피다가 소리를 죽인 채로 말했다.

"……미쳤어?"

침묵을 지킨 채로 정은은 김천댁의 반응을 지켜보며 시간을 벌었다.

몇 년 전의 실수가 그대로 재현될지도 모른다는 두려움은 머릿속에서 잠시 미뤄 두고 계산기부터 두드렸다. 김천댁은 외할머니 지인의 딸이었으니 할아버지 때부터 이어진 인연이었다. 후덕하고 좋은 사람이었지만 근본적으로 엄마 쪽 사람이었다. 그래도 돈 많이 쥐여 주는 쪽이 이기는 거다.

"내가 어째 요즘 어딘가 불안하더라. 그 무뚝뚝한 애가 이것저것 반찬을 주문하더라고. 체력 약해지면 어떤 보양식 먹어야 하냐고 묻지를 않나. 웬일인가 했다."

김천댁이 세상 다 산 사람처럼 한숨을 푹 쉬어 댔다. 이걸 어쩌나, 안타까운 눈빛이 진심 같아서 정은은 도리어 마음이 녹아 실수하지 않도록 단단히 경계를 세웠다.

김천댁이 입을 연 것은 한참 뒤였다.

"너 나한테 뭐 좀 해 줘야겠다."

열 길 물속은 알아도 한 길 사람 속은 모르는 법이다. 실망하는 대신 정은은 해결 방법이 생겨 차라리 다행이라고 생각했다.

김천댁이 정은의 눈치를 살피며 원하는 걸 말했다.

"그게, 나 사실 집 평수 넓히고 싶었거든. 내가 이 나이 되도록 고작 20평에 살아야겠니? 이왕이면 이 근처가 더 좋고."

정은은 순하게 고개를 끄덕였다. 오늘의 실수로 경기도에 있는 상가 하나 날렸다고 생각하면 된다. 돌고 돌아서 '돈'이라 부르는 거다. 이쪽 갔다 저쪽 갔다 원래 돈의 성질이 그러하다. 이 정도쯤이야 이 관계를 하루라도 연장하기 위해서라면 얼마든지 할 수 있었다.

"사 드릴게요."

"근데 이사장님한테 전달하면 그 이상은 받을 수 있을 거 같은데."

"엄마 수중에 그 정도 현금 없어요."

"그래? 그럼 혹시 경호 졸업하면 너희 회사에 입사는 시켜 줄 수 있어?"

"네."

"그럼 난 이번에도 너 다른 남자 생겼다고 나중에 신현이한테 전해만 주면 되는 거지?"

정은의 말문이 막혔다. 그러라고 해야 하는데 답이 안 나왔다. 김천댁은 그런 정은을 보고 웃는 대신 성난 눈빛으로 쏘아보았다.

"그런 말 전달해 주고 나면 평생 얼마나 속이 쓰린지 너, 이 한심아, 모르지? 이사장님이 이거 아시면 너, 너. 어휴. 이 헛똑똑아. 진짜 모르겠어?"

알고 있다. 그래서 하루에도 열두 번씩 가슴을 쳤다. 행복하고도 미칠 것처럼 불행했다. 살가운 말 한마디 못 해 주고 이렇게 또 몰래, 짧은 관계로만.

김천댁이 길게 한숨을 쉬었다.

"내가 걔 어릴 때 왜 그렇게 밥 챙겨 주려 애쓰고 그랬는지, 너 그렇게 눈치가 없어? 부모 없이 자란 애들은, 사람들이 자기 어떻게 생각하는지 매일매일 눈치만 보며 살아. 겉으론 신현이 예뻐하고 아끼시는 거 같지? 집에도 초대하고, 방도 빌려주고, 매양 친절하니까 진짜 그런 줄 알지?"

그래서 엄마가 때로 지독히 미웠다. 말 한마디 듣는 거로도 죄책감과 분노로 가슴이 무섭게 쓰려 왔다.

"쟤야 모르니까 또 너랑 이런다고 치자. 너는 이러면 안 되지, 너는. 이사장님이 이거 아시면……, 본인은 모르시지만 말 진짜 서운하게 하시는 분인데."

"금방 정리될 관계예요. 너무 걱정하지 마세요."

현실적이고 냉정한 대답에 김천댁이 원망스러운 얼굴로 이맛살을 찌푸렸다.

"에고······. 그래, 넌 말하는 대로 다 해내는 애지."

한숨과 함께 나온 소리였다.

"그럼 어쩌나. 우리 신현이, 또 그 상처를 어떻게 해. 너야 이겨 낼 테지만. 쟤는 평생."

김천댁이 더 이상 말을 못 잇고 입을 닫았다.

황당했다. 누가 봐도 을은 이쪽인데 왜 저 튼튼하고 냉정한 남자가 아파할 거란 결론에 도달했을까. 게다가 김천댁은 아기 때부터 정은을 봐 줬는데 대체 언제부터 저쪽으로 기울었는지 그것도 의심스러웠다. 그래도 지금 당장 혜조에게 달려가 보고할 것 같지는 않아 한시름 놓았다.

자리를 뜨기 위해 정은은 핸드백을 어깨에 추려 메고, 조용히, 그리고 공손하게 부탁했다.

"아무튼 잘 부탁드려요. 아파트는 맘에 드는 거 고르셔서 조 전무에게 전달해 주시고요."

"참 내. 아파트 같은 소리 하고 있다. 내가 무슨 염치가 있어서."

김천댁이 헛웃음을 지었다. 그리고 한 번 혀를 차더니, 이어 말했다.

"얼마 전에 신현이가 손써서 경호 눈 수술했다. 미국에선 유명한 의사라는데. 과 선배라던가. 호텔에 비행기표까지 다 대서 불렀다지."

엘리베이터로 향하던 정은이 김천댁을 돌아보았다.

"무슨 유전자 치료 신기술인데, 신 박사님 연구가 모태가 되었다나. 다른 의사들한테 수술받은 사람들은 다 실패했는데 우리 경호는, 다행히."

목이 멨는지 김천댁은 말을 잇지 못했다.

참 희한한 남자였다. 여전히 불편하고 어색해하면서도, 이렇게 두고두고 받은 은혜에 보답한다.

같은 생각이었는지 김천댁의 눈이 빨개졌다. 그제야 정은은 최 기사가 계속 휴가였던 게 아들 병시중 때문이었다는 걸 깨달았다.

"미국 재벌들도 줄 서서 수술받는 의사인데 영어를 잘 못한대. 미국서 공부할 때 신현이가 논문 다 써 줘서 친해졌고. 그동안 너한테 받은 도움도 많은데 내가 뭘 받겠니. 나는 쟤 평생 업고 살아도 부족한데."

김천댁이 눈을 깜빡이며 시선을 피했다. 그 의사가 누구인지 알 만했다. 조 전무를 통해 정은이 연결해 주려 했지만 실패했던 그 의사일 것이다.

다시 한숨을 쉰 김천댁은 키패드를 열고 비밀번호를 눌렀다.

"암튼 나한테 들킨 건 걱정 말고 가는 길이나 잘 살펴. 난, 아무것도 못 본 거로 할 테니."

민희는 베이징에 돌아가지 않고 수원 연구소로 출근 중이었다. 분노와 배신감이 사그라지지 않아서였다. 민희가 사흘째 출근하던 날, 조 전무가 수원 연구소에 직접 찾아왔다.

소식을 듣자마자, 연구소 임원들이 후다닥 뛰어나와 조 전무에게 꾸벅 인사를 했다. 베이징 연구소의 실제 소유자이자 한국 바이오업계의 실세, 신정은의 수족이라는 걸 이 업계 사람들은 다 안다. 심지어 이 옆의 질병 연구소도 정은의 돈으로 세웠다.

연구소를 안내하겠다는 임원들의 제안을 가볍게 거절한 조 전무는 곧바로 민희에게 걸어왔다. 둘은 신 박사와 정은의 의사소통을 중간에서 대신하며 여러 번 통화는 한 사이지만 얼굴을 마주한 건 거의 처음이었다.

표정이 굳지 않도록 노력하는 민희에게, 조 전무가 인사했다.

"신정은 이사님 지시로 왔습니다."

금테 안경을 쓴 사이보그 느낌의 남자였다. 축사 쪽에서 기다리겠다고 했다. 10여 분 고민하던 민희는 어느 순간 자리에서 일어났다.

수원 연구소는 그 첫걸음이 형욱의 핵 치환 기술을 모태로 하기 때문에 유전자 조작 동물 연구소를 포함하고 있었다. 축사는 연구소의 홍보로 가끔 쓰이는 곳인 만큼 눈에 잘 띄는 곳에 있었다. 축사에 들어서자 마른 풀 냄새와 분변 냄새가 민희의 코끝에 닿았다.

조 전무는 체세포 복제로 만들어진 양에게 먹이를 주고 있었다. '산만이'라는 그 양의 이름을 누가 붙였는지 문득 기억났다. 뭘 해도 엉금엉금, 이쪽저쪽 헤매는 모습을 본 정은이 그 이름을 제안했다고 들었다.

조 전무 손바닥 위에 있는 사료에 산만이가 코를 들이댔다.

숨을 내뿜고는 분홍색 혀를 내밀더니 순식간에 사료를 먹어 치웠다.

"곧 신문에 나올 거예요. 출산 예정이거든요."

인기척과 목소리에도 조 전무는 뒤를 돌지 않았다. 그저 흥미로운 목소리로 묻기만 했다.

"교미했습니까?"

민희가 조 전무 옆에 섰다.

"네. 같은 품종이랑요."

산만이가 조 전무의 빈 손바닥에서 사료를 찾기 위해 킁킁거렸다. 그 모습을 지켜보던 민희가 사료를 더 건네주었다. 이번에 산만이는 냄새도 맡지 않고 바로 혀부터 뻗어 왔다. 우물우물 잘도 먹었다.

"산만이가 몇 년 남았습니까?"

"지금 두 살이니까, 글쎄, 2년 정도 남았겠죠."

원래 양의 수명은 최장 10년이지만, 산만이는 여섯 살 된 양의 체세포 복제로 태어났으니 이론적으로 여명이 4년 정도 남은 셈이다. 먹는 데 열중해 있는 산만이의 머리를 조 전무의 손이 부드럽게 쓰다듬었다.

"언론과 접촉하고 계시는 거로 들었습니다."

가운 주머니에 손을 넣은 채 민희는 힘 빠진 얼굴로 웃었다. 중국 언론과 접촉하고 있는 것도 알고 있다니.

"정보가 빠르시네요."

그럼 종우의 유전자 검사 결과도 알고 있을 거였다. 그녀가 퇴근하면 방실방실 웃으며 다가오는 아이. 포동포동하고 노래를 좋아하는데 누굴 닮은 건지 아직 모른다. 마른 체격의, 음악이라면 질색을 하는 형욱은 아닌 게 확실했다. 그때 작업에 참가한 연구원은 입을 꾹 다물고 자료를 내주지 않고 있었다.

"원하시는 걸 정확히 말씀 주셨으면 좋겠습니다. 돈이면 정확한 금액, 찬란한 미래라면 어떤 트랙을 밟고 싶은지 충분히 세부적으로."

돈과 미래라. 형욱의 여자로 살고 아이 한 명 낳은 거로 앞으로의 미래가 보장되게 되었다. 하지만 그런 걸 원해서 종우를 가진 건 아니었다.

"전, 우선 신 박사님이 후회하시길 원해요. 제게 사과하시길."

"그러시지 않을 겁니다. 그렇게 인간적인 분은 아니시라고 들었습니다."

민희가 입술을 지그시 깨물었다. 그랬다. 만약 사과를 한다고 해도 그것도 진심이 아닐 거였다. 아무리 자세히 설명해도 이게 왜 상처가 되는지 이해하지 못할 사람이었다.

산만이가 쿵쿵거리며 두리번거리다가 민희와 눈을 맞췄다. 가끔 산만이가 자신에게 묻는 것 같기도 했다. 4년만 살게 할 거라면 왜 나를 세상에 내어 놓았나요? 완벽하지는 않지만, 없던 생명을 만들었으니 고마워해야 하는 것 아니냐고, 그렇게 되묻고 싶었다. 하지만 지금은.

"내 아이는 평생, 이렇게 살아야 해요."

눈가가 뜨거워지더니 비참함이 왈칵 몰려왔다. 키가 작은 자신이 낳았지만, 키 크고 완벽한 아이가 될 줄 알았다. 그런데 이게 뭐람.

입술을 깨문 채 민희는 감정을 추슬렀다. 조 전무는 말없이 기다렸다. 최종 결정을 한 건 민희라는 비난도 하지 않았다.

민희는 커다란 숨을 들이쉬고 궁금했던 것을 질문했다.

"신 이사가 나서는 이유가 궁금해요. 부친과의 관계가 각별한 것도 아니고."

조 전무는 신중하게, 그러나 막힘없이 대답했다.

"베이징 연구소에 투자하신 돈이 막대하니까요."

그리고 조 전무는 덧붙였다.

"자신이 스캔들에 휘말리길 원하지도 않으십니다."

매끄러운 대답이지만 그렇게 넘어가기에 민희는 오랫동안 정은의 반대편에 있었다. 신정은이 원하는 본연의 목적을 놔두고, 어딘가 말초적인 부분만 건드린 느낌이었다.

차가운 바람이 뺨을 스쳤다. 민희는 그동안 생각해 온 것을 먼저 제안했다.

"종우를 신 박사님의 호적에 올리는 건 가능한가요?"

어마어마한 명예와 재산을 가진 집안이었다. 그렇게 된다면 장애가 있어도 종우의 미래는 안전할 것이다.

"불가능합니다. 다만 상속에 상응하는 돈이 쥐어질 겁니다. 아시잖습니까. 저희 이사님이 금전적인 약속을 하실 때는 상상 이상이라는 것."

신정은이 쥐고 있는 돈이 상상 이상이기 때문일 것이다. 그렇게 태어나는 인생이 궁금했다. 윤 사장의 손녀에 신형욱의 외동딸로, 모든 걸 마음대로 할 수 있을 만큼의 재산과 뛰어난 사업 감각. 이런 일조차 누군가를 시켜서 쉽게 처리할 수 있는 거대한 권력도.

"신 이사가 원하는 조건을 말해 보세요."

조 전무가 그제야 민희를 말끄러미 응시했다. 그리고 또렷한 목소리로 조건을 정리했다.

"신 박사님과의 관계와 이제까지 그분의 개인 연구와 관련해서는 그 누구에게도 발설하지 않는다는, 한 가지 조건입니다."

간단하고 명쾌한 조건이었다. 그리고 조 전무가 덧붙였다.

"사실 비밀을 지키시는 게 여러모로 아이의 미래를 위해서도 더 나은 선택일 겁니다."

그렇겠지. 그런데 이 분노와 배신감은, 이겨야 풀릴 것 같은 이 기분은 그럼 어떻게 한단 말인가.

"언제까지 결정을 주시겠습니까?"

조 전무가 물었다. 흐트러진 머리칼을 귀 뒤로 넘기며 민희는 시간을 두었다.

"조 전무님은 신 이사에게 오래 충실하시네요. 이유를 알고 싶어요."

대답을 하는 대신, 민희는 그동안 궁금했던 것을 질문했다. 산만이에게 시선을 둔 채로 조 전무는 답이 없었다. 한참이 지나도 민희가 대답을 기다리고 있자, 조 전무는 마지못해 입을 열었다.

"가족이 없이 태어난 사람들은, 만들어야 가족이 생기는 법입니다. 결혼을 하든, 그냥 마음으로 내 가족이다, 여기며 살든."

아무 꾸밈도 감정도 없는 어조였다. 저런 말을 하면서도 어떻게 저렇게 표정이 하나도 없을까 싶었다. 그래서 더 진하게 들렸다.

"신 이사님은 제게 가족입니다. 막내 누이동생, 뭐 그런."

민희는 조 전무의 얼굴을 빤히 쳐다보았다. 남자는 누이동생 같은 여자를 위해 평생을 헌신하지 않는다.

민희가 무심한 목소리로 되물었다.

"신 이사도 조 전무님을 그렇게 생각할까요?"

조 전무는 망설임 없이 고개를 저었다.

"아닐 겁니다. 그래도……."

조 전무가 안경을 올리고는 진지하게 답변했다.

"제게 자식이 넷 있는데……. 저한테 무슨 일이 생기면 이사님께서 그 애들을 거둬 줄 거라는 확신은 있습니다."

더 충성스러운 대답에 민희는 허무한 표정으로 웃었다. 사실 그럴 거라는 생각은 들었다. 손가락 하나도 까딱하지 않을 정도로 사람들을 부리며 살지만, 그 모두를 책임지고 보호할 여자이긴 했다.

"조금 더 생각한 뒤에 답변을 드릴게요. 마음에 걸리는 게 있어서요."

자리를 뜰 시간이었다. 신정은이 그렇다면 아버지인 신형욱은 어떤 사람인지 궁금했다.

민희는 천천히 대답했다.

"제가 어떤 걸 가장 중요하게 여기는지, 잘 생각해 본 다음에 결정할게요."

며칠째 이어진 비였다.

굵은 빗줄기가 정은의 집 창문을 툭툭 때렸다. 일찍 퇴근한 정은은 소파에 앉아 창밖을 보고 있었다. 소파 옆, 거실 대리석 벽의 그 실금을 다시 발견한 것은 그때였다.

사실 오늘 신현은 임상팀과 만찬이 있었다. 그 만찬엔 당연히 태희도 참석했다. 엉뚱하게도 CFO가 만찬 자리에 끼어들어 일정이 길어지고 있다고 조 전무가 보고했다.

위가 약한 편인데. 그럼 꿀물은 누가 타 주지?

밤 9시가 넘도록 만찬이 끝났다는 메시지가 도착하지 않았다. 어차피 오늘은 정은이 신현의 집으로 가기로 한 날도 아니었으니 신현도 어쩌면 마음 놓고 자리를 채우고 있을 것이다.

나 꿀물 못 타는데.

손을 뻗어 정은은 그 실금을 가만히 더듬어 보았다. 튼튼한 대리석인데도 어떻게 이런 균열이 생겼는지 알 수 없다. 얇고 울퉁불퉁하다. 금방 벌어져, 이 벽이 무너질 것 같지는 않다. 하지만 허약한 관계는 이 작은 균열로도 충분한 위협이 될 수 있었다.

문득 이러고 있을 시간이 없다는 생각이 들었다.

정은은 그 실금에서 손을 떼고 소파에서 일어났다. 꿀물을 타 줄 것도 아니면서 정은은 신현의 집으로 향했다. 술집 지하에 주차된 렌터카 후면에 초보운전 스티커가 붙어 있다. 조 전무 짓이다.

주차가 어려워서 그렇지 운전은 이제 제법 할 만했다. 신현이 만들어 준 지정 주차 구역을 뒤로하고, 정은은 이전처럼 방문 주차 구역에 차를 세웠다. 엘리베이터에 타고 하염없이 층수 알림판을 쳐다보는 동안 조 전무로부터 메시지가 왔다.

[상하이 빌딩 자산 평가 서류 보내 놨습니다. 시간 되시면 차 본부장에게 처분해야 할지 말지 의견 좀 물어봐 주세요.]

이 양반이 요즘 들어 계속 월급을 날로 먹으려 한다. 이게 벌써 세 번째였다. 자신이 조사해서 내려야 할 회사의 중요한 결정을 자꾸만 정은의 옆자리로 넘긴다.

엘리베이터에서 내린 정은은 자연스럽게 2003호로 향했다. 키패드를 열고 피보, 무슨 수열을 누르자 또다시 아무 저항 없이 문이 열렸다. 쇼퍼백을 내려놓고 빈집에서 불안하게 오가다가 소파에 앉았다. 술에 약한 사람이라 오만 가지 생각이 다 들었다. 본인이 가장 높은 직급일 때는 법인 카드만 남기고 9시면 퇴근한다고 들었는데, 룸 좋아하는 CFO가 있어서인지 자리가 늦어지고 있었다. 태희가 얼마나 애교를 떨며 그 순간을 최대한 이용하고 있을지 대충 짐작이 갔다.

시간을 확인하고 휴대폰 문자함 열기를 반복하던 정은은 어느 순간 벌떡 소파에서 일어났다. 그러고 보니 신현이 없는 시간에 이 집에서 해야 할 일이 있었다.

정은은 우선 침실과 가장 가까운 방으로 걸어갔다. 끼이익, 소리와 함께 문이 열렸다. 서재였다. 방 안으로 몸을 들인 정은은 꼼꼼히 탐색을 시작했다. 한쪽 벽을 채우고 있는 책들의 제목을 살피다가 TV와 연결된 게임기의 게임 패드도 쓰다듬어 봤다.

제일 기대했던 책상에는 역시 그의 물건들이 가득했다. 회사 서류는 없고 영어로 제본된 책 몇 권이 있었다. 제목을 안 봐도 수학책일 게 뻔했다.

펼쳐진 책을 두고 의자도, 노트도 두 개였다. 노트 하나에 있는 글씨가 신현의 글씨가 아니었다. 곽윤기의 글씨일 것이다. 이 심심한 남자들은, 주말에 같이 모여 이렇게 수학책과 놀다가 술을 마시나 보다.

신현의 노트 위에 놓인 낡은 연필을 들고 천천히 살피다가 서랍을 열고 정은은 그 안의 물건들도 확인했다. 연필, 지우개, 볼펜, 고급 만년필, 메모지, 스테이플러……. 모두 황홀한 물건들이다. 그중 가장 낡아 보이는 스테이플러를 들 때 문자 메시지 도착음이 울렸다.

[만찬 종료됐습니다. 차 본부장 출발했답니다.]

휴대폰을 내려놓고 스테이플러를 다시 확인했다. 대충 20여 년은 되어 보이는, 반쯤 지워진 '차신현' 네임 태그가 유난히 마음에 들었다. 예전에도 점찍어 뒀던 게 이제야 기억났다. 그걸 챙기려다가 정은은 멈칫했다. 이번 '작업'이 마지막이 될 수 있겠다는 생각에서였다.

그렇다면 꼭 찾아야 할 게 있었다. 스테이플러를 원위치시키고 정은은 후다닥 집을 뒤지기 시작했다. 이번엔 책상 위주가 아니라 옷장이나 선반 위주로 둘러봤다. 거실에도 없고 작은방에도 없다.

정은은 드레스 룸으로 향했다. 모든 수납용 서랍을 다 확인하고 속옷이 개켜진 옷장까지 확인했지만, 없었다. 무심코 셔츠용 옷장을 열었는데 엉뚱하게 그곳에서 맞닥뜨렸다. 반가움에 더해 이상한 감정이 뱃속에서 몽글거렸다.

정은은 천천히 손을 뻗어 남색 모자를 들었다. 십수 년이 지났는데도 정은이 사 줬을 때와 크게 다르지 않았다. 약간 닳아해진 곳이 있었지만 세척을 했는지 아쉽게도 뭐 하나 묻은 것 없이 깨끗했다.

큼큼, 세제 냄새를 맡으며 정은이 중얼거렸다.

"이제 다시 내 거야, 너."

모자를 품에 곱게 안으며 정은은 방을 나섰다.

그나저나 이 집에 모자는 이것 하나인가 보다. 이렇게나 낡았는데.

그러니 없어졌다고 아주 오랫동안 아쉬워했으면 좋겠다.

쇼퍼백을 들고 와서 다행이었다. 가방에 모자를 넣어 두고 소파에 기대어 다시 시간을 확인했다. 지금도 태희랑 같이 있는 건 아니겠지. 열이 올라서 속이 터질 듯했다.

그때 도어 로크가 소리를 냈다. 버튼을 누르는 움직임이 느릿했다. 띡띡, 소리를 내다가 오류가 났다. 그러다가 다시 또 시도하고는 오류. 얼마나 마셨기에 저러지? 가까이 걸어가는 동안 문이 열렸다.

취했을 거라 예상한 얼굴이 말짱했다. 평소처럼 표정도 없었다. 오늘 만찬인 걸 분명 말해 두었는데 왜 여기 있냐고 정은을 타박하지도 않았다. 흘끔 쳐다보고도 아무 말이 없어서 괜히 무안해졌다. 태희랑 계속 같이 있다가 그녀를 마주치니 안 반가운 건가, 살짝 서운하기도 했다.

묵묵히 구두를 벗은 신현은 슬리퍼로 갈아 신었다. 집 안으로 들어서다가, 정은에게 쇼핑백을 건넸다. 아니, 오늘 나 온다는 소리도 안 했는데.

"……늦었어."

받아 든 쇼핑백의 로고에 놀라서 얼결에 한 말이었다.

"응."

거실로 걸어가며 신현은 잠깐 휘청거렸다. 소파에 털썩 앉더니 스르륵 미끄러져 누웠다. 많이 취한 걸 그때 알았다.

"얼마나 마셨어?"

묻고 나니 그들 사이엔 아직 이 질문도 어색했다. 술 마시고 타박하는 건 보통 와이프나 되어야 할 수 있는 말 같아서였다.

"글쎄……, 다섯 잔인가."

안경을 벗은 신현이 눈을 감았다. 진짜 꿀물이라도 타 줘야 하나를 옆에 서서 고민하는 동안, 그새 숨결이 고르게 변했다. 소주 다섯 병도 아니고 다섯 잔에 사람이 이렇게 될 수도 있다는 게 더 신비로웠다. 저 체격이 아까웠다.

대체 김 회장과의 독대는 어떻게 통과했을까. 중간에 쓰러졌거나 곽윤기가 대리 출석했던 게 분명했다.

어정쩡하게 서 있다가 정은은 쇼핑백을 내려다보았다. 당황스럽다는 표현조차도 부족했다. 초밥도 그렇고 귀걸이도 그렇고 왜 자꾸 이런 걸 주는지. 원래 이런 면이 있는 사람인 건가, 받을 때마다 놀라웠다. 질투 끝판왕인지라 다른 여자들한테도 이렇게 후했나, 여자 되게 좋아하나 보다, 의심스럽기도 했다.

포장된 쇼핑백의 리본을 몰래, 살그머니 풀고 정은은 안의 내용물을 확인했다. 쇼핑백은 따로 구한 거고 먹을 게 들었나 했는데 아니었다.

"왜 샀어?"

깔깔한 목으로도 평범한 어조를 만들 수 있는 능력이 이럴 때 유용했다.

"……뭘?"

쇼핑백을 건넸다는 사실을 그새 까먹은 듯했다. 반쯤 잠에 빠져든 목소리였다.

"핸드백."

핸드백이라니, 진짜 엉뚱하다니까.

오늘 오후에 상은에게 일정 통보도 없이 한 시간가량 사무실을 비우긴 했었다. 애가 정말 왜 이러지. 나 싫어한다고 내칠 때는 언제고. 요즘, 진짜 이상해.

"아."

신현은 우선 그렇게 답했다. 숨결이 규칙적이었다. 세상에.

졸고 있다. 팔짱을 낀 채 기가 막혀 쳐다보는데, 잠결에도 뭔가를 심각하게 고민하는지 이마가 찌푸려졌다.

"인센티브……, 받았어."

이런 애가 어떻게 언어 영역을 다 맞았어. 질문자의 의도를 파악하지 못하는 이 대답은 무어란 말인가. 그래도 술에 취했으니 실없는 소리나 한번 들어 볼까.

"근데 왜 핸드백을 샀어?"

천진난만한 목소리로 물었지만 사실은 '예뻐서.' 술김에 그 말을 다시 해 달라고 유도한 질문이었다.

"예뻐서."

가슴이 몽글거렸다.

"정말?"

정은이 몸을 숙여 귀를 가까이 댔다. 술 냄새가 살짝 섞인 따뜻한 숨이 귓가를 덮쳤다. 신현이 비밀이라도 말해 주듯, 친절하게 답을 해 줬다.

"……핸드백이."

헛웃음이 나왔다. 처음부터 내 의도를 파악했구나. 빠져나가는 수준도 천재급이다.

지금에서야 어렴풋이 알 것 같다. 이 남자의 내숭이 9단이라는 것을. 이제껏 정은이 속고 산 게 꽤 많을 거라는 것을.

발로 차 버릴까 했는데 우묵하게 감긴 눈에 잠이 가득했다. 무조건 자고 싶은 눈치였다.

침실까지 옮겨 줄 힘은 없다. 여기에 재우고 그냥 가야 할 거 같았다. 머리통을 받쳐 소파에 제대로 눕히는 동안, 신현이 귀찮은 듯 신음 소리를 냈다.

넥타이를 풀고 셔츠 단추도 끌러 주는데 아주 죽은 듯 잠들어 있다. 안경을 벗겨 주다가 괜히 또 질투와 의심병이 도졌다. 이 남자는 술에 취하면 모든 경계가 풀리나 보다. 다른 여자가 옷을 벗길 때도 분명 이렇게 정신을 놓고 있었을 거다.

다리를 뻗게 해 주려는데 꽤 무거웠다. 허벅지가 아주 말 근육이어서, 끙끙거리며 옮기느라 헉헉거리며 숨을 내쉬어야 했다.

그나저나 이렇게 쉬운 걸 그동안 왜 그 고생을 했을까. 겨우 소주 몇 잔에 이렇게 완전히 녹다운될 남자를 간 쓸개 다 버리며 쫓아다녔으니 참 전략적이지 못했다. 이대로 그냥 덮치면 되는 건데.

편히 잠들게 도와주는 걸 마치고 잠시 숨을 내리쉬다가 정은은 소파 옆에서 무릎을 끌어안고 앉았다. 빗소리만 들리는 조용한 실내에서 신현의 잠든 모습을 물끄러미 지켜봤다.

"잘 자."

미동도 없다. 한 번씩 올 때마다 머리 뒤통수에도 눈을 달고 살얼음을 걷는 기분으로 왔었다. 매일매일 조마조마한 그녀를 앞에 두고 이렇게 푹 잠들 수 있는 여유가 조금은 야속했다.

거실 시계의 초침 돌아가는 소리에 정은은 아쉽게 일어났다.

"갈게. 푹 쉬어."

정은의 인사에 신현의 눈썹이 꿈틀했다. 손목이 잡혀 돌아보니 여전히 눈을 감은 채였다.

"……같이 가자."

무슨 말인지 짐작하며 고개를 기울였다. 우리 집에 가자는 말인가.

"해장국 먹으러."

신현이 졸음이 가득 담긴 눈을 떴다. 정은의 대답을 기다리며 눈을 맞췄다.

되게 시원찮은 부탁이고 목소리에도 감정이 깃들지 않았는데 이상하게 시리게 들렸다. 목이 타는 느낌에 정은은 물끄러미 그를 내려다보며 계산을 했다. 해장국집은 곽윤기와 매주 가는 그 집일 것이다. 새벽 5시에 나가는 거로 알고 있었다. 그 시간에는 사람들이 별로 없을 테지만 그래도 괜히 위험한 일을 할 이유는 없다.

대답을 못 하고 어물쩍거리고 있는데, 손목이 당겨져 바닥에 풀썩 그대로 앉혀졌다. 어색한 자세였다.

신현은 누워 있고 정은은 앉은 채여서 눈의 위치가 비슷했다. 평소와 같은 눈빛이었다. 안경을 벗으면 눈이 더 움푹해져 보이는데 본인은 알고 있나 궁금해졌다.

물끄러미 서로를 바라보던 중 정은이 희미하게 웃었다.

"집에 가야 해."

그 말에 신현이 손을 뻗어 왔다. 어깨에 닿는 건가 싶더니 윗옷과 브래지어를 한 번에 들췄다. 길고 커다란 손이 가슴을 불쑥 감싸 쥐었다.

둥글고 매끈한 가슴을 가만히 뭉개 온다. 머릿속이 쭈뼛할 정도로 느릿한 손길이었다. 마치 매일매일 대하는 물건을 만지듯 담담했다. 그 습관 같은 움직임에 도리어 찌릿한 쾌감이 등줄기를 관통했다.

두 가지 감정이 동시에 들었다. 그의 손이 닿을 때면 못 견디게 좋지만, 이번에도 지고 싶지는 않았다. 한 번쯤은 끝까지 버텨서 이 남자가 애원하는 걸 보고 싶기도 했다.

둘 다 여전히 눈을 마주한 채였다. 얼굴이 달아오르는 느낌에도 정은은 똑바로, 표정을 무너뜨리지 않고 신현을 쳐다보았다. 소리를 내는 건 왠지 굴복하는 것 같아서 그마저도 참아 냈다. 신현의 손이 가슴을 잡은 채 정점을 희롱했다. 정은은 비스듬히 미소만 지었다.

신현이 정은의 뒷머리를 잡아당겨 입술을 맞부딪쳐 왔다. 매일 키스를 받는 사람처럼 정은은 순순히, 담담한 태도로 입술을 벌렸다. 살덩이가 섞이고 옅은 술 냄새가 입 안으로 들어왔다. 콧날과 콧날이 부딪치며 입맞춤이 깊어졌다. 머리를 받치고 있는 손에 힘이 들어갔다. 잡힌 머리채는 아팠고, 윗옷의 지퍼가 내려가는 소리에는 뱃속이 뜨거워졌다.

창문 쪽에 눈짓을 하며 정은이 핑계를 댔다.

"여기, 다 보여. 밖에서."

입술을 맞댄 채였다. 목소리가 흩어져 나왔다.

"일어날 힘이 없어."

소주 다섯 잔에, 침대까지 갈 힘은 없는데, 여자 안을 힘은 남아 있단다. 이렇게 말하면서도 결국 밤을 꼬박 새울 텐데, 해장국은 어떻게 먹으러 간단 말인가. 거실 창문과 신현을 번갈아 보다가 정은은 얕은 숨을 내쉬었다.

그럼 오늘은 내가……, 위에서,

그렇게 네가 쾌감에 허물어지는 모습을, 낱낱이.

생각하며 몸을 일으키던 중 허리가 휙 잡히고 저절로 소파 위로 눕혀졌다. 놀라서 눈을 크게 뜨자 어느새 신현이 그녀의 몸에 타고 올라 내려다보고 있었다. 당황함을 감추며 정은은 여유로운 웃음을 지었다.

어떤 의미인지 신현도 부드럽게 마주 웃었다. 좋다는 뜻의 웃음은 결코 아니었다. 슬쩍 보인 호전적인 눈빛에 쿵쿵 가슴이 뛰었다. 블라우스 단추가 차례로 풀리고 신현의 입술이 정은의 가슴으로 내려앉았다. 커다랗게 베어 물리는 동안 찌릿한 전율이 몸을 관통했지만, 정은은 신현의 머리칼을 감아쥔 채로 꿋꿋하게 신음을 참았다.

그러자 신현의 입술이 아래로 내려갔다. 혀가 배꼽을 둥글게 핥았다. 그 주변, 그렇게 아래로, 더 아래로.

스커트를 들추고 벗긴 얇은 실크 속옷이 한쪽 발목에 걸렸다. 설마, 거긴.

머리칼을 잡아 쥔 손에 힘이 들어갔다. 예고도 없이 붉고 뜨끈한 살덩이가 속살을 가르며 침입했다. 천장의 불빛이 눈부셔서 감겼던 눈이 저절로 크게 떠졌다. 정은이 펄떡이며 몸을 비틀자 허리를 잡은 두 손이 정은을 단단히 고정시켰다. 술에 취했다는데 얕게 빨다가 깊게 들어오는 움직임은 지극히 정확했다. 신현의 입술 모양과 혀가 머릿속으로 스쳤다. 좀 전에 키스를 하던 때와 마찬가지로 부드러우면서도 때론 삼킬 것처럼 거칠었다.

아아, 아아.

결국 소리를 냈나 보다.

정은은 두 손으로 얼굴을 가렸다. 너무 창피하고……, 뜨거웠다.

헤집는 혀의 움직임이 끝도 없이 계속되었다. 발목을 잡힌 정은이 '그만, 이제 그만.' 마침내 참지 못하고 애원하고 울먹이며 짙은 신음을 쏟아 낼 때까지.

그의 몸 위에 눕듯 안겨졌다. 여기서 자려는 건가. 술에 취해서인지 이 사람도 힘들 때가 있나 보다.

신현이 가볍게 입을 맞추며 정은의 몸을 풀어 왔다. 둥근 어깨, 흰 목덜미, 귓불. 하긴 이전에도 그랬다. 밀려 들어올 땐 그렇게 인정 없어도 후희를 할 때는 한없이 따뜻하고 부드러웠다. 하고 싶은 대로 한 것 다 참아 줘서 고맙고 미안하다는 인사처럼 느껴지기도 했다.

땀이 식는 걸 느끼며 정은은 마른 입술을 떼었다.

"너, 고등학교 때……."

아직 호흡이 일정치 않아서 목소리가 끊어졌다.

그 무덥던 여름날, 김천댁이 해 준 밥을 같이 먹으며 참 열심히도 훔쳐봤더랬다. 반소매 아래로 보이던 팔뚝이며 얼굴선,

목젖, 귀 모양, 쌀쌀한 태도까지. 모두 어제처럼 선명했다.

"……나랑 이런 거 하게 될 거라고 생각했었어?"

거절만 당하던 그 시절엔 상상도 못 한 일이지만 그에 대해 더 알게 된 지금은 그럴 수도 있겠다는 생각이 들어서였다. 딱 정상 체위만 하게 생겼지만, 알면 알수록 다른 면이 보였다. 정은을 싫어하면서도 욕망을 느끼진 않았을까.

"응."

참 성의 없게도 대답하네. 그런데도 듣기 나쁘진 않았다. 정은은 혼자 삐뚜름하게 웃었다.

신현의 손이 정은의 등을 느리게 훑어 내려왔다. 주인에게 사랑받는 고양이라도 된 것처럼 안락하고 기분 좋은 쾌감이 몸을 스쳤다. 격렬한 행위도 좋았지만, 사랑이 끝난 뒤에 해 주는 이런 자잘한 스킨십들이 오랜 후에도 잊히지 않을 것 같은 예감이었다.

"그럼 우리 헤어지면……."

언젠가 다시 헤어질 관계라는 걸 당연하게 여기는 사람처럼 신현은 정은의 말을 부정하지 않고 듣기만 했다.

"……이제, 아쉬움도 없겠네."

문득 태희가 떠올랐다. 태희는 기껏해야 수학 문제 틀리는 정도의 창피한 모습만 이 사람에게 보였을 거였다. 늘 순수하고 예쁜 모습이었을 것이다. 정은과 헤어지면 이번엔 다른 여자랑 이런 거 하고 싶을까. 마치 아직 안 읽은 책처럼, 온통 궁금할 태희를 만나게 될지도.

상관없어. 대답을 듣기 전 정은은 마음을 다졌다. 이런 것도 못 해 보고 헤어지면 내가 더 아쉬울 테니까.

섹스가 그들 사이의 전부라 해도 아무것도 아닌 관계보다는 나았다. 낯까지 가릴 정도로 모두와 거리를 두며 살아가는 사람의 깊은 내면을, 정은도 낱낱이 볼 수 있었던 그런 시간들이 었으니까. 다른 여자 끌어안고 사는 거 보며 속 쓰릴 때마다 꺼내 볼 기억 정도는 하나 마련한 셈이다. 이런 낯 뜨거운 추억 하나 없이, 이 긴 인생을 어떻게 살아.

"아니."

한 차례 절정을 느낀 후라 눈이 감기던 순간이었다. 허리를 쓰다듬던 커다란 손이 둥근 엉덩이를 쓰다듬었다. 그 손이 엉덩이 밑을 스며들며 따뜻한 곳을 찾아들었다. 후희가 아니라, 혹시 또 다른 전희였나. 아찔한 순간, 신현의 또 다른 손이 정은의 뺨을 돌리고는 다시 입술을 삼켜 왔다.

"더 못 잊겠지."

달콤한 거짓말. 엉겁결에 입을 벌려 그의 혀를 받으면서 정은은 가볍게 웃었다. 그 후에 이어질 힘든 밤을 예상 못 하고.

소파에서 바닥으로, 엉금엉금 기어 도망치다가 다리를 잡혀서 다시 소파로.

지기 싫어서, 더 이상은 못 하겠다는 소리를 못 했다. 평소에는 참 인내심 많은 남자가, 오늘은 유독 참을성 없이 이기적으로 굴었다. 해 달라는 대로 해 주면 만족하고 그만 멈출까 싶었는데, 착각이었다. 응해 주고 받아 주다가 도리어 밤의 끝을 보았다.

새벽 4시, 정은이 추위를 느낄 즈음 신현이 정은을 안아 들었다. 참 배려 있게도 한 시간은 재운 뒤 나갈 생각인가 보다.

"오늘이 마지막도 아닌데 대체 왜 이렇게……."

다 쉰 목소리로 딱 그 정도로만 투덜거렸다. 침실 문을 열던 신현이 잠시 움찔했지만, 정은은 지쳐서 정신이 없었다.

"이상하게, 불안해서."

목소리에 묘한 긴장이 스며있었다.

"뭐가."

하도 소리를 질러 갈라졌는지 목이 아팠다. 턱도 얼얼했다. 밤새도록 빨린 가슴이, 스칠 때마다 소름이 끼칠 만큼 쓰라려 왔다.

답을 못 들었다는 걸 깜빡했다. 침실로 들어서자 정은은 부신 눈을 감았다.

"불, 꺼 줘."

신현은 시키는 대로 불을 꺼 줬다. 사정 안 봐 가며 원껏 파고든 게 미안하기라도 한 건지, 세상 다시없이 고분고분해졌다.

정은을 침대에 곱게 내려놓은 신현은 물수건을 가져왔다. 온몸이 그가 남긴 얼룩들로 어지럽고 난잡했다. 정은의 얼굴과 가슴에 길게 말라붙은 흔적들을 신현은 느리지만 꼼꼼한 손길로 닦아 냈다. 까무룩 졸면서도 정은은 '변태'라고 중얼거렸다. 이에 신현은 오히려 아쉬운 눈빛으로 단정하게 웃었지만.

찝찝함이 사라졌는지 잠든 정은의 얼굴이 편안해졌다. 정리를 끝낸 신현이 정은의 머리가 자신의 팔을 베게 하고는 뒤에서 안아 왔다.

"……답답해."

졸린 목소리로 정은이 투덜거렸다. 이렇게는 잠 못 잔다.

"괜찮아."

뭐가 괜찮아. 내가 안 괜찮은데. 항의했는데 못 들었나 보다. 드러난 목덜미에 입술이 닿았다. 평소처럼 부드럽고 따뜻하게 빨렸다. 그 입술의 움직임이 느슨해질 때 즈음 함께 잠에 빠져들었다.

정은이 그 해장국집을 알게 된 건 곽윤기 때문이었다.

워낙 털털하기로 유명한 사람이라 곽윤기와 관련된 일화는 인터넷에 차고 넘쳤다. 트레이닝복을 입고 마트에 등장하거나, 지하철로 출퇴근하는 사진들도 있었다. '곽윤기와 냉미남'이라고 초록창에 검색을 해 보면 나오는 게 그 해장국집이었다. 한강 주변, 매주 새벽 5시, 정은에겐 머리통만 봐도 한눈에 알아볼 남자와 함께.

신현의 뒷모습만 나온 그 사진을 들여다보고 또 들여다봤었다. 그러면서 이해하려고 몇 번을 노력해 봤다. 새벽 5시에 만 원짜리 콩나물해장국 먹겠다고 술 다 깨기도 전에 두 남자가, 3km의 먼 길을 걸어간다는 그 믿기지 않는 사실을.

그런데 지금 정은이 그 신비로운 여정에 참여하게 되었다.

시달려서 몸도 불편하고 힘든 이 상황에 말이다.

"지금 가자고?"

어떻게 저렇게 혼자 말짱하지, 분하고 억울해서 정은이 물었다.

"왜 꼭 새벽 5시에 가야 하는데?"

예전에 두고 간 정은의 코트를 신현이 꺼내 왔다. 조심조심 입혀 주며 신현은 이마를 찡그렸다. 세상 어려운 질문을 받은 사람처럼 놀라고도 심각한 눈빛이 안경 너머로 비쳤다.

"글쎄. 그런 생각은 해 본 적이 없는데……."

하마터면 한심하다며 혀를 찰 뻔했다.

아마 곽윤기도 마찬가지일 것이다. 서울 시내에서 '우리가 제일 똑똑해.'라고 우겨도 아무도 토를 달지 않을 이 남자들은 이렇게 단순한 문제에 있어선 아무 고찰과 혁신 없이, 하던 대로만 살아왔던 듯싶다.

뭐가 됐든 어두컴컴한 겨울 새벽 5시, 둘은 비가 그치고 습기만 가득한 거리로 나섰다. 한강을 지나는 동안 칼바람이 얼굴을 스쳤다. 너무 추워서 소리라도 지르고 싶을 정도였다. 머리칼이 사정없이 휘날렸다.

괴로울 정도로 추운 날씨였다. 걸을 때마다 뭉근한 아픔이 아랫배에 스쳤다. 속으로 오만 가지 욕을 하고 있는데 신현이 팔을 뻗어 정은의 어깨를 감고 품 안으로 끌어들였다. 밖에서는 손도 안 잡아 정은을 서운하게 했던 사람이 이게 웬일이냐 싶었다.

커다란 품에 포옥 안겨졌다. 세상 모든 바람이 다 막히는 안온한 기분이었다. 들키지 않게 몰래 그 상태를 만끽했다. 기아 상태로 살며 살을 뺐는데 앞으로도 그래야겠다는 결연한 다짐도 그 품에서, 혼자 했다.

새벽 운동을 하던, 대학생 정도로 보이는 여자가 조깅하다가 신현을 쳐다봤다. 높이 묶은 머리에 평균 이상의 몸매여서 정은의 몸에 경계가 섰다. 신현의 눈을 가려야 하나 고민하는 동안, 놀란 눈으로 신현을 바라보던 여자의 시선이 정은에게 닿았다. 그리고 정은을 안고 있는 신현의 팔에 차례로 시선이 닿자 여자의 눈에 아쉬움이 스쳤다.

여자가 그들을 스쳐 간 뒤에 정은은 자연스럽게 뒤를 돌아보았다. 여전히 그들을 보기 위해 뒤를 보며 뛰다가 정은과 다시 눈이 마주치자 죄책감 어린 눈동자로 앞을 본다. 그 죄책감 어린 표정이 못 견디게 좋았다.

내 남자 쳐다보지 말라고 레이저를 쏴 줘야 했는데 잠시 잊을 정도로.

24시 콩나물해장국.

마침내 노란 간판이, 아쉬움이 되어 시야에 들어왔다. 사진에서 봤을 때는 허름했는데 직접 보니 그럭저럭 깔끔한 집이었다. 계산대에 앉아 있는 사람은 기껏해야 중학생으로 보이는 남학생이었다. 이어폰을 귀에 꽂고 문제집을 풀던 학생이 신현을 보자 반색했다.

"윤기 형은요?"

물으면서도 커다래진 눈으로 정은을 쳐다봤다. 그리고 정은의 팔목을 잡은 신현의 손으로 스르르 시선을 내렸다. 마치 불륜이라도 목격한 눈동자였다. 그 시선에 신현이 손을 바로 뗐다.

"해장국 두 개."

질문에 대한 답 대신, 신현은 주문만 하고 가게 안으로 들어섰다. 아침이면 신현이 데면데면, 까슬하게 구는 걸 다 아는 눈치였다. 사람들 시선을 피할 수 있을 만한 제일 구석진 자리에 앉자 그 학생이 얼른 따라와 말을 걸었다.

"제가 아는 얼굴 같아요."

"가서 오답 정리나 해. 17번 문제."

신현이 정은의 자리에 수저를 깔아 주었다.

"그새 채점했어요? 완전 괴물이라니까. 근데 형, 여자 친구죠?"

저도 모르게 정은은 그의 표정을 살폈다.

"안 가?"

"왜 제 앞에선 손 뺐어요? 감추려고?"

궁금함을 감추며 정은도 대답을 기다렸다. 신현이 정은의 컵에 물을 따라 주며 담담히 대답했다.

"교육상 안 좋아서."

학생이 순간 부르르 몸서리를 쳤다.

"헐. 대박. 이 시간에 같이 오고선. 나도 다 아는데."

숫기 없는 건 이 남자가 아니었나. 신현은 말짱한데 정은의 뺨은 붉게 달아올랐다.

"여자 친구라고 말하는 게 뭐 어때서."

"해장국 두우 개."

아까보다 목소리가 엄했다.

"네엡."

적당히 눈치 잘 보는 살가운 남자애였다. 학생이 정은의 옆을 지나가다가 빙글거리며 웃고는, 바싹 다가와 입 모양으로만 물었다.

"연예인이죠?"

정은도 조용히, 입 모양으로 답변했다.

"재벌인데."

학생의 입술 사이로 피시식 바람 빠지는 웃음이 흘러나왔다.

"아, 지망생이시구나."

그렇게 흥얼거리듯 중얼거리곤 다시 계산대로 걸어갔다.

콩나물해장국이었다.

보글보글 뚝배기에 담겨 나왔다. 노랗고 동그란 달걀 노른자까지, 우선 비주얼은 합격이었다. 새벽에 한강을 걸어 허기가 져서 그런가 맛있어 보였다. 신현이 숟가락으로 달걀 노른자를 톡톡 깨서, 새우젓을 넣고 훌훌 섞은 다음 정은의 자리에 놓아줬다.

한 숟갈 떠서 입 안에 넣는 순간 '뜨겁다, 조심해.' 소리가 들렸지만 이미 늦었다. 입천장이 델 정도였다. 간신히 삼켰는데 맛은 훌륭했다. 적당히 칼칼하고 맛깔스러웠다. 아니, 사실 눈이 휘둥그레질 정도로 맛있었다.

흘끔거리는 시선 속에서 둘 다 아무 대화 없이 조용히 먹었다. 진짜 잘 먹는다 싶을 정도로 신현은 그릇을 반쯤 맛있게 비워 갔다. 똑같이 맛있게 먹으면서도 정은은 아까 한 대화를 계속 곱씹었다. 손 뺐던 건 애들 교육상 진짜로 그럴 남자이니 용납이 됐다. 여자 친구냐는 말에 끝까지 대답을 안 했던 게 자꾸만 마음에 걸렸다.

중간쯤 먹다가 흘깃, 신현을 한번 쳐다보고는 결국 묻고 말았다.

"다른 사람에게 여자 친구라고 소개하는 조건이 뭐야?"

그나마 호기심 어린 목소리를 잘 꾸며 내서 다행이었다.

질문을 받자마자 신현은 긴 고민 없이 대답했다.

"다른 사람에게 날 남자 친구라고 소개할 여자라면……."

고요한 시선이 뜨끔한 시선을 마주 보았다.

"당연히 그래야겠지."

관계를 숨기자고 한 건 자신이었으니 자가당착이었다. 그래도 저 어린애한테는 말해도 별 상관없지 않나.

'차신현 여자 친구.' 정은이 학생 시절부터 다른 여자들과 경쟁하던 자리였다. 회장, 사장, 의장, 약사 그런 거 다 시큰둥했고 정은에게는 그 자리가 유일한 꿈이었다. 그리고 지금 아니면 앞으로 들을 기회는 영원히 없을 거였다.

신현이 젓가락으로 깍두기를 하나 집어 정은의 숟가락 위에 얹어 줬다.

"네가 착각하는 게 하나 있는데."

착각. 또 어떤 독한 말로 정은을 밀어낼까 싶어서 가슴이 벌써부터 따끔해 왔다. 정은은 우선 차가운 가면부터 둘러썼다.

"우리 관계는 네가 마음먹는 대로야."

의외의 말에 숟가락을 손에 쥔 채로 물끄러미 그를 바라봤다.

"네가 오늘 헤어지고 싶으면, 나는 오늘 차이는 거고……."

뭐지? 정은은 생전 처음으로 말귀를 잘못 알아들었다. 그런데 이상한 일이다. 무슨 큰일이라도 닥칠 것처럼 심장이 쿵쿵거렸다.

"……네가 나와 끝까지 가고 싶으면, 나는 지금 뛰어나가 꽃과 반지를 사야겠지."

순간 생각 회로가 멈춘 느낌이었다. 터무니없는 장소에서 터무니없는 이야기를 들었기 때문일 것이다. 꽃과 반지라니. 우선 가장 먼저 든 생각은 그녀가 이해한 게 틀렸을 거라는 거였다. 보통 그건 결혼을 상징하는 그런 것들이니까 말이다.

어떻게 말해야 할지 몰라서 입이 말랐다. 그런데도 무언가 답은 해야 했다. 어색하게 웃은 정은은 우선 기계적으로 입을 열었다.

"얼마 전에 말하지 않았나. 나는……."

이미 했던 말이고 외우다시피 했지만, 막상 또 하려니 쉽지 않았다. 정은은 잠시 머뭇거렸다. 어느 순간 간신히 더듬거리며 말을 이었다.

"……너랑 미래를 같이할 생각이, 없다고."

목소리가 살짝 쉬어 나왔다.

한동안 신현은 정은을 바라보기만 했다. 감정을 감추는 데 있어선 정은보다 한 수 위인 사람이었다. 그 어떤 서운한 감정도 그의 얼굴에선 읽히지 않았다.

"네 재산 관심 없어. 각서 쓸 수 있어."

이건 또 무슨 맥락일까. 설마 진짜 결혼을 말하는 건 아닐 거였다. 머리에서 땀이 났다. 그럴 리가 없었다.

"합의금, 받았잖아."

비난이 아니었다. 생각난 대로 지껄인 말이었다. 아니, 진실을 알고 싶기도 했다.

"홧김에. 나라고 버려질 수만은 없어서."

진짜, 결혼 이야기를 하고 있는 모양이었다. 게다가 돈 때문이 아닌데도 정말로 정은과 결혼하고 싶다는 말이었다. 그러려면 중간 논리가 하나 더 필요했다.

이유. 대체 갑자기 왜, 무엇 때문에 결혼 바람이 불었는지 그 전제 말이다.

마침 정은의 시야에 신현의 손 움직임이 들어왔다. 젓가락으로 깍두기를 집어 정은의 숟가락 위에 올려 준다. 예전과 다르게 제대로 쥐고 정확하게 움직였다. 마치 따로 배우고 오랫동안 그렇게 살아온 것처럼.

그 모습에 벼락처럼 어떤 가능성이 떠올랐다. 정은이 오랫동안 꿈꾸던 일이 어쩌면 그동안 이뤄지고 있었는지도 모른다고. 가슴이 아프도록 뜨거워졌다. 만약 그렇다면. 정말로 이 남자의 마음을 얻었다면 이게 좋은 일은 아닐 것이다. 머릿속에 어제저녁, 집 벽에서 본 실금이 떠올랐다. 역시 끔찍한 일이 분명했다.

기대감과 아픔에 정은의 가슴이 조여들었다. 그러니까 여기서 무언가 더 들으면 안 된다. 그런데도 정은은 그만 또 묻고 말았다.

"왜?"

왜. 자신이 묻고도 무엇에 대한 '왜.'를 물어본 건지 모르겠다. 그러니까 왜냐니. 한데도 신현은 정은의 눈을 마주한 채로 선뜻, 쉽게 대답했다.

"넌, 내 거잖아."

짧고 명쾌했다.

마치 정은이 너무 오랫동안 모르고 있으니 답답해서 알려 준다는 것처럼 담백한 목소리이기도 했다. 그리고 정은은 자신이 한 '왜'라는 질문이, 청혼을 왜 하냐는 질문이었고 신현이 그 말을 제대로 알아들었다는 걸 동시에 깨달았다.

그렇게 답이……, 찾아왔다.

세상 남자들이 다른 여자에게 청혼할 때 하는 그 말과 비슷한 뜻이었다. 결혼에 관련된 가장 흔하고 평범한 이유.

정은은 한동안 멍하니, 신현을 바라보기만 했다.

그 답의 뜻이 천천히 정은의 몸 안으로 퍼져 나갔다.

혼자 자신의 환경을 바꾸기 위해 안간힘을 다할 때에도, 독한 말로 외면하던 순간에도 실은 그의 마음엔 정은이 있었다는, 그런 뜻 같았다. 버려져 먼 곳에 떨어져 있던 시절에도, 정은이 다른 남자들을 만난다며 그의 가슴에 상처를 낼 때도 그에겐 정은만이 그의 여자였다고. 우린 이대로 끝난 걸까, 정은이 혼자 안달하던 시간에도, 그에겐 변함없이, 꿋꿋하게 정은뿐이었다고.

손이 떨리는 걸 들킬까 봐 정은은 우선 들고 있던 숟갈을 내려 두었다.

"끝까지 갈 거니까 너 안았어. 같이 잔 여자랑 헤어지는 거, 난 어렵고 힘들어서 못 하는 놈이라."

정은의 시선이 그의 시선 안에 갇혔다. 뭐라 대답도, 반문도 못 하고 정은은 꼼짝없이 듣기만 했다.

"결혼은 못 한다는 네 뜻도 이해해. 싫으면 굳이 내 가족이 되어 주지 않아도 돼. 난 계속 기다릴 테지만."

마치 정은의 입장을 이해한다는 듯한 부드러운 목소리였다. 대답을 기다리는 것 같아 입술을 떼었다가, 또 거절의 말을 하게 될까 봐 멍청하게도 다시 다물었다.

"단지, 지금은……."

그렇게 말하고 신현은 잠시 말을 멈췄다. 마치 다음 말을 하기가 쉽지 않은 듯.

잠잠한 눈길로 정은을 바라보던 신현이 마침내 말을 이었다.

"네가 떠나지만 말았으면 좋겠어. 이런 관계도 나쁘지 않아. 너만 내 곁에 있으면 돼."

정은의 눈가가 아플 만큼 뜨거워졌다. 무뚝뚝한 청혼보다 지금 이 말로 깨달았다. 평생 가족에 대한 간절함으로 살았을 텐데 그것마저 포기하고 감춰진 관계로, 오래 정은의 곁에 있겠다니.

한없이 행복해야 하는데 원하는 답을 들려줄 수 없어서 가슴만 저려 왔다. 순간 깨닫기도 했다. 신현에게 현일을 돌려주는 거로 부모의 죄를 사죄받는 것이 인생의 목표가 아니었음을. 실은 그렇게라도 해서 용서받고 그의 사랑을 받고 싶었다고.

묻고 싶은 말이 목 안에 걸려 있었다. 지금 물어볼까. 사실을 다 털어놓고 용서를 구해 볼까. 이 마음이 진심이라면, 정은에게 잡혀 줄 것도 같았다.

그 유혹이 너무 강해서 마침내 입술을 떼던 순간이었다. 신현이 다시 정은의 숟가락을 눈짓했다.

"안 먹어?"

신현이 올려 준 깍두기가 아직 그대로였다.

"아, 응."

그래, 지금은 너무 이를 수도 있었다. 평이한 목소리로, 정은은 우선 대답을 했다.

그런 정은의 모습을 신현은 가만히 바라봤다. 한 입 먹고 다시 한술 더 뜨는 모습을 한참 지켜보던 신현이 잠깐 어딘가를 응시했다. 아주 오래전 기억이라도 떠올리는 눈치였다. 입가에 떠오른 웃음에 정은이 묻는 눈길을 하자, 신현은 어떤 기억인지 말해 주었다.

"너 통통할 때가 생각나서."

가슴이 떨려서 사실 아무 생각이 나지 않았다. 그런데도 새침한 목소리를 만들어 냈다.

"나, 살쪘던 적 없는데."

엷은 웃음을 감춘 얼굴로 신현은 갸웃했다.

"그랬나. 그냥, 그게 더 예쁠 것 같아서."

정은이 절대 아니라는 뜻으로 고개를 저었다. 신현은 그런 정은을 지켜보다가 느릿하게 고개를 끄덕였다.

그때 왜 몰랐는지 모르겠다. 그게 이 내성적인 사람이 할 수 있었던 최선의 고백이었다는 걸.

신현이 계산을 하는 동안 정은은 밖에서 기다렸다.

남학생이 계산대 위에 수학 문제집을 들이밀며 신현을 붙잡았다. 연필을 잡고 차근차근 알려 주는 동안 남학생은 홀린 눈으로 신현을 올려다보곤 했다.

문제 풀이가 끝나자 남학생은 또 신현을 잡았다. KMO가 어쩌고, 영재고가 어쩌고, 등록금이 어쩌고, 그런 질문들을 했다. 이 이후에 어떻게 준비해야 할지 알려 주는 신현의 조언을 남학생은 반짝이는 눈으로 귀담아들었다. 노트 필기하듯 하나하나 받아 적기까지 했다. 둘 다 비슷하게 생긴 금테 안경을 끼고 있어 진짜 친형제처럼 보이기도 했다.

떠나기 전 신현이 남학생의 머리를 한 번 쓰다듬어 주자 학생이 배시시, 해맑게 웃었다. 그러다가 정은과 눈이 마주쳤다.

학생의 눈빛이 순식간에 떨떠름해졌다.

날 마음에 안 들어 하네.

상관없었다. 그녀도 차신현이 예뻐하는 사람은 다 싫었다. 정은은 차신현 몰래 우아하게, 똑같이 떨떠름한 눈빛을 반사해 주었다.

신현이 가게를 나와 정은의 옆에 섰다. 정은도 남학생으로부터 고개를 돌리고 신현과 함께 그곳을 떠났다. 가게에서 멀어지고 학생의 시야에서도 완전히 벗어나고 나서야 신현이 다시 손을 잡아 왔다.

오던 때보다는 덜 차가운 바람이 이마에 닿았다. 묵묵히 걸어가는 신현을 보는 동안 아까 망설이던 고민이 다시 정은의 뇌리로 가득 들어찼다.

정말로 물어보면 안 될까. 어떤 일이 닥쳐도 나를 미워하지 않을 만큼, 쉽게 버리지 않을 만큼 지금 이 감정이 깊은 거냐고.

그때였다. 신현이 정은을 내려다봤다.

"코가……."

조금 놀란 표정에 정은이 되물었다. 갑자기 못생겨졌나 싶어 가슴이 덜컥 내려앉았다.

"으, 응?"

"……빨개."

하늘이 무너지는 기분이었다. 진짜 못생겨 보이는 거다.

요즘 깨달은 사실인데 신현은 가끔 정은을 뚫어질 만큼 자주 쳐다본다. 지금도 코가 부러졌나 싶을 정도로 정은을 자세히 들여다봐서 민망할 정도였다.

정은이 아무렇지 않은 척 물었다.

"그게 왜?"

차가운 강바람에 그의 머릿결이 흩날렸다. 그 남자를 홀린 듯이 바라보는데 상대는 신기하다는 듯 자신을 바라보는 이 상황이 굴욕스러웠다.

"웃겨서."

얼굴이 확 붉어졌지만 정은은 그를 차갑게 쏘아보았다. 신현이 미소년처럼 웃었다. 이어 정은의 머리통을 잡더니 콧날끼리 가볍게 비비고는 놔줬다.

되게 싱거운 사람이네.

흘겨보면서도 그 웃음과 접촉에 괜히 가슴이 뛰었다. 동시에 어쩌면 곧 그렇다고 말해 줄지도 모른다는, 낙관적인 생각이 들었다.

그 어떤 일이라도 정은과의 미래를 위해서라면 모두 눈감아 줄 수 있다고.

혜조가 빈속을 채우기 위해 들어섰을 때 주방은 고소한 냄새로 가득했다. 김천댁이 만든 반찬들이 여러 개의 저장 용기에 가득 채워져 있었다. 무얼 만들었는지 훑고는 혜조가 말문을 떼었다.

"신현이 갖다 주려나 봐요."

내일은 화요일, 김천댁이 신현의 집안일을 봐주기 위해 청담동을 비우는 날이었다.

"네, 갑자기 이것저것 해 달라는 게 있어서요."

김천댁이 부산스러운 움직임으로 커다란 저장 용기 하나를 열었다. 하나하나 담는 손짓이 여간 정성스럽지 않았다. 신현에게는 유난히 잘하던 김천댁이었다. 경호의 학비를 지원해 줘서만은 아닐 것이다. 처음 봤을 때부터 예뻐했고 가끔 신현이 찾아오는 날이면, 본인 돈으로라도 이것저것 사 들고 들어와 한 상 그득하게 차려 주곤 했었다.

"며칠 전에도 뭐 갖다 준다 하지 않았어요?"

"아, 그날은, 아들이 신현이 갖다 주라고 선물을 사 와서요."

혜조가 알 만하다는 듯 웃자 김천댁이 대신 대답했다.

"네. 수학 문제집이요."

물리학을 전공한 김천댁 아들은 미국을 오갈 때마다 신현을 위해 책을 구해 왔다.

젓가락을 가져온 혜조는 손을 뻗어 김부각을 하나 들고 입 안에 넣어 보았다. 바로 튀겨서인지 바사삭, 하는 식감과 냄새가 좋았다.

생각에 잠겨 김부각을 바라보던 혜조가 말했다.

"오랜만에 김부각 했네요."

김천댁이 빙긋 웃었다.

"네, 저희도 먹고, 신현이도 먹고 겸사겸사요."

"신현이는 김부각 안 먹는데?"

서늘한 어조에 김천댁이 아차 하는 얼굴로 혜조를 마주 봤다. 김은 해조류였다. 먹을 수 있지만 즐기진 않는다.

"제가 요즘 정신이 이래요."

아무리 그래도 신현이 해조류를 안 먹는 걸 잊은 건 이상한 일이었다. 부드러운 웃음을 만들며 혜조가 고개를 끄덕였다.

"정은이가 좋아하니까, 좀 남겨 둬요."

"네네, 그래야겠어요. 생각도 못 했네요."

김천댁의 행동은 평소와 같았다. 다시 김부각을 입 안에 넣으며 혜조는 넌지시 떠보는 말을 했다.

"신현이가 빨리 결혼하면 김천댁한테 이런 거 부탁 안 해도 될 텐데."

김천댁이 얼른 웃어 보였다. 그리고 몸을 돌려 인덕션 위의 냄비 뚜껑을 열어 한소끔 끓어오른 것을 확인하고는 불을 껐다. 그새 뜨거운 김이 올라왔다.

쉽게 답할 김천댁이 아니었다. 혜조가 단도직입적으로 물었다.

"신현이, 여자 없는 눈치죠?"

등을 돌린 채 국의 간을 보던 김천댁은 짤막하게 시간을 두었다.

"있었어요."

"그래요?"

김천댁이 수저를 내려놓고 혜조를 돌아보았다.

"아침에 일하러 가다가, 현관 앞에서 만났어요."

"여자를? 아침에 반포동 집에서?"

"네."

받아들여지지 않는 사실에 혜조는 잠시 이마를 찌푸렸다. 그 아이가 집에 여자를 들였다라, 그건 결혼할 여자라는 뜻인데. 결국 정은에 대한 마음을 정리했다는 건가.

아니다. 혜조는 냉정하게 상황을 판단해 봤다.

딴 여자를 찾아 결혼을 하고, 애 둘을 낳아도 접지 못할 감정이라고 생각한다. 지금까지 신현을 지켜본 바로는, 그랬다. 혜조가 얼마를 부탁해도 이유도 묻지 않고 당일 바로 송금했었다. 바리바리 싸 들고 오던 선물들이 꼭 빚진 마음 때문만은 아니라는 걸 알고 있었다. 정은이 좋아하는 음식은, 혹시라도 전해질까 봐 바다를 건너서라도 구해 오곤 했다.

정은이 딴 곳을 볼 때면 훔쳐볼 때의 그 눈빛이, 지금도 혜조의 가슴에 고스란히 남아 있었다. 평생 닿지 못할 여자애에게 엉뚱하게 반해 버린 절망스러운 남학생의, 그리고 성인 남자의 눈동자.

"어떤 여자예요?"

얼마나 괜찮은 여자인지 궁금했다. 신현이 정은을 가슴에 두고도 만나는 여자.

"처음 보는 여자였어요. 똑똑하고 착실해 보이더라고요."

김천댁이 처음 보는 여자면 태희는 아니었다. 그럼 대체 누구일까. 착실해 보인다니 체념하고 그냥 정반대의 여자를 만나는 건가.

"그게 아주 좋아하는 것 같지는 않고. 잠깐 만나는 눈치기도 하고."

혜조가 차갑게 웃으며 고개를 저었다. 신현에게 잠깐 만나는 여자란 없다. 혜조의 미심쩍은 마음을 아는 것처럼 김천댁이 단단히 덧붙였다.

"너무 걱정 마세요. 혹시라도 정은이랑 또 그런 눈치면 제가 꼭 말씀드릴 테니."

혜조가 김천댁을 응시했다.

그 집에 정은이 드나들면 김천댁이 모를 수가 없다. 화장품 상표나 분홍색 칫솔, 딸기맛 치약까지 정은에 대해선 모르는 게 없는 김천댁이었다.

"사실 이젠 그다지 걱정하지는 않아요. 정은인 모르겠는데……."

혜조의 입에서 긴 한숨이 흘러나왔다.

"……신현인 믿으니까."

젊고 뜨거운 나이이니 다시 만날 수 있는 확률이 있다는 건 알고 있었다. 충분히 그럴 수 있었다. 하지만 정은의 미래에 짐이 된다는 판단이 들면, 언제든 떠나 줄 걸 혜조는 굳게 믿고 있었다.

엉뚱한 추론

제멋대로, 유쾌하게 살고 있는 듯 보이지만 사실 윤기는 업무 스트레스가 많았다.

한밤중 자고 있는데 신현의 휴대폰이 울렸다. 잠에 취해 자신이 벨 소리를 듣고 전화까지 받은 것을 정확히 기억하지 못했다. 정신이 깨어 보니 주섬주섬 후드 티에 점퍼까지 챙겨 입고 옆 동으로 걷고 있었다.

이런 날들은 코가 삐뚤어지도록 술 상무를 해 줘야 했다. 이거 하겠다고 기어이 옆 동의 펜트하우스를 집도 안 보고 웃돈을 주고 사서 따라온 사람이 윤기였다.

견과류, 오징어를 앞에 두고 결국 밤새도록 마셨다. 다음 날이 주말인 게 천만다행이었다. 혼자 꾸벅꾸벅 졸아도 윤기는 계속 그를 흔들며 또 술을 따라 줬다. 커튼 사이로 아침 빛이 새어 들어올 때는 둘 다 거실 바닥에 누워 있었다.

"난 네 주량도 도저히 모르겠고 말이야. 아무리 오래 봐도 넌, 쫌, 감쪽같은 구석이 있어."

"뭐가요."

마시다 자다 했더니 반쯤 술이 깨어 있었다.

"찔리면 전화 안 받고. 바쁜 척 피하고. 말 나오면 딴청이고."

또 시작했다. 하긴 눈치 못 채면 그게 바보이긴 했다. 거의 형제처럼 살다시피 했던 그들이었다.

"그 땅콩들이나 까요. 나 까지 말고."

그래도 다시 부정해 봤다. 왜 감춰야 하는지 밑도 끝도 없는, 불쾌한 의문이 들지만 그냥 시키면 시키는 대로 하는 거다.

"내가 이 단지 주차장에서 셀럽을 한 명 봤어. 한남동 사는 현일바이오 오너."

"약 팔러 왔겠죠."

"106동에? 그럼 네가 망생이 한 명이랑 해장국 먹었다는 건 무슨 말이야? 것두 새벽에?"

"아, 그건."

"너 드디어 정신 차린 줄 알고 좋아했거든? 근데 여자가 성격도 차 보이고, 온몸이 명품에 허영만 가득한데 너는 그 여자한테 절절매는 눈치고. 그 순간 감이 딱 오잖아. 너 그 기분 아냐. 단전부터 올라오는 깊은 빡침."

"회사 직원입니다."

"그래, 나도 직원은 직원이지. 오너이기도 하고."

열 받는지 윤기가 벌떡 일어나 바짝 다가앉았다. 신현은 얼른 눈을 감으며 자는 척을 했다.

"뭐, 그래도 성공했네? 네 주장대로라면 일방적인 짝사랑이라며. 손도 못 잡았다고. 그래도 이번엔 소원대로 밥은 같이 먹었잖아. 잠은 결코, 결코! 못 잤을 테고 말이야."

숙취로 머리는 지끈거렸고 윤기는 끈질겼다.

"차라리 자수해서 광명 찾아. 경기도 광명. 그래서, 키스는 했냐?"

"그런 거 못 합니다. 안 좋아하고요."

TV나 볼까. 눈을 반짝 뜨고 신현은 몸을 일으켰다. 윤기가 근처에 있는 땅콩 하나를 집어 그에게 던졌다.

"새꺄. 만나면 좀 데려와 봐라. '형, 제수씨 될 여자예요.' 하고 손목 잡고 데려와 보라고, 좀. 제수, 그런 호칭 싫으면 '허니 베베달링', '우리 애기' 뭐 그런 것도 좋고. 나 같음 쫀심 상해서 다른 여자랑 산다. 아니, 그쪽은 대체 얼마나 대단해서?"

날아오는 땅콩을 가볍게 피한 신현은 주변을 두리번거려 리모컨을 찾아 들었다. 술 깨면 가끔 둘이 자연과학 다큐멘터리를 보며 잡담을 하는 게 버릇이었다. 전원 버튼을 누르자 TV가 켜지고 뉴스 화면이 떴다. 채널을 돌리려는데 윤기가 리모컨을 확 낚아챘다.

"널 있는 그대로 사랑해 줄 여자를 고르라니까, 응? 개보다 괜찮은 여자랑 확 결혼해. 아니면 출생의 비밀 좀 제대로 캐 보든가. 너, 귀티 난다고."

"그거나 돌려주시죠."

"야쿠르트 아줌마도 물어보더라. 같이 사는 총각 누구냐고. 인간아, 그니까 얼굴값 좀. 쫌!"

"형, 리모컨요."

날 선 목소리로 말하자 윤기가 눈치를 살피더니 리모컨을 툭, 품에 던져 줬다. 신현은 말없이 TV 채널을 돌렸다. 윤기가 TV를 흘끗하면서도 잔소리를 이어 했다.

"사실 돈 빼고 보면, 신 이사가 딱 너 쫓아다닐 견적이야. 넌 전국구고, 거긴 그냥 지역구고. 어휴. 이 산수도 못하는 고학력 등신아……."

윤기의 말이 멈췄다. 채널을 돌리다가 문득 익숙한 얼굴이 시야에 들어와서였다. 화면 하단에 붉은색으로 '장민희 연구원, 신형욱 박사의 내부 비리 폭로'라는 붉은색 헤딩이 적혀 있었다. 둘 다 감전된 것처럼 TV를 응시했다.

카메라 플래시가 터지는 곳에서 민희가 또박또박 준비해 온 자료를 읽고 있었다.

— ……신형욱 박사는 현재까지 공개된 아이들 외에도 수많은 유전자 교정 실험을 해 왔습니다. 알려진 성공 사례는 중국의 쌍둥이 남매뿐이지만, 사실 2014년부터 지금까지 성공한 유전자 교정으로 태어난 아이가 여섯 명이 더 있으며, 실패 사례는 수십 건에 달합니다. 여기서 실패란 태중 사산, 장애, 사망 등을 뜻합니다.

요약된 헤딩이 화면 아래 떴다. '유전자 교정 아이, 알려진

것 외에 성공, 실패 사례 다수 존재.'

술이 한 번에 다 깼다. 과학계에선 이미 어느 정도 예상하고 있는 사실이지만 이게 수치화되어 뉴스로 발표되는 건 차원이 달랐다. 과학계를 완전히 뒤집을 뉴스였다. 턱을 쓰다듬으며 신현은 정은을 떠올렸다. 신형욱에게 곤란한 상황이 발생한다는 건 정은에게도 결코 반가운 일은 아닐 것이다. 아무리 중국의 법이 한국보단 느슨하다곤 해도 신 박사가 위반한 생명 윤리법은 여럿이었다.

— 실험에 사용된 난자는 주로 중국 모 대학 여학생들로부터 불법으로 구입했으나 상당수의 유전자 교정은 위탁 및 수임으로 시도되었습니다. 사회 저명인사나 재벌 등이 이를 요청했고 이 계약의 대부분은 제가 진행했습니다.

충동적으로 결정한 게 아닌 듯 민희의 태도는 담담하고 차분했다.

정은을 생각하면 이 뉴스를 봐야 했지만, 윤기를 위해서는 TV를 끄는 게 낫겠다는 판단이 들었다. 전원 버튼을 누르려는 신현을 윤기가 말렸다.

"놔둬라."

가라앉은 목소리였다. 리모컨을 내려놓고 둘은 말없이 TV를 시청했다. 꼭 민희의 일만이 아니더라도, 바이오업계에서는 엄청난 이슈였고 악재라면 악재였으니 둘 다 모든 상황을 알아 두고 준비는 해 두어야 했다. 그리고 이건, 무엇보다 정은의 사업에 악재였다. 아직 정은이 기상할 시간은 아니지만 분명 조 전무가 깨워서라도 보고를 하고 있을 것이다.

— 신형욱 박사는 그동안 모든 실험을 극비리에 진행해 왔고 그중 실패 사례는 전부 은폐되었습니다. 실패한 사례 중 살아난 아이들은, 대부분 장애나 질병을 갖고 있습니다.

윤기가 걱정스러운 목소리로 물었다.

"야, 너 지금 당장, 신 이사 찾아가야 하는 거 아냐? 베이징 연구소, 소유주인데."

신현은 대답 없이 안경을 올리고 다시 TV를 응시했다. 그리고 민희가 말한 내용을 순서대로 다 입력하고 기억하는 데 집중했다.

— 신형욱 박사의 이러한 'GMO 인간 프로젝트'는 1988년 세 부모 아이를 만드는 걸 성공시킨 것이 처음이라고 세상에 공개되었지만 실은 그 이전이 시작이었습니다. 1986년…….

거기까지 말하던 민희가 손을 뻗어 생수병을 들었다.

1986년. 민희가 멈춘 곳에서 신현의 생각도 우뚝 멈췄다. 1986년은 그가 태어나기 한 해 전이었다.

키보드 자판 소리와 플래시 소리가 요란했다. 생수를 한 모금 마신 민희가 이어 발표를 했다.

— 1986년 유전자 결함이 있던 국내 재력가 부부로부터 거액의 돈을 받고 세 부모 아이 프로젝트를 위탁받은 것이 그 첫 시작으로 알고 있습니다. 모두 기밀이었고 해당 기록은 모두 원인 불명의 화재로 소실되었으나…….

민희의 공개가 이어졌지만 신현의 머릿속엔 더 이상 그 내용이 들어오지 않았다. 목 끝을 치고 들어오는 한 단어에 치중하는 대신 그는 민희의 뉘앙스를 다시 되짚어 보았다. '알고 있습니다.'라는 말은 딱 저만큼만 알고 있다는 뜻이다. 저 재력가가 누군지, 그래서 그 프로젝트 결과가 정확히 어떻게 되었는지 더 이상의 내용을 모른다는 뜻이었다. 사실 민희의 나이를 생각할 때, 1986년에 벌어진 일까지 알기란 만무했다.

1986년이면 형욱 혼자의 힘으로 저 프로젝트를 성공해 내기는 어려웠을 것이다. 한 명이 더 필요했다. 아마도 우리 학교 의과 대학 교수. 산부인과여야 할 거고.

떠오르는 뚜렷한 이름이 있었다. 차시영. 한국에서는 시험관아기 시술을 처음으로 성공하고 도입한 입지전적인 여의사여서 생명과학 교과서에도 종종 등장하는 이름이었다. 그의 학과에 강의를 온 적도 있었다. 압도적인 연구 실적과 대비되는 평범하고 왜소한 외모, 학자 특유의 이지적인 분위기. 차고 건조했던 성격이 지금 기억났다.

민희의 폭로가 끝나고 기자들의 질문이 이어졌다. 다들 흥분해 있었다. 신현은 자리에서 일어났다.

"어디 가?"

"집에요."

"왜?"

"씻게요."

뭘 질문받았는지도 모르면서 자동적으로 대답했다.

"여기서 씻으면 되잖아."

"갈아입을 옷이 없어서요."

"여기 네 옷이 옷장 한가득이야. 정장도 세 벌인가 있다."

아찔했다. 혼자 생각을 정리할 시간이 필요했다.

"그 여, 아니, 신 이사한테 가는 거지?"

형욱을 걱정하고 있지는 않을 것이다. 정은은 아버지에게 그 정도로 애틋하지 않았다. 자신의 사업에 어떤 영향이 미칠까만 신경 쓰일 거였다. 그럼 자신도 그 관점에서 어떤 대비를 해야 정은을 지킬 수 있는지 살펴야 했다.

하지만 문제는, 지금 그게 아니었다.

얼굴을 문지르던 신현은 대충 자리를 정리했다. 점심에 도우 미가 올 테니 술병과 술잔만 치워 두기로 했다.

머릿속이 터질 듯했다. 움직임을 멈추고 신현은 자신도 모르 게 멀뚱하게 서 있기만 했다.

"선배, 저한테 빚진 거 있으시죠?"

"또 말 돌린다. 어, 그런데?"

윤기가 제법 놀란 어조로 물었다. 그때 주었던 돈으로 회사 를 세웠다며 뒤늦게나마 그를 주주로 올리기 위해, 법적 관계 도 여러 번 알아본 윤기였다.

차갑게 굳은 입가를 쓰다듬다가 신현은 천천히 입을 떼었다.

"그 빚 털어 드릴게요. 1986년도 즈음, 신형욱 박사와 윤혜 조 이사장, 차시영 교수, 김효영, 이렇게 네 명의 계좌 좀 조회 해 주세요."

"김효영은 그때 그 연상? 그럼 차시영은? 가만, 우리 학교 의과 대학?"

"인적 사항 제가 보내 드릴게요."

"그게 끝이야? 그거면 빚 청산을 다 해 준다고?"

술상을 정리하며 신현은 한 가지 더 주문했다.

"저 세 부모 아이 프로젝트, 형이 조사 좀 해 주세요. 검찰이나 경찰이 조사하기 전에 먼저. 제게 바로바로 내용 공유해 주시고요."

"미친. 야, 내가 네 시다바리도 아니고. 아니, 근데 대체 왜?"

그는 예감 따윈 안 믿는 사람이었다. 오로지 숫자와 문자로만 상황을 판단했으니까. 그런데 그의 엉뚱한 추론이 맞을 거라는 예감이 들었다. 심장이 빠듯하게 조여 왔다. 어떻게 찾아야 하나, 했던 실마리를 이렇게 어이없는 우연으로 찾게 될 줄 몰랐다. 다리가 후들거릴 정도로 두려워졌다.

정은. 나의……. 나의…….

이제야 겨우 곁에 있게 되었는데.

아직 확정인 건 아니었다. 몸을 펴고 일어서며 신현은 대답했다.

"그 출생의 비밀 좀 찾아보게요."

윤기가 신현에게 연락을 해 온 건 그 이틀 뒤였다. 사무실에서 연락을 받았다.

— 1986년뿐만 아니라 모든 거래 내역을 봤는데 우선 신형욱 박사의 계좌엔 유의미한 내용이 없어. 평소에도 돈거래는커녕

본인 입출금도 거의 없는 사람이더라고. 신용 카드 사용액도 놀라울 정도로 적고.

신현은 신형욱 박사가 어떤 사람일지 떠올려 봤다. 주변 아무도 제대로 그에 대해 아는 사람이 없었다. 하지만 그처럼 경이로운 연구 실적을 낸 사람이라면 연구 외엔 일절 아무것도 안 하는 사람일 확률이 높았다.

— 차시영 교수에게는 그 시기에 눈에 띄는 입금 내역이 있어. 송금인은 윤혜조, 금액은 1억 5,000. 당시 금액으론 상당한 거지. 김효영 역시 비슷한 금액인데, 재작년에 5억이 송금된 이력이 또 있고. 내가 내역 정리해서 보내 줄게.

1억 5,000. 연구 용역비로는 꽤 큰 금액이었다. 김효영에게는 미래를 보장해 준다는 약속을 했을 테니 그 정도를 주었을 확률이 높았다. 오히려 재작년에 송금된 5억이 더 마음에 걸렸다. 그의 추론과 맞지 않는 이상한 것이 튀어나왔다.

뭘까. 혹시 개입된 사람이 또 있는 건가. 대체 누구지.

"5억이 출금될 당시 윤 이사장님 계좌 내역도 보내 주세요."

떠오른 사람이 한 명 있긴 했다. 5억이라는 금액을 쉽게 움직일 수 있는 사람.

— 오케이. 아, 그리고 진짜 이상한 점이 한 가지 있어.

신현은 윤기의 말이 이어지길 기다렸다.

— 그 청담동 자택 있지? 그게 1987년도에 윤혜조 이사장이 양도받은 거거든?

윤 이사장의 청담동 자택. 정은이 태어나고 자란 집이었다.

그도 종종 신세를 지곤 했었고, 그 집에서 처음 정은을 안았다.

"네."

— 상대방에게 대금을 치르지 않았어. 무상 양도를 받은 거지. 더 놀라운 건, 그 상대방이 박서린 여사야. 넌 당연히 누군지 알고 있겠지.

"네."

박서린. 현일 창업주 정필경의 첫 아내. 현일 입사 시 그룹 연수원에서 교육을 받다가 처음 들었다.

놀랍도록 아름답고 똑똑했다. 하지만 척수성 근위축증으로 젊은 나이에 안타깝게 생을 마감했다고 들었다. '유전적 결함'. 민희가 말한 단어가 다시 머릿속을 어지럽혔다. 그러면 모든 게 맞아떨어진다. 세포질로 인한 모계 유전이니 '세 부모 아이 프로젝트'를 한 이유가 설득되었다.

— 근데 대체 이게 그, 출생의 비밀과 무슨 관계란 거야? 야, 그럼 지금 네가 재벌가의 아이라는 개소리를 하자는 거지?

머리가 복잡했다. 과거의 일을 추정하느라 신현은 잠시간 대답하지 못했다.

신형욱과 차시영은 정필경과 박서린의 수임을 받아 세 부모 아이를 만들었다. 연수원에서 언뜻 들은 바로는 정 회장 부부 사이에 실제로 아이 한 명이 태어났었다. 몇 번을 실패하고 어렵게 낳은 아이인데 사망했다고 들었다. 그룹 후계자가 될 아이여서 뉴스까지 난 사실이었다. 사망 원인은 돌연사로 알려져 있으니 실제론 같은 질병일 확률이 컸다. 그 아이가 이 프로젝트로 출생한 아이일 것이다. 성공인 줄 알았으나 결국 실패로 끝난 케이스.

— 이 프로젝트가 그러니까, 그럼 네 생각에⋯⋯.

윤기도 비슷한 추론을 하고 있었나 보다. 하지만 그게 자신과도 관련된 프로젝트라면 한 가지 근거가 필요했다.

"선배."

— 응.

"혹시 박서린 여사 사진 보셨어요?"

윤기는 느리게 대답했다.

— 응. 이번에 찾아봤지. 사실 그전에도 기사로 몇 번 봤었어. 왜, 제법 유명했잖아. 고전적 미인, 뭐 그런 거로.

침묵이 흘렀다. '어땠어요. 누구 생각나는 사람 없었어요?' 신현은 그렇게 묻지 못했다. 그런데 묻지 못한 그 질문에 윤기는 대답을 했다.

— 예전에 처음 박 여사 사진 처음 봤을 때도 괜히 낯익은 느낌이었는데. 지금 생각하니까 너랑 닮아서 그랬나. 어, 닮았어. 많이.

윤기가 황당하다는 어조로 이어 말했다.

— 정필경 회장도 그렇고. 둘을 반씩 섞어 놓은 느낌이랄까. 김효영은 전혀 아니었거든. 근데 또 차시영 교수는 말이야. 지금은 안 닮았는데, 이상하게 너 예전 학생 때 느낌이 나는 게. 이건 뭐, 그냥 우리 학교 졸업생들의 공통된 분위기인가 싶기도 하고.

"……네."

멍청하게 아무 대답이나 했다. 미예에게 찾아온 뿔테 안경의 남자가 누구인지 이제 짐작이 갔다. 글자가 새겨진 반지는 장교 출신들의 임관 반지였을 것이다. 해군 사관학교 출신의 박준용.

— 야, 그래도 말이 안 되는 게, 그럼 넌 왜 복지원에서 자란 거지? 게다가 그 복지원, 그거, 신 이사 소유잖아. 그리고 내가 오늘 새벽에 갑자기 생각났는데, 신형욱 박사가 그렇게 큰 데 에는 연구 초기에 정필경 회장이 밀어줘서라는 말이 많았거든. 아, 씹. 그럼 이게 진짜 맞는 건가 싶기도 하고.

뭔가 짚이는 게 있는 듯 윤기가 씩씩거리며 말을 멈췄다. 하지만 신현에겐 들리지 않았다. 어렵게 살아온 수많은 시간이 그의 뇌리를 스쳤다. 또한 한 가지 질문이 계속 머릿속을 맴돌았다. 대체 왜 혜조가 그를 반대했을까 하는 것만이.

휴대폰을 들고 있지 않은 다른 손이 얼굴을 쓸었다. 눈이 감겼다. 실은, 이제 그 답을 알게 되어서였다. 그의 건강에 유난히 신경 쓰던 윤 사장과 혜조.

— 악연이네. 내 말은…….

휴우, 휴대폰 너머로 윤기가 긴 숨을 내쉬었다.

— ……신 이사랑 너.

최악의 패를 깔고 있었던 거다. 그 패를 열어 보지 말았어야 했다.

몰랐다. 혜조의 모든 행동을 이렇게 이해하게 될 줄은.

온 한국이, 아니, 온 세계가 신형욱의 일로 떠들썩했다. 곧 검찰 조사를 받게 될 거란 여론이 지배적이었다. 물론 정은은 끄떡하지 않았다. 얼굴 본 횟수가 몇십 번을 넘지 않는 나름대로 '특별한' 아버지였다. 그러므로 '특별한' 감정이 있을 수 없었다. 혹시라도 아버지 연구로 인해 투자자인 정은에게 법적인 문제가 발생하더라도 조 전무를 통해 세상에서 가장 유능한 변호사를 수배하면 될 거였다. 베이징 연구소에 쏟아부은 돈 또한 그 당시 이미 잃은 돈이라고 생각하고 저지른 일이었으니 이 또한 정은을 흔들 수 없는 문제였다.

모두 해낼 수 있었다. 오직 한 가지 문제만 정은의 가슴에 걸려 있었다. 그래서 백화점으로 향했다. 서너 층을 돌며 이미 몇 개의 선물을 구입했지만, 여전히 부족하다는 느낌이었다.

"이런 것 안 통할 사람이고, 안 통할 상황입니다."

곁을 따르던 조 전무가 만류했지만, 정은은 기어이 시계 매장으로 들어섰다. 저번에 잠시 들렀던 곳이었다.

반대를 하면서도 조 전무는 매니저를 찾아 우선 명함부터 건네고 상황을 설명했다. 그러자 영업시간인데도 불구하고 매장 입구에 가림막이 설치되었고, 정은은 안쪽의 라운지로 안내되었다.

소파에 앉은 채, 정은은 직원들이 가져온 시계들을 침착하게 훑었다. 셋 다 럭셔리한 디자인이었다.

"전부 매장에는 비치하지 않고 VIP들에게만 보여 드리는 제품입니다."

정은이 갸웃하듯 고개를 한쪽으로 살짝 틀었다. 조 전무가 매니저에게 부탁했다.

"다른 제품 준비해 주시죠."

매니저가 눈짓을 하자, 어시스턴트가 다른 제품을 가져왔다. 이번에는 페이스가 지나치게 컸다. 희미한 미소와 함께 고개를 저었고 조 전무가 같은 말을 했다.

"다른 제품."

모두 여덟 개의 시계에 정은은 고개를 저었다. 매니저의 얼굴에 곤란함이 스쳤다. 정은의 손이 자신의 빈 목덜미를 쓸었다.

"이건 어떠십니까? 재작년 브루니에가 리디자인한 제품인데 크로노 타입이고. 아라비안 인덱스도 크게 튀지 않아서요."

매니저가 쩔쩔매며 설명했고, 정은은 찬찬히 시계를 뜯어보았다. 정확히 말하자면 사실 기계적으로 보고 있었고, 어떤 디자인도 눈에 들어오지 않았다. 아침에 신현으로부터 받은 전화만 떠올리고 있었다. 향후 중국 정부가 어떻게 대응할 확률이 큰지, 그래서 조 전무 쪽에서 뭘 준비해야 할지 알려 줬었다. 혜조나 형욱에 대한 언급은 전혀 하지 않고 현실만 짚어 준 전화였다.

다른 생각에 빠져 있는 정은을 살피던 조 전무가 매니저에게 의사를 전달했다.

"이걸로 하겠습니다."

"네."

매니저가 활짝 웃으며 시계 케이스를 들 때였다. 조 전무의 휴대폰이 진동했다. 그때까지 무표정하게 있던 정은도 조 전무의 휴대폰 액정을 함께 응시했다. 조 전무가 정은의 눈을 피한 채 '통화'라는 둥근 원을 터치했다.

'응.', '언제?', '응.' 그렇게 몇 번 반복하며 대답하던 조 전무가 어느 순간 정은과 눈을 마주쳤다. 정은은 가늘게 떨리는 입술을 지그시 깨물었다. 이 사람 많은 곳에서는 얼굴이 창백해져서도, 소리를 지를 수도 없었다.

통화를 끝낸 조 전무가 옆에 서 있는 매니저에게 자리를 피해 달라고 했다. 둘만 남자 조 전무가 조용히 입을 열었다.

"말씀드렸잖습니까. 그 정도 사실이어도 충분히 눈치챌 사람이라고."

알고 있었다. 울렁거리는 감정을 누르며 정은은 저릿한 숨을 들이쉬었다.

장민희가 알고 있는 사실은 너무 얕아서 신현과의 관계에 있어 위험 요소가 될 거라고 예상하진 않았다. 그래도 혹시 몰라 그 입을 막으려고 시도했었다. 장민희가 폭로를 했던 날도 그 내용을 수십 번을 반복해서 봤다. 저게 자신과 관계된 일이란 걸 어느 누가 눈치를 챌 수 있겠어. 그렇게 자신을 안심시켰다. 하지만 곽윤기가 그 시절 네 명의 계좌까지 털어 간 게 어제였다.

"차 본부장, 좀 전에 청담동에 차 세웠답니다. 이사장님은 지금 기다리고 계시고요."

올 것이 왔다. 결국.

그 생각밖에 떠오르지 않았다. 누군가에게 한 대, 크게 맞은 것처럼 몸이 휘청거렸다.

관계를 시작할 때부터 충분히 예상하고 준비했었다. 아무리해도 막을 수 없는 일이라고.

그러니까 당연히 버틸 수 있어야 했다. 주먹을 꼭 틀어쥐고 정은은 재빠르게 감정을 정리했다. 숨을 들이쉬고 내뱉는데 잠깐 시간이 걸렸을 뿐이었다.

"이사님."

"괜찮아요."

딱딱한 어조로 정은이 대답했다. 예상보다 빨리, 급작스레 닥친 게 아쉬울 뿐이었다. 하필 간신히 그의 마음을 연 지금 이 때여서. 정은을 예쁘다 하며 바라보고 아껴 주는 지금 이 시기 말이다.

지난주에 겨우, 그렇게 가슴을 찢는 청혼을 받았다. 내 어린 시절을 통째로 홀린 남자의 마음을 이제야 내 것으로 만들었으니까 아주 조금, 시간이 아쉬울 뿐이었다. 이틀, 사흘, 한 달 뒤였다면 더 좋았을 거였다. 그럼 버려져도 후회가 덜했을 텐데.

"이사님."

"네."

희미한 웃음을 지어 보인 뒤 정은은 다시 하던 일을 떠올렸다. 기계처럼 주변을 돌아보았다. 여기가 어디더라. 그러니까 이 시계는⋯⋯.

"소용없겠네요."

조 전무가 정은의 할 말을 대신했다. 이어, 괜찮을 거라는 말을 해 주는 대신 조 전무는 이번에도 현실적이고 객관적으로 정은에게 닥칠 상황을 알려 주었다.

"차 본부장은 곧, 음, 이사님과의 관계를 정, 리할 겁니다. 마음의 준비 해 두시고요."

머리가 빙글 어지러웠다. 주먹을 쥐었다 펴며 정은은 인형처럼 고개를 끄덕였다.

"네."

그 어떤 노력으로도 이번엔 안 될 거였다. 그러므로 사업에서 늘 해 오고 배운 대로 깔끔하게 포기하고 다른 대체재를 찾아야 했다.

"저번처럼 잘 극복해 내실 겁니다. 이사님은 강하시니까요."

정은이 얼마 전 자신 있게 했던 말을 조 전무가 그대로 돌려주었다.

'저번처럼'이라니. 그때는 다시 만날 거라는 목표가 있었다. 머리가 멍멍했다. 정은은 가까스로 목소리를 냈다.

"네."

물끄러미 지켜보던 조 전무는 혹시라도 정은이 납득하지 못할까 봐 상황을 설명했다.

"그동안 모든 걸 알면서도 오히려 은폐까지 했던 건 사실이었으니, 오히려 이사님께 더 큰 배신감을 느낄 수도 있습니다."

진실을 알고도 진창에서 사는 걸 내버려 두었다. 심지어 정은 자신의 만족을 위해 유혹까지 하며 사랑을 받으려 노력을 했다, 그 뜻일 것이다.

"네."

"분명 이사님을 비난할 겁니다. 어떤 말을 할지 잘 준비해 두시고요."

실은 네가 내게서 완전히 돌아설까 봐 그랬다고. 그 진실 대신 다른 변명을 준비해야 한다는 뜻이었다.

정면을 보며 정은은 숨을 들이쉬었다.

"네."

멍한 정신에도 또박또박 잘도 대답했다. 흘러내린 머리칼을 올리며 정은은 마른 입술을 떼었다.

"그런데……."

한 가지만 묻고 싶었다. 정은은 최대한 힘을 모아 평이한 어투로 입을 열었다.

"그래도, 붙잡을 방법이, 정말 없을까요?"

분명 노력했는데도 한마디 한마디가 뜨겁게 흔들리며 흘러나왔다.

어떤 계략을 세워야, 얼마를 퍼부어야, 어떤 못된 거짓을 또 말해야 이 남자를 다시 잡을 수 있나. 그렇게 묻고 싶었다.

"그 사람 앞으로 뭘 해 준다거나……."

다 줄 수 있었다. 바지라도 잡고 엎드려 빌라면 빌 수도 있었다.

대답 대신 조 전무는 잔잔하게 고개만 저었다.

하긴 정필경 회장의 아들에게 돈이 무슨 소용이겠나. 평생 돌처럼 무감하던 조 전무의 눈동자에 감정이 서려 있었다. 왜 하필이면 신현이 마음을 열려 할 때마다 이런 일이 생기는 건지, 그런 억울함마저 단번에 틀어막을 만큼 조 전무의 눈빛은 절망적이었다.

"이걸 눈감아 주기는 쉽지 않을 겁니다. 이사님과의 감정은 얼마 안 됐지만, 이 일은 그 사람이 살아온 평생이에요. 함께하다가도 늘 떠오르겠죠. 이사님이……."

조 전무가 어렵게 말을 이었다.

"……자신의 삶을 망쳐 놓은 끔찍한 사람들의 딸이고, 방조자라는 사실을요."

혜조는 신현을 기다리고 있었다. 이 시간이 다가올 걸 항상 두려워했지만, 마찬가지로 기다린 것도 사실이었다.

신현이 혜조의 집에 도착한 건 느지막한 오후였다. 평소처럼 인사를 하고 혜조와 비스듬한 자리에 앉았다. 둘 사이에 안부를 물을 필요도 없었다.

신현은 담담하고 차분한 태도로 말문을 떼었다.

"정필경 회장의 용역을 수임하신 것, 거기까지만 알고 왔습니다."

거짓말을 해서 이 순간을 모면할까, 그런 고민을 하진 않았다. 뭘 해도 사실이 아니라면 신현은 결국 알아낼 아이였다.

어느 순간, 혜조는 천천히 입을 열었다.

"그래, 정 회장의 요청이 시작이었다."

혜조의 머릿속으로 시간이 거슬러 올라갔다.

과학에 대한 호기심이 풍부했던 정 회장이 윤 사장과 가졌던 술자리가 그 계기였다. 둘 다 어느 정도 술에 취한 상태에서 정 회장은 자신의 가장 깊은 고민을 윤 사장에게 털어놓았다. 아이를 갖기 위해 여러 번 시도했으나 아내 서린의 유전적 질환 때문에 계속 실패한다는 내용이었다. 윤 사장은 과학자로서 이론적이고도 조금은 비현실적인 조언을 하나 해 주었다.

　인간의 세포는 세포핵과 세포질로 구성이 되어있다. 박 여사의 질환은 세포질 내, 미토콘드리아가 갖고 있는 결함이니 세포질을 다른 사람의 것으로 대체하고 아무 문제 없는 세포핵은 살려 둔 채 수정을 하면 질환이 유전되지 않을 거라고. 사위인 신형욱이 현재 그 분야를 연구하고 있으며 당장은 위험하고 윤리적인 이유로 위법이 될 테지만 몇 년 뒤 영국을 비롯한 유럽에서는 가능할 거라고.

　다음 날 술에서 깬 정 회장은 신형욱을 만났다. 청담동 이 집 이 자리에서, 아내인 박서린도 함께였다. 그리고 세상에 알려진 것보다 형욱의 연구가 상당 부분 진행되어 있다는 소식도 듣게 되었다.

　혜조는 사실만을 설명했다.

　"후계자를 얻겠다는 목적보다, 아이를 갖고 싶어 하는 박 여사의 열망이 강해서였다. 수십 번 아이 갖기를 시도하면서 몸이 많이 망가졌는데도 쉽게 포기하지 않았지. 정 회장의 오랜 친구였던 차시영 교수를 통해 시험관 아이까지 도전했지만 자체 결함을 안고 있어서인지 수정이 잘되지 않았고, 수정에 성공해도 꼭 태중에서 사산이 되었거든. 신 박사님의 연구가 아이를 가질 유일한 방법이라는 걸, 본인도 감지했던 거지."

그렇게 추진하게 되었다. 형욱은 새로운 실험에 대한 순수한 도전으로 그 용역을 수락했지만 혜조의 계산은 달랐다. 그 당시 재계 최대 권력자 중 하나였던 정 회장의 요청을 성공적으로 수행해 낸다면 형욱의 연구에 큰 백그라운드가 되어 줄 거라고 예상해서였다.

"유전자 좋은 여대생들로부터 난자를 얻었는데, 결함 때문이었는지 두 해 동안 무수히 실패했어. 배아 단계에서의 실패가 많았고 아직까지도 정확한 이유를 못 찾았지. 그러다가 어렵게 하나를 성공시켜서 박 여사의 자궁에 무사히 착상시켰고, 정 회장 부부는 몹시 기뻐하고 기대했어. 근데 마침 그즈음……."

목이 텁텁해서 혜조는 말을 멈추었다. 물컵을 드는 손이 짤막하게 떨렸다. 여기서부터는 혜조에게도 말하기가 쉽지 않은 사실들이었다. 신현은 미동 없이 이야기를 듣고 있었다.

어떤 사실도 빠뜨리지 않도록 혜조는 다시 과거를 찬찬히 더듬었다. 하긴 그럴 필요도 없었다. 어떻게 된 게 선명하지 않은 기억이 단 하나도 없었다.

"그즈음, 이것저것 고민하던 신 박사님이 여대생 난자 대신 차시영 교수가 제공한 난자를 시도해 봤는데."

마음을 굳게 먹은 혜조는, 차가운 물을 한 모금 마셨다.

"이걸, 또 수정에 성공했단다. 그것도 한 번에. 이상하게 쉬웠지. 배아 단계에서도 전혀 문제가 없었어."

듣기만 하던 신현이 침착한 어조로 짚어왔다.

"그 수정란은 어떻게 하셨습니까?"

눈이 마주쳤다. 형욱을 위대한 과학자로 만들며 겪어 온 지난한 세월이 혜조의 머릿속을 스쳤다. 어떤 짓도 마다하지 않고 다 했던 혜조였다. 동시에 신현이 자신을 쳐다보던 눈길도 떠올렸다. 희한하게도 혜조에게는 약점이라도 잡힌 것처럼, 지나치게 질질 끌려다니던 아이였다. 매년 어버이날이면 감사의 말도 못 건네는 그 성격에, 어렵게 모은 돈으로 선물을 해 줬었다. 혜조를 아름답게 보이게 할 수 있는 장신구, 스카프, 화장품. 모두 그런 것들이었다.

신현의 눈을 직시한 채 혜조는 건조하게 사실만을 말했다.

"빼돌렸다."

냉랭한 시선에 혜조가 변명하듯 부연했다.

"어차피 수정란 개수로 계약한 건 아니었으니까. 우리 복지원 출신의 대학생을 대리모로 이용해 출산했고……."

신현이 놓치지 않고 물었다.

"그게, 저입니까?"

판도라의 상자가 열렸다. 수많은 실험체들이 혜조를 찾아와 이 질문을 할 것을 두려워했었다.

"……응."

그때, 형욱의 목적은 순수한 호기심에서였다. 그렇게 쉽게 성공한 수정란을 놓치고 싶지 않았다. 또한 같은 유전 형질을 가진 두 명의 아이를 다른 환경에 두면 어떻게 될지를 비교하고 싶어 했다. 그런데 공교롭게도 박 여사가 낳은 아이는 박 여사와 같은 유전 질환으로 결국 사망했고, 운명인지 신현이 살아남았다. 언젠가 이 아이도 똑같이 될 거라 예상했는데 가슴을 졸이며 지켜봤지만 매해 무사히 살아남았다.

신현이 숨을 들이쉬며 눈을 감았다. 한동안 침묵이 흘렀다. 감았던 눈을 뜨기까지 오랜 시간이 걸렸다.

다시 입을 열었을 때 신현의 목소리는 이전과 같았다.

"복지원 아이 중에, 출생 신고서의 신고자가 신 박사님의 연구원인 경우가 몇 있었습니다."

수학 문제를 풀 때의 어린 신현이 문득 떠올렸다. 수감은 훈련으로 길러진 것으로 예측된다. 어린 나이에도 문제 한 글자, 숫자 하나하나 피곤할 정도로 다 짚고 나가던 성격이 혜조에겐 놀랍도록 특이하게 느껴졌었다.

자신과 관련된 일을 비난하는 대신, 신현은 전체적인 사실관계부터 제대로 파악하려는 모양이었다. 목소리가 혜조보다 침착했다.

"그 아이 중에 장애가 있는 아이가 서너 명 있었고요."

유전자 조작이 성공했는지는 실제 그 아이를 출산하고 제대로 성장하는 모습을 보기 전까지는 알 수 없다. 실험 대상인 아이들을 맡기고 더불어 어떤 오류가 발생하는지 지켜볼 수 있는 복지원 덕택에, 형욱은 마음 놓고 실험을 할 수 있었다. 그렇게 충분한 실증적 실험의 결과를 기본으로 형욱은 최고의 과학자로 우뚝 설 수 있었다. 그런데도 아버지가 복지원을 남겨 주지

않았더라면 어땠을까, 그럼 여기까지 오지는 않았을 텐데. 혜
조는 한편으론 아쉬운 생각도 하곤 했다.

혜조는 무덤덤하게, 민희에게 했던 것과 비슷한 대답을 했다.

"아무리 훌륭한 실험이라도 오류는 존재해. 그런 끝없는 오
류들을 극복하며 연구는 완성된다고 생각한다."

똑같이 건조한 시선이 혜조를 응시했다. 처음으로 혜조는,
자신 없는 목소리로 변명했다.

"어쨌거나 근본적으로 박사님의 실험 덕택에 네가 태어날 수
있었으니……."

신현은 아무 동요 없이 고개를 저었다.

"자녀의 생명을 창조할 권리는 부모에게만 있습니다. 전자의
수정란엔 제 부모의 동의가 있었지만 저는, 다릅니다."

차분한 목소리였으나 혜조는 신현이 참고 있다는 것을 깨달
았다. 신현의 눈치를 살피지 않으려 노력하며 어렵게 마음을
가다듬었다. 그리고 다시 변명을 시도했다.

"결론적으로 네 유전자에서 부모의 질환을 제거하기 위한 실
험이었잖니. 성공, 했다고 믿고 있고."

다행히 목소리는 강하고 여유로웠다.

"실험 대상은, 그걸 원하지 않았을 수도 있습니다."

"빼돌린 건 분명 하지 말아야 했지만, 그 선택 후에, 난 너를
잘 키워 내기 위해 최선을 다했어."

혜조는 흔들리지 않는 시선으로 신현을 응시했다.

"널 좋은 길로 이끌고, 널 가르치고. 네가 아플 때면 걱정하

고. 네 먹을 것과 입을 것."

신현이 문득 비틀린 웃음을 지었다.

"계속 제 건강 상태를 의심하고 어린 시절의 제가 이해하지 못할, 수십 가지의 검사도 하셨죠."

시선을 둘 데 없어 눈을 내리깔던 혜조에게 신현의 손이 보였다. 꾸욱 맞잡고 있는 두 손이 하얗게 불거져 있었다. 폭발할 만한 상황인데 잘도 참고 있었다. 정필경 회장의 유일한 아들로 최상의 환경에서 자랄 수 있었는데, 당신들 때문에 30여 년의 시간을 모진 수모와 비참함 속에서 상처투성이로 자라야 했다고, 이제 그 자리를 되찾으려면 남은 평생 법적 투쟁만 해야한다고 소리치며 비난해야 하는데도 참고만 있었다. 무언가를집어 던지고, 폭행을 한다고 해도 이쪽에서는 감내해야 하는 상황인데도 말이다.

그 이유를 알고 있었다. 혜조는 더욱 단단하게 자신을 무장했다. 신현과의 대화는 언제나 그 목적지가 같았다. 정은.

"저를 반대했던 이유를 듣고 싶습니, 다."

감정은 잘 감추었는데도 어조가 흔들렸다. 그렇게 가장 대답하기 어려운 질문이 마침내 혜조를 찾아왔다.

혜조는 처음으로 시선을 피하며 다른 곳을 응시했다.

"알고 있잖니. 네가 나보다 더 잘."

파도처럼 밀려올 감정이 얼마나 큰지 알기에, 혜조조차도 죄책감에 잠시 흔들렸다. 이런 감정의 동요를 원하지 않았다. 신현도 마찬가지일 것이다.

그래서 혜조는 냉정한 어조로 사실만을 전달했다.

"분명 두 수정란 다 똑같은 조건이었고, 유전자 검사에서도 아무런 문제가 없었단다. 그런데 박 여사의 아이는 사망했어. 분명 우리가 모르는 오류, 가 있었다는 뜻이지."

모계 유전인데 세포질을 제거했으니 유전이 되지 않아야 하는 게 정상이었다. 하지만 아이는 박 여사와 동일한 유전 질환으로 사망했다. 인간의 유전자는 그 수많은 연구에도 아직 미지의 영역이었다. 이론과 다르게 실험은 실패했다는 뜻이었다. 마치 HW-076, 민희의 아이처럼 말이다.

차라리 진작 이렇게 말했어야 했나. 그랬다면 신현은 알아서 감정을 정리했을 거고, 딸이 다가가더라도 혜조는 걱정을 할 필요가 없었는데.

후회는 속 안으로 접어 두고 혜조는 오랫동안 준비된 대답부터 했다.

"네 유전자 검사에서도 아무 문제가 없었어. 하지만 이상하게도 네 발육이 많이 늦었지. 두 돌이 되도록 잘 걷지 못했고 말도 더뎠어. 실제로 발달 장애라고 진단도 받았고, 어깨 통증도 근육 문제로 추정했단다. 알다시피 척수성 근위축증의 증상이, 근육의 약화부터 시작되는 거니까."

척수성 근위축증은 출생하며 나타나는 경우도 많았지만 청소년기, 심지어 노년기에도 나타날 수도 있었다. 박서린 여사의 질환으로 미뤄 볼 때는 청소년기에 나타날 확률이 더 크지만 말이다.

"검사 결과는 0.00001%의 확률이란다. 하지만 전공한 네가 한번 내게 말해 보렴. 네가 완벽한 결과의 실험체라는 걸 자신할 수 있는지."

혜조의 어조는 논리적이고 차가웠다. 이제는 결론을 말할 시간이었다.

"나 또한 오류가 있다고 100% 확신할 수 없어. 다만 내가 그 선택을 한 건 혹시라도 그 0.00001%의 확률이 내 딸을 위험에 빠뜨릴까 봐서였지. 너는 잘 알겠지. 정은이에게 어떤 게 최선의 선택인지."

딱딱하게 굳은 눈동자가 혜조를 응시했다. 그리고 혜조는 보았다. 순식간에 신현의 얼굴이 참담함으로 창백해지는 것을. 이게 어떤 의미인지 이제 현실이 되어 닿았나 보다.

불안하게 흔들리던 신현의 눈동자가 서서히 절망으로 붉어졌다. 혜조가 저지른 모든 짓 중에 신현을 반대한 것, 그 이유 하나만 납득을 했나 보다.

저 까마득한 절망의 원인은, 자신의 미래에 대한 걱정이 아닐 것이다. 훌륭하게 커서도 안 되겠냐고 되묻던 고등학생의 모습이 지금 떠올랐다. 한 가지 한 가지 죽을힘을 다해 무언가를 이뤄 낼 때마다 혜조의 눈치를 살피던 청년의 눈동자도 떠올랐다.

그때였다. 문득 신현이 자리에서 일어났다. 신현의 노여움과, 화와 분노를 맞닥뜨려야 할 시간이었다. 그런데 소파에서 일어난 신현은 혜조의 앞에 느닷없이 무릎을 꿇었다.

"신현아."

당황한 어조가 흘러나왔다. 신현이 머리를 숙였다

"저, 정은이⋯⋯."

목 끝에서 저절로 흘러나온 목소리였다.

"⋯⋯포기 못 합, 니다."

"일어나. 너는 어떻게 지금, 내게."

"도저히, 안 돼요. 이렇게 미치겠는데, 어떻게."

혜조의 가슴이 뜨끈해졌다.

그런 짓을 저질러 놓고도 그래서 맘 놓고 있었다. 후에 이 사실을 알게 되더라도, 혜조에게 어떤 복수도 하지 못할 것임을 알고 있어서. 윤혜조는 신정은의 단 하나뿐인 엄마이고 신현은 그래서 평생 약자일 테니까. 이렇게 비난 못 할 것을 알고 있어서.

바닥까지 깊이 고개를 숙이며 신현이 이어 말했다.

"무슨 짓이든 다 할 테니. 제발, 지금 이대로만."

끝까지 말을 맺지도 못했다. 자신이 지금 무슨 말을 하는지도 모르는지 목소리가 바르르 떨렸다.

"다른 방법으로, 행복하게 해 주겠습니다. 그러니까 제발."

누군가에게 부탁 같은 것, 못 하던 아이였다. 말하기 어려워서 그냥 자신의 힘으로 노력해서 얻어 내던 아이인데.

"제발."

뜨거운 숨을 삼키며 혜조는 신현의 눈에서 시선을 돌렸다. 도저히 더 이상 눈을 마주칠 수가 없었다. 신현이 지금 겪을 감정이 혜조의 가슴에 전달되어 왔다. 어쩌면 아이 때부터 봐 온

게 실수였을 수도 있겠다는 판단이 들었다.

신현의 눈을 차마 마주치지 못한 채 혜조는 이미 결정되었던 결론을 전달했다.

"내가 허락하고 말고가 무슨 소용 있겠니. 이제부터 네 선택이란다. 네게도, 네가 낳을 아이에게도 그 일이 일어나지 않을 거라고 자신할 수 있으면, 네 뜻대로 하렴."

침대 헤드에 기대앉은 정은은 휴대폰을 다시 한번 확인했다. 여전히 액정엔 아무 변화가 없다. 청담동 집에서 나온 후 신현은 한참을 걸었다고 했다. 휴가를 내고 복지원을 다녀왔다고도 했다.

혜조를 만나고 온 뒤, 정은에게는 단 한 번도 연락을 하지 않은 셈이다. 중간중간 조 전무가 신현의 이동 경로를 전해 주는 걸 확인하는 게 정은이 할 수 있는 전부였다.

진동이 아닌 것을 또 한 번 확인한 정은은 휴대폰을 매트리스 위에 올려 두었다. 자꾸만 신현이 전화를 할 것 같은 이 기분은 무언지 모르겠다. 무릎을 끌어안은 채, 마지막으로 만난 날을 되짚어 봤다.

그날 신현의 감정이 얼마나 깊어 보였더라.

부모님이 저지른 짓과 자신을 향한 신현의 감정 중 어떤 게 더 무거울까. 잠시 양팔 저울 위에 올려놓고 그 무게를 가늠해 봤다.

이쪽이 더 무거운 것 같기도 하고, 저쪽이 더 무거운 것 같기도 하고.

몸이 바짝바짝 마르던 중 다시 휴대폰이 울렸다. 바들바들 떨리는 손으로 휴대폰을 들었다. 신현의 이동을 알려 주는, 조 전무의 메시지였다.

[장민희 책임 만나러 R아파트 주차장 들어섰습니다.]

왜 장 책임을 만나러 가는지 짐작이 되지 않았다. 아마도 과거의 일 중 더 파악할 게 남아서인가. 뭐가 됐든, 목적지는 같을 거라고 정은은 무심히 생각했다.

민희는 놀이터 벤치에 앉아 기다리고 있었다.

차가운 바람 사이로 신현이 다가오는 걸 민희는 물끄러미 바라봤다. 그렇게 여러 번 연락해도 받지 않고 외면하더니, 먼저 연락한 게 놀라웠다.

묘하게 감정 없는 얼굴이라 생각했다. 겨울빛 때문인지 창백해 보이기도 했다. 민희는 희미하게 웃으며 인사했다.

"여전하네."

인사도 없이 신현은 벤치에 앉았다. 민희와 조금 떨어진 자리였다.

한참 동안 침묵이 흘렀다. 민희가 쳐다봤을 때 신현은 혼자 노는 민희의 아이를 바라보고 있었다. 이젠 '선배'라고 불러 주지 않으려나. 민희는 조금 씁쓸한 마음으로 신현의 시선을 따라갔다.

종우는 또 뒤뚱뒤뚱 유아용 미끄럼틀에 오르고 있었다. 요

근래 민희는 아들이 매일 이곳에서 운동을 하거나 움직이도록
하고 있는 중이었다.

먼저 연락을 해 온 당사자가 종우만 지켜보는 터에, 아무 말
없이 시간만 흘렀다. 신현이 도착하기 전에도 민희는 신현의
연락 이유를 여러 각도에서 고민했었다. 아무래도 민희가 언론
에 폭로를 한 이후니까 그와 관련된 목적일 것이다. 슈퍼 진에
투자하려 했는데 신형욱 박사의 일을 폭로해 일을 이렇게 만들
었으니 더 불리한 짓을 저지르는 걸 막기 위해서 온 거라고 추
측했다. 아니면 다른 게 뭐가 있을까.

"진단, 받아 봤어?"

신현이 꺼낸 첫마디였다. 건조하지만 어딘가 모르게 잠긴 목
소리였다.

예상치 못한 질문에 민희는 다소 천천히 대답했다.

"……응."

신현에게는 감출 것도 없었다. 그래서 허심탄회하게 덧붙
였다.

"발달 장애."

그렇게 말하는데 괜히 목이 메어 왔다. 연이은 목소리가 떨
려서 흘러나왔다.

"운동 신경이 현저히 떨어져. 말도 늦고 시력 장애도 좀 있
고. 유전자 교정에 실패한 아이들에게 가장 흔한 증상이지."

신현은 듣기만 했다. 그러면서도 아이에게서 눈을 떼지 않았
다. 소시지처럼 울퉁불퉁, 포동포동한 몸에 빨간색 모자를 쓰

고 수없이 미끄럼틀에 올라가려다 실패하는 아이의 모습에 신현은 시선을 떼지 못했다. 그런 신현을 민희 또한 물끄러미 바라보았다.

큰 키, 바람에 흩날리는 중간 길이의 머리칼, 금테 안경을 보니 이전의 그들 모습이 떠올라서 민희는 순간 울컥했다. 술을 좋아하는 윤기가, 도서관에 있던 신현을 끌고 나와 그 앞 잔디밭에서 셋이 밤새도록 술을 마시며 과학의 미래, 지구의 종말 같은 엉뚱한 말들을 떠들었다.

그래서 용기가 생겼나 보다. 아니면 그동안 정말, 부모를 포함해 아무에게도 터놓고 말하지 못해서 속이 곪아서 그랬는지도.

목소리가 떨릴까 봐 민희는 의도적으로 한숨을 쉬었다.

"내가 키가 작았잖아. 공부도 잘했고 얼굴도 예쁘다고 자부하며 살았는데 항상 친구들이 뒤에서 짧다고 쑥덕거렸어. 아이에게만큼은 이 말을 듣게 하고 싶지 않아서 시도했던 건데……."

민희가 고백하는 중에도 종우는 또다시 미끄럼틀을 오르고 있었다.

저 또래, 저 키의 아이들과는 무척 다르다는 걸, 민희는 놀이터에서 비교하며 깨달았다. 느리기도 느렸지만 종우의 움직임은 유연하지가 못했다.

"진짜 괜찮을 줄 알았어. 요즘 박사님 성공률이 워낙 높아졌고, 착상 전 검사에서도 가장 좋은, 완벽한 결과를 받았거든."

목소리가 다시 떨려 나왔다.

미끄럼틀의 세 번째, 네 번째 계단까지 종우는 잘 올라갔다.

매일 연습했더니 이제 조금 나아지려나 보다. 이상하게도 신현은 아이를 응시하며 이 한탄을 가만히 듣고만 있었다. 여전히 아무것도 느끼지 않는 듯, 무표정한 얼굴이었다.

민희가 여전히 떨리는 목소리로 털어놓았다.

"저렇게 잘 올라가면, 나중에 괜찮아질 것도 같고. 그래도 다른 아이들 쑥쑥 발전하는데 종우는 더 뒤처지고. 보면 하루에도 열두 번 지옥을 헤매고."

귓가에 숨소리가 들렸다. 엷게 내리쉬는 가는 숨.

미끄럼틀 중간까지 올라간 종우가 민희를 돌아보았다. 항상 엄마가 봐 주는 걸 바라는 게 민희에겐 신기했다. 이번엔 제법 의기양양한 얼굴이다. 겨우 중간을 올라갔을 뿐인데.

민희가 그런 아들에게 잘했다는 표정으로 웃어 보였다. 아이가 다시 미끄럼틀에 열중하자 민희의 웃음이 허물어졌다.

"매일매일 기분이 왔다 갔다 해. 왜 하필이면 내 아들인지. 저렇게 예쁜데. 자식은 그렇더라고. 정말, 정말……, 예쁘거든."

신현이 맞잡은 두 손이 떨린다고 느껴지는 건 자신의 눈동자가 떨리고 있기 때문일 것이다.

"평생 이렇게 살아야 하니, 나부터 강해져야 하는데, 사실은 좀 두려워."

말 한 마디 한 마디가 뜨겁게 흘러나왔다.

마음을 잡아야지 다시 추스르던 중, 어린 아들이 결국 미끄럼틀에서 또 주르륵 미끄러지는 모습에 푹 눈물이 솟아 나왔다.

"어떻게 해야 하나 싶어. 친구들도 무시할 거고, 다들 날 동정할 텐데. 아무리 해도 돌이킬 수가 없어."

아이가 바닥에 주저앉아 으아앙, 울음을 터뜨렸다. 민희가
뛰어가 그런 아이를 끌어안았다. '종우야, 울지 마.' 민희가 아
이를 다독이는 동안 '괜찮아, 괜찮아.' 울음 섞인 목소리가 흘러
나왔다.

매일이 지금 이 상황의 반복이었다. 이 아이를 평생 이렇게
돌보느라 앞으로 연구원으로서의 삶도 많은 부분 포기해야 할
걸 생각하니 앞이 까마득했다. 이렇게 매일매일 둘이 함께 우는
날이 반복될 거였다.

"끔, 찍, 해."

민희가 아이를 끌어안은 채 중얼거렸다.

"도망가고 싶어."

민희는 그렇게 본심을 털어놓았다.

"후회스러워. 이렇게 될 줄 알았다면 진짜 안 했을 거야."

종우가 울음을 그칠 때까지 아들의 작은 어깨를 끌어안고 한
참을 울었을 것이다. 오랜만에 울었더니 속이 후련했다. 눈물
을 닦으며 민희는 아이를 놓아주었다.

일어나 다시 벤치로 걸어오던 때였다. 민희의 걸음이 문득
우뚝 멈췄다. 벤치에 앉은 신현의 눈가가 젖어 있었다.

잘못 봤나 싶었다.

아니다.

그의 눈가의 투명한 물기가, 빛을 받아 반짝였다.

"너, 왜 그래?"

너무 놀라서 심장이 쿵 내려앉았다. 세상에, 대체 무슨 일이기에.

자신이 울고 있는 것도 모르는 듯했다. 민희가 다가가 그의 어깨에 손을 댄 채 다그쳤다.

"너……, 대체, 왜."

여전히 종우에게 시선을 둔 채였다. 물줄기가 그의 매끈한 뺨을 타고 미끄러지듯 흘러내렸다.

"도저히 못 놓겠는데. ……포기가 안 되는데."

신현의 목소리는 한없이 건조하고 담담했다.

"언젠가 정은이도 울게 될까 봐."

정은이라면 신정은. 민희가 멍해져서 신현을 바라봤다.

무슨 이야기인지 이해가 되지 않았다. 그 강한 신정은이 왜 운다는 거지. 신정은의 짝사랑인 줄 알았는데 신현도 같은 마음이었던 건가. 혹시 내가 폭로한 것들 때문에 신현도 상처를 입을 일이 있던 건가. 그러면 안 되는데.

생각이 뒤죽박죽 흘렀다. 계속 흘러내리는 눈물을 민희는 바라보기만 했다.

시간이 분명치 않았다.

신현은 침대에 앉은 채였다. 그렇게 한참을 눈을 감은 채 멍청하게 앉아 있었다. 암막 커튼을 쳐 놔서 바깥이 어두운지, 밝은지도 알 수 없었다. 어떻게 돌아왔는지 기억도 나지 않았고 얼마나 앉아 있었는지도 알 수 없었다. 아마 한밤중이나 새벽

쯤일 것이다.

갑자기 닥친 현실이 믿어지지 않았다. 무슨 일이 일어났는지 아직도 실감이 나지 않았다. 누군가에게 죽도록 때려 맞은 기분이었다.

신현은 우선 차근차근 사실만 떠올렸다.

혜조가 말한 것들은 명명백백했다. 게다가 신현은 혜조가 모르는 사실까지 알고 있었다. 미토콘드리아는 100% 모계로부터 유전된다고 알려졌지만 실제로 부계 미토콘드리아가 자녀에게 전달된 사례도 간혹 있었다.

박서린 여사로부터 그 미토콘드리아를 다 제거했다고는 하지만 그의 몸에 남아 있을 수도 있었다. 그 말인즉슨 그가 정은과의 사이에서 아이를 갖는다고 해도, 미미한 확률로 아이에게 그 병이 유전될 수 있었다.

아이를 낳지 말자고 설득할 수도 있었다. 하지만 문제는 그 자신이었다. 박서린 여사처럼, 언제 어떤 일이 닥칠지 몰랐다. 그렇게 되면 정은은 혼자 남게 될 수도 있었다.

그리고 정은에게는, 이 모든 위험에서 완벽하게 벗어날 아주 쉬운 방법이 있었다.

……그와 헤어지면 된다.

그만 참아 내면 모든 게 해결되는 문제였다. 그렇게 어렵게 곁에 있게 되었는데 정은을 제 손으로 보내야 하는, 딱 그 일 한 가지만 하면 정은의 삶은 다시 완벽해질 것이다.

혜조를 찾아가지 말 것을. 신현은 아주 잠깐 후회를 했다.

정은과 결혼할 헛된 희망을 갖지 않았어야 했다고. 그랬다면 출생 따위 그냥 덮어 뒀을 텐데. 정은이 원하는 대로 가볍게 지나치는 관계로 지내다가, 어느 순간 정은이 그를 다시 찾을 것이다. 헤어지는 결과는 같겠지만 그래도 정은이 버림받는 건 피할 수 있었을 거였다.

멍한 정신에 신현은 잠시 손으로 이마를 쓰다듬었다. 가슴이 후벼 파는 것처럼 아팠다. 혜조에게 말을 들은 순간부터 지금까지 계속 그랬다.

지금 이 순간 정은을 안고 싶다는 충동이 들었다.

침대 중간에 던져둔 휴대폰을 본다. 저 휴대폰을 들고 단축번호를 누르면 정은이 받을 것이다. 서늘한 목소리로 받겠지만, 그가 오라고 부탁하면 바로 여기에 와 줄지도 모른다. 그가 알려 준 번호를 누른 뒤, 저 문을 열고 들어올 것이다. 그럼 자신은 정은을 바스라질 것처럼 끌어안을 거였다.

뜨겁게, 미칠 것처럼 파고들어 정은의 애타는 신음 소리를 지금 듣고 싶었다. 절정까지 몰려 마치 사랑한다고 말해 줄 것처럼 절박하게 굴던 그 얼굴이 보고 싶었다. 정은이 내 여자여서 누릴 수 있었던 그 순간을, 그 벅찬 감정을 이 순간 느끼고 싶었다.

손을 뻗어 신현은 휴대폰을 들었다. 액정에 통화 화면만 띄운 채 잠시 그렇게 있었다.

[정은]

떠오른 이름과 번호를 내려다봤다.

실은 한밤중에 이렇게 정은의 번호를 띄워 놓고 한참을 있던 적이 셀 수 없었다. 통화 버튼을 누르고 '정은아.' 그렇게 부르고 싶었던 순간들이.

십수 년의 밤을 그렇게 참기만 하며 살았다. 마침내 그럴 수 있는 관계가 되었는데.

정은의 나긋한 목소리가 떠오르자 다시 눈가가 뜨끈해졌다. 단축 번호를 누르려던 손가락이 가볍게 떨렸다.

정은의 번호를 진짜로 누르게 될까 봐 신현은 주먹을 쥐며 혼자 중얼거렸다.

"괜찮아."

진짜로 괜찮다는 생각도 들었다. 헤어지자고 한마디 듣게 하는 게, 그게 뭐 대수라고.

정은인 괜찮을 것이다. 어차피 그를 사랑하는 것도 아니었으니까. 얼마 전에도 그와 결혼할 생각이 없다는 걸 분명히 했지 않은가.

휴대폰을 천천히 내려놓으며 신현은 중얼거렸다.

"……괜찮아."

사실은 신현 자신이 괜찮지가 않았다. 그래서 그냥 이렇게 살까 하는 야비한 충동도 들었다. 어차피 정은인 모르니까 난생처음으로 오롯이 그 자신의 행복만을 위한 선택을 할까, 그렇게도 생각했다.

이번에 헤어지면 그는 평생을, 예전보다 더한 지옥에서 살아야 했다. 혼자 남겨져, 정은만을 떠올리던 시간들. 끔찍하고 지독하고 비참했던 그 시간들. 이번엔 쌓인 시간이 더 많으므로 더욱더 힘들 거였다. 다시 그 시간으로 돌아갈 자신이 없었다.

한데 그렇게 되면 정은은.

통증이 다시 심장을 쥐었다.

정은인 행복해져야 한다.

자신이 행복해져야 한다는 것보다, 정은이 행복해져야 한다는 전제가 먼저였다. 어떤 일이 있어도, 그 순서가 뒤바뀔 수는 없었다.

하아, 입술 사이로 숨이 흐트러져 나왔다. 충동을 누르며 잠시 정은과 헤어진 이후의 정은의 삶을 예상해 봤다.

아마도 정은은 다시 강태준을 만날 것이다. 조건이 맞으니 곧 결혼도 하게 되겠지.

강태준의 품에 안겨 사랑을 나누고 아이를 낳을 거고 완벽하고 안전한 삶이 될 것이다.

그럼 그 새끼는 평생 정은의 웃음을 보고, 정은의 향기를 맡고…….

내가 사랑하는 것보다 어쩌면 더 깊게……, 깊게.

그 생각에 두 손으로 머리를 감싸고 신현은 몸을 숙였다. 누가 칼이라도 꽂은 듯 날카로운 통증이 몸을 덮쳤다. 예상치도 못하게 기껏 참았던 눈물이 다시 흘러내렸다.

아아, 아아. 입술 사이로 고통스러운 신음이, 연이어 욕설이 흘러나왔다.

이, 이, 개 같은 인생.

주르륵 흘러내리는 뜨끈한 액체를 신현은 손바닥으로 닦아 냈다. 툭, 안경이 바닥으로 떨어졌다.

죽이고 싶을 만큼 형욱이, 혜조가 원망스러웠다. 찾아가서 목을 조르고 싶었다. 그에게서 정은을 빼앗아 간 모든 존재를 다 없애 버리고 싶었다. 쥐어뜯어도 시원치 않을 만큼 가슴이 아팠다.

그런데도 이 바보 같은 성격 탓에 정은에게 말하지 않은 것들이 많아 다행이라는 생각도 들었다. 너 하나가 실은 내가 갖고 싶은 전부였다고.

내가 이 세상에서 만난 존재 중 네가 가장 아름다웠다고.

그렇게 진심으로 너를, 사랑했다고.

신현이 만나자고 한 게 반갑지 않은 일이 될 거라곤 한 번도 예상을 한 적이 없었다.

퇴근을 한 정은은 드레스 룸 내의 화장대에 한참을 앉아 있었다. 거울에 비친 자신의 모습을 보는 동안, 그새 살이 붙었다는 걸 깨달았다. 볼썽사나울 줄 알았는데 꼭 그렇지만도 않았다. 생기가 돌았고 뺨은 복숭앗빛이 되었다. 어쩌면 그동안 꿈에 젖어 살아서인지도 모른다.

바르르 떨리는 입술을 깨물고 정은은 자리에서 일어났다. 드레스 룸 내부를 돌며 어떤 옷을 입을까를 고민했다. 신현을 만나기 전, 예쁘게 차려입는 건 정은에게 기도나 의식 같은 거였다. 이제까지 만난 날 중 가장 잘 보이고 싶었다. 매일 자신이 원하는 스타일대로 입었는데 오늘은 신현이 좋아하는 스타일로 고르기로 했다.

은은한 파스텔 톤의 원피스가 눈에 들어왔다. 고전적인 스타일에 은근하게 몸매를 드러내는 옷이었다. 수십 분에 걸쳐 화장을 하고 선물받은 귀걸이를 했다. 착용하고 보니 이것과 비슷한 귀걸이를 갖고 있던 게 기억났다. 예전에 코스모스가 예쁘게 피었던 날 이런 귀걸이를 했었다.

신현의 아파트에 도착했을 때, 방문객용 주차장 대신 처음으로 정은은 신현이 내준 지정 주차 자리에 차를 세웠다. 신현의 차가 이미 주차되어 있었다.

스마트 키로 차량을 잠그며 똑같은 두 대의 차가 나란히 서 있는 모습을, 사진을 찍듯 눈에 담았다. 차량 종류도 색깔도 배기량도 같았고 번호판만 달랐다.

조 전무가 이 차를 렌트해 왔을 때 정은은 유치하다며 비웃었지만, 사실 속으론 고마웠었다. 가끔 이런 식으로 정은의 비위를 맞춰 줄 때가 있었다.

살아오면서 어떤 일이 닥치든 정은은 망설이고 주춤하는 대신, 차라리 맞서는 걸 택하는 쪽이었다. 오늘도 평소와 같이, 멈춤 없이 움직였다. 106동 출입용 카드를 꺼낸 정은은 출입 패드에 태그를 했다. 20층에 도착하자 왼쪽으로 걸었고 2003호 앞에 섰다.

정은이 멈칫한 건 그때였다. 키패드를 열려다가 뻗었던 팔을 내리며 그렇게 서 있었다. 얼마의 시간이 흘렀는지 모르겠다.

어느 순간, 정은은 천천히 키패드를 열고 익숙해진 번호를 눌렀다.

집이 어둑해서 처음엔 아무도 없는 줄 알았다.

커튼 사이로 비치는 하늘은, 구름이 달을 가렸는지 컴컴했다. 옅은 네온 빛 덕택에 어둠 속에서도 차츰차츰 주변의 것들이 시야에 들어왔다. 마침내 신현의 실루엣도.

거실 끝 베란다 근처에, 정은 쪽을 향한 채 서 있었다. 구두를 벗고 집에 들어서려던 정은의 움직임이 멈췄다. 그래야 할 것 같았다. 현관 입구에서 그렇게 멀찍이 그를 둔 채로 서 있었다.

위기가 닥칠 때면 언제나 머릿속이 휙휙 움직였는데 지금은 아무 계획도 떠오르지 않았다. 그저 지금의 상황이 비현실적으로 느껴졌다.

어둠에 눈이 익숙해지자 신현이 정은을 응시하고 있다는 것을 깨달았다. 말없이, 정은의 모습을 눈 안에 담는 것처럼.

"저녁, 먹었어?"

고요한 실내에 정은의 목소리가 울렸다. 엉뚱하게도 정은은 안부 인사부터 했는데 다행히도 목소리는 편안하게 흘러나왔다.

"응, ……너는?"

그 답변을 들으면서 두 가지를 깨달았다. 거짓말이라는 것과 그의 목소리가 잠을 잔 것처럼 가라앉아 있다는 걸.

답을 못 했지만 신현은 다시 묻지 않았다. 물속에 있는 것처럼 주변이 조용했다. 그 흔한 가전 소리도 들리지 않았다.

그 침묵을 견딜 수 없게 된 무렵 정은이 천천히 물었다.

"엄마, 만났지?"

목소리가 낮게 깔려 나왔다. 고개를 끄덕이는 대신 신현은 조용히 반문했다.

"어디서부터 어디까지 알고 있어?"

여기서 거짓을 말한다고 바뀔 수 있는 것도 없었다.

"……전부 다."

솔직하게 대답한 정은은 이어 덧붙였다.

"네 부모님과의 거래부터 지금까지 모두."

형욱과 혜조가 이기적인 욕망을 위해 그를 빼돌리고 복지원에서 키운 것도, 그를 살피며 관찰한 것도, 그러고도 정 회장의 경제적인 후원을 받으며 과학자로 승승장구한 것도 모두. 외할아버지의 사나운 반대에도 불구하고 일이 진행된 걸 보면, 대부분 혜조가 종용한 일이라고 짐작된다.

아버지가 어떤 사람인지는 아직도 모른다. 하지만 형욱과 그 밑 수많은 연구원이 하는 모든 일의 꼭대기에 혜조가 있다는 것은 알고 있었다. 신현과 헤어진 이후로 혜조와는 절연을 했다. 단 한 번도 얼굴을 마주치지 않았다. 돈만 보냈고 혜조가 없는 날만 청담동을 드나들었다.

"언제부터?"

"오래전."

어렸을 때부터 차근차근, 어렴풋이 알게 되었다.

혜조가 형욱에게 전화하는 내용들을 잠결에 들으며 하나씩

짜 맞춰 갔다. '정 회장이 원래 체격이 좋잖아요. 운동도 잘하고.', '이상해요. 차 교수는 분명 세포질만 제공한 건데.'

모든 걸 낱낱이 파악하게 된 건 조 전무를 고용하고 나서부터였다. 사라진 실험 기록들을 찾아내고, 관련된 사람들을 수소문했다.

"정확히?"

시선을 약간 낮추며 정은은 입술을 뗐다.

"그냥, 처음부터. 널 만난 이후로 몰랐던 순간은 없었어."

"그런데 날, 만났어?"

이 질문엔 대답하지 못했다. 부모님이 한 짓이 경악스러웠지만, 단지 네가 정말 좋아서 속절없이 빠졌다고 말할 수는 없어서였다. 다 크고 나서는 이렇게 될 결말을 뻔히 예상하고도 결국 그를 포기하지 못했다고.

바람 한 점 불지 않는 밤바다처럼, 신현은 고요했다. 그저 긴 시선이 정은에게 닿았다. 참 냉정하고 차갑다는 생각이 들었다. 마치 어떤 목적이 있고 오로지 그 목적만을 위해 차분히 다가가는 사람같이.

"언제 이 사실을 말하려고 했어?"

움찔하며 정은은 고개를 들었다. 이 사실을 신현이 알고 있다는 것에 놀라서가 아니었다. 왜인지 이 대화가 정은을 원망하고 비난하는 쪽으로 흐른다고 느껴서였다.

신현이 목적한 바가 무엇인지 저릿한 깨달음이 되어 찾아왔다. 정은에 대한 호감과 정은의 부모에 대한 미움 중 어떤 쪽이 신현에게 더 무거운지 곧 명쾌해질 모양이었다.

흔들리지 않도록 정은은 입술을 지그시 깨물었다. 당연하게 겪어야 할 일이었다.

정은은 천천히 고개를 저었다.

"감췄을 거야. 네가 몰랐다면, 끝까지."

현일을 그의 품에 돌려주는 날, 아니면 우리가 늙어서 죽을 날이 가까워질 때. 아마도 그때쯤엔 말할 수 있지 않을까, 생각하긴 했었다. 하지만 그때에도 그러지 못할 거라는 결론을 내렸다. 이 사실을 알게 되면 차신현에게 신정은은 여자로서 완전히 끝이니까. 치가 떨리게 싫은 사람들의 딸. 동시에 치가 떨리게 싫은 여자.

이상하게도 신현은 분노하는 대신, 정은을 한동안 지켜보기만 했다.

"재작년 4월, 조 전무가 윤 이사장에게 5억 원을 송금했고……."

딱딱하고 엄격한 어조였다. 정은의 어깨가 움찔했다.

"그 돈이 김효영이라는 여자에게 송금됐어."

청혼을 하기에 그녀가 저지른 모든 짓을 용서할 줄 기대하기도 했었다. 아무리 조 전무가 그렇게 말했어도 얄팍한 기대가 남아 있었다. 그녀라면, 다 용서했을 테니까. 차신현이 어떤 짓을 했든, 설마 자신을 죽이려 했더라도, 혹시라도 잃게 되느니 정은은 다 묻어 두는 걸 택했을 거였다.

그런데 역시 아닌가 보다.

시선을 맞추지 못한 채로 정은은 무덤덤하게 대답했다.

"내가, 지시했어. 네가 알게 되길 원하지 않아서."

의도치 않게 목소리가 가늘게 떨려서 나왔다.

재작년. 김효영은 인터넷으로 신현의 성공 기사를 발견했다. 이름을 보고 혹시 싶어서 이것저것 조회해 보다가 우연찮게 혜조의 이름과 같이 실린 옛 기사까지 확인했다. 잘 자란 신현을 만나고 싶다는 애달프고 순수한 의도가 아니라 돈을 노리고 혜조와 접촉했다. 은폐의 목적보다, 그 사실을 신현이 듣고 나서 입을 상처가 두려워 그렇게 했다는 말을 정은은 하지 못했다. 이런 추잡한 진실은 신현이 모르길 바랐다. 모든 지저분한 것들은 정은만 알고 다 해결해 주고 싶었다. 그 돈을 송금하라고 지시할 때 이럴 상황을 예견하고서도 말이다.

원하는 대답을 모두 들었다는 듯 신현의 입에서 긴 숨이 흘러나왔다. 왠지 무시무시한 것이 자신에게 다가온다는 예감이 들었다.

처음으로 느끼는 아찔한 두려움이 목을 죄어 왔다.

"네가 내 곁에 있으면 살아가는 모든 순간……."

가볍지도 무겁지도 않은 목소리였다. 화를 내거나 치를 떨지도 않았다. 기계처럼 목적했던 말들을 읊는 목소리였다. 고개를 들어 정은은 겨우 그와 시선을 맞췄다.

순간 신현의 눈동자에서 고통스러움을 발견해서 놀랐다. 지금 이 순간이 끔찍하다는 눈빛. 설마하며 희망을 갖던 순간 신현은 멈춤 없이 정은의 희망을 짓밟았다.

"……네 부모와 네가 저지른 짓이 떠오를 것 같아."

그저 정 다 떨어졌다는 목소리였다.

준비하고 왔는데도 순간 눈앞이 뿌예졌다. 어차피 안 잡힐 걸 잘 아니까 붙잡아 봤자 소용없다는 것도 알고 있었다.

그런데 본능처럼, 목소리가 먼저 나왔다.

"그게, 내 잘못은 아니었잖아."

정은이 할 수 있는 변명의 전부였다. 이 이상 더 할 수 있는 말도 없었고 이걸 이해 못 하고 내 부모가 저지른 짓을 두고 나와 헤어지려 한다면, 어차피 언젠가는 날 버릴 사람이었다.

그런데도 정은은 한 발 다가갔다. 잡고 싶었다. 못 잡으면 난 진짜. 이번에도 또 헤어져야 한다면, 난, 진짜, 그 지옥 같은 삶을, 더 이상.

그래서 정은은 토해 내듯 덧붙였다.

"아니, 내가, 내가 잘못했……."

한 마디 한 마디 소리가 목을 찢으며 튀어나왔다. 옷깃이라도 붙잡을까, 싶어 그와 눈을 마주칠 때였다. 신현이 순간 고개를 저었다. 정은이 말을 멈추고 입을 다물었다. 잘못했다는 말은 하지 말라는 뜻이었다. 다가가려는 걸음도 멈춰졌다. 신현이 숨을 들이쉬었다. 괴로움을 참기 힘든 듯, 그의 숨이 거칠었다.

"하지 마."

무슨 말이지. 눈물이라도 펑, 터질까 봐 정은은 온 힘을 다했다.

"내게, 매달리지 마."

그 목소리가 너무 강하고 독해서 잠시 멍해졌다. 어떻게 해도 반드시 그녀를 끊어 낼 거라는 뜻이었다.

잊고 있었다. 늘 그녀에게만은 가차 없었다는 걸. 단 한 번을 쉽게 넘어가 준 적이 없었다는 걸. 멍멍해진 눈으로 그를 쳐다보다가 정은은 자신이 해야 할 일이 무언지 깨달았다.

선 채로 서로를 응시했다. 그렇게 한참 시간을 두었다. 가슴이 천천히 잠겨 드는 동안, 정은은 기다려 주었다. 신현이 오늘 목적한 그 말을 할 준비가 될 때까지.

마침내 신현이 모든 감정을 털어 낸 목소리로 입을 열었다.

"영원히 포기하지 못하고, 곁에서 빙빙 돌 거라 생각했는데."

언제부터 알고 있었나. 정은이 그런 마음으로 살아가는 걸.

"변덕스러운 네가 때때로 내게 머물 수 있게, 그렇게 평생 기다리는 마음으로."

정은의 이야기가 아니라 그도 같은 마음이었다는 뜻이었나 보다. 잠깐 이해가 되지 않아 눈을 깜빡였다. 언뜻 신현의 입가에 허탈한 미소가 돌았다.

"이제야 널 제대로 포기할 수 있을 것 같아."

이 감정을 뭐라고 표현해야 할지 모르겠다. 예전 같으면 네가 감히 어떻게 내게 이럴 수 있냐며 화를 내고 떼를 쓰고 비웃었을 텐데.

"우리 그만하자, 이제."

결국, 이렇게.

그렇게 긴 시간의 인내와 기다림에도 나는 결국 너를.

"헤어지자, 정은아."

확실히 하듯 신현은 다시 한번 말했다.

정은아, 부르는 걸 처음으로 들었다. 모든 억울함조차 사라졌다. 무덤덤한 목소리였는데 왜 이렇게 가슴이 녹는 느낌인지 알 수 없었다. 아니, 칼로 가슴을 헤집는 느낌. 이 상황을 바꿀 수 없다는 것을 절감해서인지도 모르겠다.

이별하자는 말을 이렇게 하는 남자가 세상에 어디 있어.

따뜻하고 다정하게……, 마치 소중한 선물이라도 주는 사람처럼.

잿빛의 마음

상황이 급박하게 흘러갔다.

신 박사의 연구를 이미 인지하고 있었으면서도 계속 권고 수준의 조치만 취해 온 중국 과학기술부에 대한 비난이 거셌다. 기술 선점을 위해 비윤리적인 연구를 암묵적으로 허용한 것 아니냐는 의혹이 대세였다. 그런 만큼 중국 정부에서도 특단의 조치를 강행할 거라는 예상이 돌았다. 결국 슈퍼 진은 생명 윤리법 위반을 근거로 중국 정부로부터, 수원 연구소는 한국 정부로부터 압수 수색을 받았다.

정은에게도 우선 정중한 면담 요청이 왔으나 조 전무가 차단했다. 돈을 투자하고 단 한 번도 신 박사의 연구에 대해 개입하지 않은 것이 오히려 득이 되었다. 실제로 신형욱 박사는 경영자를 세워 두고 단독으로 의사 결정을 했고, 정은이 서명을 하게 한 적이 전혀 없었다.

주말 오전, 조 전무가 정은의 서재로 들어섰다. 정은은 그동안 미뤄 둔 보고서들을 읽고 있었다. 태풍의 눈처럼 정은은 고요했다.

"우선 증거가 없어 거절하긴 했습니다만, 곧 다시 이사님께 접근할 확률은 있습니다."

정은은 보고서에서 고개를 들지 않은 채였다.

"여기까지 쳐들어올 줄 알았는데……, 의외네요."

아무 감정도 느껴지지 않고 높낮이조차 없는, 목소리였다. 조 전무는 잠시 망설였다.

실은 자택 압수 수색이 아주 불가능한 상황은 아니었다. 현일바이오 오너의 주머니를 털기 위해서라도 충분히 그럴 수 있었다.

그런데도 검찰에서 이쪽에 더 강하게 굴지 못한 건, 조사를 받던 장민희가 신정은 이사는 일절 개입하지 않았다는 적극적인 진술을 했기 때문이었다.

본인이 망가질 걸 뻔히 알면서도 막무가내로 분풀이를 하던 장민희가 입장을 바꾼 건 차 본부장 때문이라는 후문이 언뜻 들렸다.

시간이 좀 지나면 보고하는 게 낫겠다고 조 전무는 판단했다.

"검찰은 당분간 끊어 냈지만, 언론은 다릅니다."

한국 언론에서는 신형욱 박사의 이름과 실제 오너인 정은의 이름이 동시에 오르락내리락했다. 기자들이 정은의 집 앞에도 심심치 않게 오갔다. 외신 기자들도 많았다.

"최대한 외출을 삼가시는 게 좋겠습니다."

정은의 시선은 보고서에 꽂힌 채였다. 진짜로 보고 있는 건지 의심이 들 정도로 한참 미동이 없었다.

"잠시 피해 있으면 어떨까 해요."

조 전무는 정은의 정수리만 응시했다.

"서울 떠나서 있을 곳 좀 알아봐 줘요. 공기 좋고 편안한 곳으로요. 호텔도 좋고."

정은이 서류를 오른쪽 한구석에 치워 두고 다른 보고서를 들었다. 오른쪽에 놔두는 보고서는 조 전무가 정은의 서명을 대신하고 황 대표에게 전달될 서류들이었다. 보통은 반려되는 서류가 많았는데 오늘은 대부분의 서류들이 다 저렇게 오른쪽으로 쌓이고 있었다.

"네."

왜 도망가냐고, 의연하게 맞서라고 이번엔 말하지 못했다. 대신 조 전무는 이어 물었다.

"고위 경영진들에게만 알려 두겠습니다."

"네."

조금 시간을 둔 뒤에 조 전무는 덧붙였다.

"차 본부장에게는 제가 직접 알리겠습니다. 아무래도 그게 예의일 것 같아서요."

보고서를 넘기던 정은의 손은 아주 잠깐 멈췄을 뿐이었다.

"네. 그렇게 해 주세요."

짤막한 대답이었지만, 조 전무는 정은이 감사해한다는 걸 알았다.

남자와 여자로선 끝난 사이여도, 김 회장과의 약속을 마무리할 때까지는 이 자리를 지켜야 하니 얼굴을 더 볼 기회가 있을 거라고 기대했다. 정은은 불편해할 테지만 신현은 그렇게라도 정은의 얼굴을 보며 살고 싶었다.

월요일, 신현은 유리 파티션을 통해 정은의 책상을 쳐다보고 있었다. 출근 시간이 1시간이 지나도, 2시간이 지나도 여전히 비어 있는 자리를.

메시지는 오전 10시를 넘겼을 때 도착했다.

[신정은 팀장은 장기간 공석 예정입니다. 황 대표께도 보고 완료되었습니다. 김 회장님과의 소송 진행 시 알려 주시기 바랍니다. 저희쪽 법무 법인에서 힘을 실어 드리라는 지시가 있었습니다. 경영기획 조재수.]

신현은 한참을 그 메시지에서 눈을 떼지 못했다. 마침내 액정의 불빛이 꺼지면서 메시지가 사라질 때까지.

오래전 신현이 서울을 떠나기 위해 택시에 짐을 실을 때, 정은은 그 근처에 있었더랬다. 택시 운전사와 짧게 대화를 하고, 짐을 싣다가 현기증이 났는지 잠깐 비틀거리던 모습도 차 안에서 지켜봤었다. 공항까지 가는 길도 그 뒤를 따라갔었다. 그렇게 먼 거리를 운전해 본 적이 없어서 중간중간 사고가 날 뻔했지만 말이다.

오늘은 조 전무가 정은의 차 뒷좌석에 짐을 실었다. 그래서 그날이 떠올랐나 보다.

진부에 있는 조 전무 명의의 주택으로 향할 예정이었다. 조 전무가 가끔 주말마다 아이들을 데리고 휴가를 가는 곳이었다. 조 전무가 슈퍼 진 일을 정리할 동안, 아니, 정확히는 정은이 다시 세상을 마주할 준비가 될 때까지 혼자 쉴 곳이었다.

조 전무가 운전대를 잡았다. 영동고속도로를 타고 휴게소도 들르지 않은 채 차가 달렸다. 정은은 차창 밖으로 시선을 두었다. 정은에겐 마냥 뜨겁기만 했던 겨울이 끝나고, 그새 시린 봄이 찾아와 있었다. 햇빛 아래 노란 개나리들이 눈을 아프게 찔러 왔다.

다 끝난 지금, 손익 보고서를 만들듯 정은은 이 관계의 실익을 따져 봤다. 원해서 다시 만났고, 손안에 움켜쥐었고, 함께 시간을 보낼 수 있었고, 같이 웃기도 했다. 생전 처음 선물들도 받았다. 이익이었을까 손해였을까. 그렇게 떨렸고 짜릿했고 즐거웠으니 손해 본 것은 아니었을 듯하다.

내가 지금 고통으로 아픈가.

잘 모르겠다. 무슨 일이 벌어졌는지 정확히 와닿지 않았고 단지 좀 멍했다. 창문 밖을 바라보다가 정은은 무심코 조 전무에게 물었다.

"11235813. 뭔지 알아요?"

운전을 하던 조 전무가 백미러로 정은을 살피면서도 머뭇거림 없이 대답했다.

"피보나치 수열 아닙니까?"

알고 있네. 정은은 허탈하게 웃었다.

"쉬운 거예요?"

정은의 물음에 조 전무는 평소처럼 재미없고도 진지한 목소리로 답변했다.

"첫째 놈 초등학교 1학년 때 경시대회 문제였습니다. 저희 집 현관 비밀번호고요."

잠깐 아무 말도 못 하다가 정은은 고개를 끄덕였다.

"아아."

희미한 한숨에 조 전무가 바로 물었다.

"무슨 문제 있으십니까?"

다시 차창 밖으로 시선을 돌리며 정은은 고개만 저었다.

"아니에요."

흔하고 쉬운 번호였을지도 모르지만 정은에겐 미적분보다 어려웠다. 그렇게 어렵게 딴 문을 열고 들어섰을 때 눈앞에 펼쳐졌던 세상이 지금 머릿속에 떠올랐다.

규격화된 일자형 구조의 실내, 헤링본 무늬의 마룻바닥, 신현이 소지품을 올려놓던 입구의 작은 탁자, 정은의 간식이 준비되어 있던 아일랜드 식탁, 창을 가리던 회색의 커튼. 혼자서 기다릴 때면 그 커튼을 열고 야경을 바라보고는 했었다.

그 아파트의 모든 것들이 이상하게도 신비롭고 좋았다. 일부러 구석구석 당당하게 돌아다녔다. 커피도 마음대로 내려 먹었고 아무 책이나 꺼내 읽어 보곤 했었다. 먼지가 쌓인 장식장을 정은이 직접 닦은 적도 있었다. 마치 내 집인 것처럼, 혹은 언젠가는 내 집이 될 것처럼. 내 옷이 이 방에 다 들어갈까, 파우더 룸은 인테리어 공사를 해야겠네, 그런 쓸데없는 생각을 하면서.

실내에서 느껴지던 냄새가 지금 기억이 났다. 집 냄새.

······신현의 체향과 같은 냄새.

정은이 그의 허리를 안으면 코끝에 느껴지곤 했었다.

개나리꽃의 샛노란빛이 망막을 눌러 왔다. 통증 때문에 정은은 지그시 눈을 감았다.

신 팀장이 결근을 처음 한 날, 상은은 사실 아무 사유도 듣지 못했다. 신형욱 교수와 관련한 논란으로 직원들이 수군대는 소리만 들었다. 출퇴근 시 지하철 전광판에 뜨는 뉴스로도, 점심시간 직원들의 수다로도, 신형욱 박사의 소식은 이곳저곳에서 들렸다.

압수 수색을 통해 신 박사가 수행한 연구들이 차례로 까발려졌고 해외 재벌, 유명인들이 그들 자녀의 유전자 조작을 신 박사에게 수임했다고 했다. 유전 질병의 치료뿐만 아니라 키, 아이큐, 머리 색깔 등을 교정했다는 소문에는 뭔가 딴 세상 소식을 듣는 기분이었다.

누가 연구 자금을 지원했는지가 꽤 중요한 문제인지, 실제 주주인 현일 신정은 이사 이름이 뉴스에 지속적으로 언급되었다. 딸이고 약대를 졸업했으니 당연히 신 박사의 모든 연구를 다 인지하고 있지 않았겠냐는 짐작이 대세였다. 칩거 중이라는 둥, 실제 연구 승인 문서가 발견되지 않겠냐는 둥, 그러면 곧 소환이라는 둥 직원들의 예측이 난무했다. 하지만 홍보팀에서 '오너인 신정은 이사는 투자금만 댔을 뿐 관여한 바 없다.'라고 입장 발표를 하자 조금은 잠잠해지는 모양새였다.

상은은 좀 전에 인사팀으로부터 받은 이메일의 첨부 파일을 인쇄하며 신정은 팀장의 빈 책상과 신현의 집무실을 번갈아 쳐다보았다. 신현은 평소처럼 출근해 평소와 같은 일정으로 일을 하고 있었다.

인쇄가 완료되었다는 알림에 상은은 그 자료들을 챙긴 뒤 집무실 문을 두드렸다. '네.' 하는 짧은 대답에 안으로 들어서고는 신현에게 서류를 건넸다.

"인사팀에서 보내온, 신정은 팀장 후임 후보들입니다."

결재 서류를 보던 눈을 떼고 신현이 손을 뻗어 인사 서류를 받았다. 놀라지 않는 눈빛이었다. 아마 신정은 팀장 부재의 이유를 비공식적으로 전달받은 모양이라고 추측했다.

신현은 서류를 차분히 훑었다. 모두 다섯 명의 후보들이었고 타 계열사 출신과 외부 인원이 섞여 있었다. 기다리는 동안 상은은 혹시 할 일이 있나 싶어 그의 책상을 살폈다. 반쯤 남은 커피는 식었으니 이제 치워야 할 거 같고 사탕 컵은……

다섯 장 중에 세 장의 서류를 추려 톡톡, 모서리를 맞추는 소리에 상은은 생각에서 헤어 나왔다. 신현이 다시 서류를 돌려

주며 지시했다.

"이 명단, 인사팀에 넘기고 1차 인터뷰 진행해 달라고 해 주세요."

상은이 명단을 받아 내용을 확인했다. '네.' 하고 답변한 뒤에 상은은 조심스러운 어조로 운을 뗐다.

"내일 경영기획 쪽에서 신 팀장님 물품 정리하러 온다고 하는데요."

결재 서류에 눈을 둔 채로 신현이 대답했다.

"네."

"혹시, 따로 챙길 자료가 있을까요?"

펜을 내려놓은 신현이 상은과 눈을 마주했다. 밤이라도 새운 건지 피곤한 이마를 쓰다듬으며 잠시 생각하는 눈치였다.

"신 팀장 책상 위 서류들 좀 확인해 주세요. 원래 일정대로라면 오늘 보고될 자료인데. 아마 '카티'라는 단어나 '개발 계획' 뭐 이런 단어가 있으면 맞을 겁니다."

"네."

상은은 고개를 끄덕였다. 굳이 기억하려 노력할 필요가 없는 단어였다. 신현이 수십 개의 자료를 틈나는 대로 공부하느라, 책상을 정리할 때마다 관련 인쇄물을 분류하고 버리느라 바빴던 상은이었다. 세상에 있는 모든 정보는 다 알고 있을 사람이 신 팀장이 남겨 둔 자료는 왜 찾는지 알 수가 없었다.

다시 결재 서류로 시선을 내리는 신현에게 꾸벅 인사를 하고 그곳을 나왔다. 탕비실 문을 열어 싱크대에 커피 잔을 내려놓다가 상은은 본부장실을 다시 돌아보았다.

한 달 전쯤, 사내 식당에서 함께 밥을 먹던 기억이 문득 떠올랐다. 직책 때문에 항상 점심 약속이 많은 사람이어도 신현은 종종 직원들과 사내 식당에서 점심을 먹곤 했다. 그날은 오전 내내 같이 회의를 했던 개발팀 직원들과 함께했던 날이었다.

평소처럼 식당 내의 온 여직원들의 시선이 쏠렸었다. 차신현 본부장이 등장하면 박수 소리가 난다더니 그날도 그랬다. 가까이서 지내면 참 심심한 사람인데 다들 모르나 보다. 신현 옆에 앉는 동안 부러움 섞인 시선을 받으며 상은은 혼자 피식 웃었었다.

그날을 떠올린 건 신현이 고른 메뉴 때문이었다. 연포탕.

갑각류 알레르기나 해물 못 먹는 건 비서이니 당연히 알고 있는 정보였다. 왜 갑자기 해물을 주문하냐는 질문에 신현은 아이디카드를 주문대에 태그하며 '여자 친구가 좋아해서요.'라고 말하며 쑥스럽게 웃었다.

식사하는 그의 모습을 내내 훔쳐봤었다. 그 연포탕을 신현은, 진짜 찡그리며 먹었다. 맛이 입에서 가실 만하면 어렵게 한 숟갈씩 떠먹고 물 마시는 걸 반복했다. 그 이후로 종종 상은은 신현의 지시에 따라 오찬 장소를 해물탕집으로 잡아야 했다.

탕비실을 나와 자리로 돌아가며 상은은 비어 있는 신 팀장의 자리로 향했다. 신현이 부탁한 서류를 찾기 위해서였다. 차분하고 가라앉은 얼굴이 마음에 걸렸다. 그러면서 문득 떠올렸다. 그럼 이제 사탕 컵에 색색의 초콜릿들은 그만 채워도 되는 건데. 그래도 설마 헤어지거나 그런 건 아니겠지. 잔뜩 겁이 나는 상은이었다.

신현은 평소처럼 알람 소리에 일어났다.

잠시 멍하게 앉아 있다가 디지털시계의 숫자가 깜빡이며 움직이는 걸 보고 침대에서 일어났다. 주방에서 냉장고를 열어 생수병을 들고 우선 한 모금 마셨다. 차가운 액체가 목을 적시는 동안, 시선이 문득 거실 한쪽 끝에 머물렀다. 열린 커튼 사이로 아침 빛이 들어와 고요한 실내를 비춘다. 환영이 보이고 소리라도 들릴까 봐 다시 고개를 돌리고 물을 마시는 데에만 집중했다.

다 비운 생수병을 내려놓고 신현은 씻기 위해 욕실로 향했다. 칫솔을 꺼내 치약을 묻히던 중 잠깐 멈칫했다. 그는 치약을 끝부분부터 차례대로 눌러 쓰곤 했는데 치약의 중간 부분이 눌려 있었다. 가만히 그 치약을 제자리에 놓아두고 신현은 아무렇지 않게 양치를 했다.

양치를 마무리하고 새 면도기를 찾기 위해 서랍을 열었다. 전기면도기 대신 신현은 날 면도기를 사용하는 편이었다. 뜯은 비닐을 쓰레기통에 버리고 면도기를 손에 쥐었다.

셰이빙 폼을 바르기 위해 거울을 응시했다. 잠깐 자신을 바라본 채 서 있었다. 익숙한 질문이 뇌리를 채웠다.

면도기를 분해한 건 언제였는지 모르겠다. 어느 순간 정신을 차리고 보니, 얇고 날카로운 면도날이 검지와 엄지 사이에 스미듯 놓여 있었다. 밝은 불빛 아래 두고 쉬운 문제라도 대하듯 건조하게 바라봤다.

그는 일을 저지르지는 않을 것이다.

한 번이라도 우연히 마주칠 날을 위해 이 고통을 질질 끌어가며 살아가는 게 낫다는 걸 너무나 잘 아니까.

그래도 궁금해지는 건 사실이었다. 매일매일 이 충동이 계속된다면, 과연 언제까지 버틸 수 있을지.

출근 준비를 마친 신현은 주방으로 향했다.

김천댁에게 부탁해서 사 둬야 할 약들이 있었다. 아일랜드 식탁 한구석에 있는 메모지를 가져와, 약과 숙취 음료의 리스트를 적었다.

메모를 아일랜드 식탁 위에 올려놓고 지갑을 꺼냈다. 김천댁은 이미 그의 신용 카드 하나를 갖고 있었지만, 수고비 조로 가끔 현금을 좀 드리는 편이었다.

5만 원짜리 네 장을 꺼내는데 문득 지갑이 또 홀쭉해졌다는 걸 그제야 깨달았다.

몇 주째 내내 현금을 채워 두면 바로 없어지곤 했었다. 그게 기막히고도 재밌어서 또 채워 두면 역시 귀신같이 훔쳐 갔었다. 처음 시작되었던 날도 기억이 났다. 20만 원이 사라졌었고 그날은 아마도 택시비였을 것이다.

짤막한 숨을 내쉬다가 신현은 다시 지갑을 슈트 주머니에 넣은 뒤 현관으로 향했다. 집을 나서며 신현은 문득 쓴웃음을 지었다.

이제 이 집에 있는 순간순간이 견디기 어렵다는 생각을 하며.

준용이 들어섰을 때 태준은 신 박사 관련 뉴스 브리핑을 듣고 있었다. 행방이 묘연하다는 내용이었다. 당국의 감시를 받으며 생활한다는 추측도 있었고 실종되었다는 추측도 있었다.

준용이 책상 옆에 다가오자 태준은 보고하던 직원 모두를 나가게 했다. 문이 닫히고 사무실이 조용해졌다.

태준이 궁금한 얼굴로 물었다.

"회장님께서 요즘 부쩍 신경 쓰시는 문제가 있으신 것 같아서요. 며칠째 식사도 거르시고, 계속 담배만 피우시고."

박 전무의 입이 무거운 건 알고 있었다. 그래도 김 회장을 이렇게 초조하게 만드는 일이 무언지, 아들로서 그리고 부하 직원으로서 궁금했다.

"혹시 신 박사님 일 때문인가요? 투자 진행 고려하시던 중에 이런 일이 생겨서?"

차 본부장과 주중 하루는 꼭 점심을 같이했다고 비서실장을 통해 들었다. 측근들에게는 더 이상 비밀도 아니었다. 그 오찬 1시간 전에 매번, 차신현으로부터 한 장짜리 보고서를 받는다고 했다. 카티와 신형욱 박사 연구 진척 현황이 비교 정리된 자료였고, 함께 점심을 하며 그 이야기를 자세히 나누고 깊이 숙고하시는 눈치시라고.

태준이 불쾌한 얼굴로 투덜거렸다.

"아니, 내가 지금 베이징을 몇 번을 다녀왔고, 얼마 전엔 윤이사장님까지 만난 후 보고서도 올렸는데 내 말은 들은 척도 안 하시면서 차 본부장 말은 어떻게 그렇게 한 마디도 소홀히 넘기시는 법이 없으신지."

자금을 만드느라 기조실장과 몇 차례에 걸쳐 회의까지 하고 있다는 말을 들은 게 어제였다. 언짢은 기분을 누르며 태준은 원래의 화제로 돌아갔다.

"그것 때문인가요? 투자, 아무래도 중단해야 할 것 같아서?"

"아닙니다."

간단한 대답에 태준이 되물었다.

"아니라고? 투자를 안 접으신다고? 아니면 그것 때문이 아니라고요?"

"둘 다 아닙니다."

태준이 눈을 크게 떴다. 지금 이해한 게 맞나 싶었다.

"투자를 안 접는다니요? 신형욱 박사, 지금 날아가게 됐는데?"

어처구니가 없지만 차례대로 질문했다. 준용도 차분히, 차례대로 답했다.

"우선 슈퍼 진에 투자할지 카티에 투자할지, 차 본부장으로부터 최종 보고가 안 올라왔습니다. 계속 두 개 사안에 대해 업데이트만 받으시다가 최종 결정 시에는 주주들을 모아 놓고 따로 보고 자리가 열릴 예정이라고, 그렇게 들었습니다."

"그래도 슈퍼 진은 이제 고려 대상에서 날려야 하는 것 아니에요?"

준용이 다시 고개를 저었다. 마치 태준이 고민하거나 결정할 문제가 아니라는 뜻으로.

"차 본부장이 곧 결론을 낼 겁니다. 회장님은 그 의견대로 진행하실 거고요."

"나 원 참."

이런 전폭적인 지지도 오랜만이었다. 박 전무에 대한 신임도 저 정도까진 아니었다. 오히려 지지라기보다 파트너십 같은 느낌이 들었다. 워낙 센 성격이어서 잘 이해가 되지 않았다. 예전에 정 회장하고나 그러셨다는데.

"이번 폭로로 증명됐지 않았습니까. 그게 얼마나 사업성이 큰지. 신 박사가 제자리로 돌아올 수 있으면 좋고, 아니라도 대체할 또 다른 신형욱을 찾으면 됩니다. 중국 정부는 신형욱을 감옥에 넣을 수는 있지만, 슈퍼 진을 날리진 못할 거라는 게 차 본부장 의견입니다. 그 사업을 선점해야 하니까요."

태준은 팔짱을 낀 채 그 말의 의미를 찬찬히 짚어 봤다. 사실이었다. 전 세계 셀럽과 재벌들이 신 박사에게 돈을 싸 들고 가서 자녀들의 유전자를 교정하려 했다고 들었다. 그러다가 진짜 암이나 에이즈 중 한 가지라도 출생부터 차단할 수 있게 되거나 키나 아이큐를 한 가지라도 바꿀 수 있게 되면 돈방석은 보장되는 거였다.

"정말로 신 이사와의 결혼을 적극적으로 진행했어야 하나?"

차 본부장과 신정은의 사적 관계를 들은 건 얼마 전이었다. 딱 김 회장과 준용만 알고 있다고 했다. 하지만 태준에게 결혼은 사업이었다. 정은이 김 회장의 며느리로 들어오면 굳이 투자라는 과정을 거치지 않아도 슈퍼 진이 고스란히 집안 사업이 될 수 있으니 결혼이 가장 **빠른** 방법이라는 생각이 지워지지 않았다.

"중국 정부가 신 박사를 풀어 주지 않는 시간이 길어지면 신 이사의 입장도 매우 불리해질 겁니다. 현일과 중국과의 관계에도 악영향이 되겠죠. 우선 신 박사 신병이 어떻게 될지 두고 보고 결정하셔도 늦지 않습니다."

신중한 표정으로 고개를 끄덕인 태준이 물었다.

"그래서 신 박사님 일 말고, 회장님 심기가 편찮으신 이유는 뭡디까?"

준용이 입을 꾹 다물었다. 태준은 대답 듣기를 포기하고 간단하게만 물었다.

"사안이 그렇게 큽니까?"

그 대답을 하는 대신 준용은 수수께끼와 같은 말만 했다.

"내일 오후 중, 회장님이 호출하실 겁니다. 상무님이 계신 자리에서 결과를 받으실 것 같습니다. 누구보다 깊게 관련되신 분이니까요."

쨱쨱, 새소리가 들려서 깼다.

눈꺼풀이 무거웠다. 그렇게 한동안 이불 안에 있었다. 침대 옆에 보고서가 쌓여 있었지만 급할 것도 없었다. 정은이 못 하면 조 전무가 알아서 할 거였다. 세상이 무너진다고 해도 지금은 별로 신경 쓰이지 않았다.

정은은 이불을 뒤집어썼다. 다시 잠든 정은이 일어난 것은 해가 중천에 뜨고도 한참이 지나서였다. 침대에 앉은 채로 오도카니 창문 밖을 보다가 느리게 일어났다.

주변은 적막할 정도로 조용했다. 마을과 외따로 떨어져 있어서 가끔 새소리만 들리는 곳이었다.

1층으로 내려가 주방에 간 정은은 잠깐 선 채로 주변을 살폈다. 검소하다 못해 짠돌이인 조 전무라 살림이라 부를 것이 사실 아무것도 없었다. 아무리 세컨드 하우스라지만 전자레인지도 없이 딱 밥솥, 냉장고, 토스터만 두고 살았던 모양이다. 연봉을 제외하고도 정은이 불려 준 재산만 해도 이 일대 산 하나를 다 사고도 남을 금액이었다.

어차피 이런 삶의 가치관, 습관 등은 다 정은의 외할아버지에게서 배운 걸 테니 그냥 한숨만 쉬고 말았다. 다 뜻이 있겠거니 했다. 모든 물건이 낡고 볼품없었지만 대신 놀랄 만큼 깔끔해서 마음에는 들었다.

그나마 정은을 위해 급하게 몇 개의 가전을 구매한 게 어제였다. 그중 커피 머신에 커피콩을 넣고 정은은 동작 버튼을 눌렀다. 위이잉, 소리가 들리고 커피가 갈려 나오며 짙은 원두 향이 퍼졌다. 커피를 기다리는 동안, 식탁 위에 놓인 '우리 모두 아빠를 사랑해요.'라고 쓰인 카드와 조 전무의 가족사진을 응시했다. 조 전무의 엄숙하고 무뚝뚝한 얼굴이 자신을 둘러싼 네 명의 아이들에게 파묻힐 것처럼 보였다. 네 명의 얼굴은 모두

제각각 달랐지만 하나같이 밝았다.

조 전무가 오래오래 건강하기를.

정은은 커피를 한 모금 마시며 문득 생각했다. 아니면 저 애들을 자신이 다 책임져야 하는데, 아이라면 딱 질색이었다.

뜨거운 커피 잔을 들고 정은은 다시 2층으로 향했다. 나무 계단을 오르는, 삐걱거리는 소리가 들렸다.

이 집에 방은 전부 네 개였다. 모든 방이 다 아이들 물건과 책으로 가득했다. 자기 전 책을 읽어 주는지 조 전무가 쓸 거라고 추정되는 방에도 그림책이 쌓여 있었다. 정은은 셋째와 막내가 쓰는 방을 쓰고 있었다.

방에 도착하고도 정은은 선 채로 커피를 마셨다. 빈둥빈둥 방 안을 돌아다녔다. 창문으로 들어오는 빛이 찬란했지만 정은은 돌아보지 않았다. 여기 온 후로 한 번도 나가지 않았다. 그냥 매일매일 빛이 들어차는 시간이 길어지는 것만 느끼고 있었다. 아는 사람을 만날까 봐 귀찮아서 그런 거라고, 핑계를 대었다.

휴대폰을 들어 조 전무에게 '베이글 좀 배달시켜 주세요. 햄이랑 치즈 넣어서.'라고 메시지를 보냈다. 점심으로 먹을 생각이었다. 살이 찌든 말든 그동안 먹고 싶었던 것들을 먹는 중이었다. 라면, 떡볶이, 아이스크림, 빵. 다시 빵. 그리고 또 빵.

식빵, 치즈빵, 소보로빵. 빵이라면 가리지 않고 먹었다. 다시 데워 먹어도 맛있고 그냥 먹어도 맛있었다. 잼이나 스프레드를 발라 먹어도 맛있었다. 정은이 그날 먹고 싶은 빵을 고르면 조 전무가 가까운 베이커리에서 주문을 해 줬다.

커피가 반쯤 남았을 때 정은은 흔들의자에 앉았다. 심하게 낡아서 부서지지 않을까 걱정되는 의자였다. 머리를 기댄 채 정은은 멍하니 공간의 한 점을 응시했다.

곧 정신 차리고 이전의 나로 돌아갈 거라고. 그렇게 생각하면서 혼자 중얼거렸다.

'괜찮네.'

저번에 헤어졌을 때는 죽을 것처럼 아프고 어떻게든 다시 만나야지, 할 생각에 미칠 것 같더니.

이번엔 그런 희망조차 남지 않아서 그런가. 오히려 아무렇지도 않았다.

의자가 규칙적으로 흔들리는 소리가 귓가에 들렸다. 가만히 눈을 감으며 정은은 자신에게 속삭였다.

괜찮아. ……정말 괜찮아.

김천댁의 전화는 근무 중에 왔다.

— 당장 계약하자는 눈치던데? 시세보다 2억 낮춰 내놨다며. 나는 모르는 일이라고 했더니 너랑 계속 통화가 안 된다고.

"네."

그가 직접 갈 수 없어서 김천댁에게 집을 보여 주는 일을 맡겨 둔 터였다. 계속 회의 중이어서 전화가 울리는 것도 몰랐다. 책상을 정리하던 신현은 휴대폰을 다른 쪽 어깨로 바꿔 끼웠다.

— 집에도 안 들어온 눈치더만.

"……일이 바빠서요."

당분간 화, 목은 김천댁이 한가해지게 되었으니 죄송하다는 말을 해야 했다. 말문을 떼려는데 김천댁이 더 빨랐다.

— 나한테 미안할 건 없다. 대체 어디서 지내는 거야?

"근처 호텔요."

휴대폰 사이로 침묵이 흘렀다. '빨래는 어떻게 하니? 아침은 꼭 챙겨 먹어라. 술 많이 마시지 말고.' 그런 잔소리들을 참는 눈치였다.

똑똑, 노크 소리에 고개를 드니 상은이 집무실 입구에 서 있었다.

— 윤 이사장님은 요즘 신 박사님과 연락이 되지 않아서 걱정이 많으신 듯해. 식사도 못 하시고. 혹시 네가······.

혜조가 힘들어하고 있을 건, 그리고 그가 무언가 해 주길 바랄 거라는 건 김천댁이 굳이 전해 주지 않아도 알고 있었다. 하지만 죽었다 깨어나도 이번 일엔 관여하고 싶지 않은 게 사실이었다.

— 사람들 말로는, 이 상태가 계속되면, 저기, 정은이도 곤란해질 수 있다고 하고. 뭐라더라. 신 박사님이 행여나 그런 말씀 하시면 문제가 될 거라는 거지. 그니까 정은이가 그 연구 개입된 거라고.

"제가 지금 업무 중이라서요."

— 아······, 그렇지. 그래.

"연락드릴게요."

그렇게 통화를 마무리하는데 상은이 들어왔다. 보고서 형태의 서류를 들고 와 그에게 건넸다. 커버에 '카티 세부 개발 계획'이라고 제목이 적혀 있고, 그 밑에 '사업개발 본부 인허가팀장 신정은'이라고 작성자가 쓰여 있었다. 하지만 그것보다 먼저 시야에 박힌 물건이 있었다.

"이게, 왜, 여기…….."

그렇게 얼떨떨하게 말하다가 입이 다물렸다.

"이 자료가 아닌가요?"

표정이 어두워졌는지 상은이 되물었지만 답을 못 했다. 상은이 그의 시선을 좇다가 '아.' 하고 소리를 냈다.

"이게 왜 여기에 있죠? 본부장님 자료와 같이 받으셨다가, 어, 그냥 쓰셨나 봐요."

상은이 웃었다. 눈을 떼지 못하고 신현은 갈색의 낡은 클립을 바라만 봤다.

"그랬나 봅니다."

그렇게 답변했지만 실은 상은이 틀렸다. 그의 클립은 서랍 안, 제자리에 있었다. 이건 그의 것이 아니라 다른 물건이었다. 아니, 정확히 말하자면 아주 예전에 그의 것이었다. 지금 그가 사용하는 것보다 더 낡았고 스크래치도 더 많아서 알아봤다.

"그런데 찾으셨던 자료는 이 자료가 맞아요?"

"……네."

껄끄러운 목으로 그렇게 목소리를 낸 신현은 손을 뻗어 그 보고서의 끝을 고정시키고 있는 그 클립을 묵묵히 분리해 냈다. '오늘 일정 알려 드릴게요.'라고 상은이 말을 시작했지만 들리지 않았다.

오래전부터 그의 물건은 희한하게 도난이 많았다. 중고등학교 시절에는 더 두드러졌다.

친구 중 한 명이 전달해 주길 주변 여자애들이 그의 물건을 훔쳐 간다고 했다. 지우개, 연필, 스테이플러, 하다못해 실내화까지. 훔쳐 간 그 물건들은 경매에 부쳐지기도 한다고 했다. 가난한 그에겐 나름대로 절실한 물건들이어서 모두 네임 태그까지 붙여 봤지만 오히려 더 빨리 없어졌다.

정은의 집에 머물 때도 몇 번 그런 일이 있었다. 설마 신정은까지 그럴 리가. 착각이겠지. 회사에서 잃어버렸을 것이다. 아니면 너무 낡아서 청소하는 분이 버렸거나. 그렇게 넘기면서도 정은의 집에서 잃어버렸다고 생각되는 물건들은 똑같은 것을 사고 기억해 두었다.

클립, 연필, 넥타이핀……. 그리고 얼마 전엔 돈까지.

아주 오랫동안 정은의 손에 있다가 이제야 하나가 그에게 돌아온 셈이다. 돌아오길 바랐던 건 아니지만 말이다.

왜 그렇게 내 물건을 훔쳤던 걸까. 문득 그 질문이 떠올랐다. 소녀 때야 지나가는 장난이었다 치더라도, 다 큰 성인 여자가 된 지금도 말이다.

달라고 했으면 그냥 가진 것 다 줬을 텐데.

상은이 무언가 질문을 하고 얼떨떨한 표정을 하며 기다리는 것도 모른 채 신현은 그 클립을 가만히 쓰다듬기만 했다.

"유전자 검사 결과가 나왔습니다."

준용이 결과지를 책상 위에 둔 뒤에도 김 회장은 담배만 입에 문 채였다. 옆에 앉은 태준이 긴장된 숨을 들이쉬었다.

차 본부장의 집무실에서 머리카락을 채취했다고 했다. 필경과 박 여사의 유전자는 그들이 다니던 병원에 충분히 남아 있었다.

애초에 필경을 연상케 해서 이런 의심이 시작됐고 당시 사건에 대해 차신현 본인도 알아봤을 정도이니, 결과지를 보는 게 김 회장에게는 별 의미가 없었다.

박 여사의 알레르기, 필경의 얼굴, 필경의 습관, 필경의 재능, 필경의 표정. 그런 것들이 99.9999% 뭐 그런 뻔한 숫자로 결과지에 적혀 있을 거였다. 피씩 웃음이 났다. 옛말에도 씨도둑은 못한다고 했다.

씨근거리던 태준이 몸을 일으켜 책상 위의 결과지에 손을 뻗었다. 곧이어 '하아.' 하는 긴 한숨 소리가 들렸다. 이어 결과지가 책상에 다시 툭 떨어졌다.

"이, 이런 일이, 어떻게. 그 많은 사람 중에 하필이면 차신현이."

태준이 두 손으로 머리칼을 쓸어 올렸다.

"박 전무는……."

담배를 한 모금 빨아들이던 김 회장은 느리게 입을 떼었다.

"……차 전무가 어떻게 처신할 거라고 생각해?"

어마어마한 일이 벌어졌다. 혼자의 힘으로 종종거리며 두 애를 키우던 김 회장이었다. 물려줄 것은커녕 당장 하루하루를 버텨 내기도 쉽지 않았었다. 필경과의 결혼으로 완전히 신분이 변했던 김 회장은, 이게 한 개인에게 얼마나 대단한 일인지 알고 있었다. 이건 삶이 완벽하게 뒤집히는 일이었다. 땅에서 살다가 천상으로 붕 떠서, 저 아래의 사람들을 내려다보며 살게 되는 일이라고 한다면 대충 이해할까.

"유류분 청구 소송부터 할 겁니다. 유리한 상황인 걸 모를 리가 없으니까요."

재산 상속을 떠나 정 회장의 유일한 친자이니 향후 경영권 승계에도 유리했다.

"미, 치겠네."

태준이 반쯤 욕설처럼 중얼거렸다. 준용이 긴장한 목소리로 답변했다.

"상속 분쟁 관련해서 최고 전문가를 수소문해 보겠습니다."

담배를 입에 문 채 김 회장은 뻑뻑한 연기를 들이마셨다.

"신 이사가 갖고 있는 법무 법인, 거기 대표가 그 전문가 아닌가?"

"맞습니다."

짐작이 맞아떨어지니 실소가 흘러나왔다. 걔가 진짜 여우는 여우구나. 이게 언제부터 계획해서 실현한 일인지도 궁금했다.

차근차근 대화를 듣고 있던 태준이 충격에서 헤어나려 노력하며 말문을 떼었다.

"김 변호사 입회시키고, 우선 한번 만나 보시는 것도 방법이 되지 않을까요? 아무래도 회장님과는 점심도 자주 할 만큼 관계가 좋았으니까."

그 말에 준용이 고개를 저었다.

"이건 그런 관계가 도움이 되지 않는, 너무 거대한 돈이 오가는 문제입니다. 철저하게 법으로 싸워야 하는 일이죠. 제가 볼 땐 차 본부장도 이런 일에 인간관계를 대입할 사람은 아닐 거 같고요."

김 회장이 다 피운 담배를 짓눌러 끄자 준용이 새 담배를 꺼내 건넸다. 태준이 수차례 마른세수를 하다가 혼자 중얼거렸다.

"태희한테 전달할 일도 걱정이네요. 이 사실을 알게 되면 거의 기절할 텐데."

딸아이의 연애 감정 따위도 사소한 문제가 되어 버렸다. 입에 새 담배를 물고 불을 붙이던 김 회장의 시선이 문득 책상 위의 명패에 닿았다.

준용이 정리된 목소리로 입을 열었다.

"저희 쪽 법무팀장에게는 우선 일러두겠습니다. 차 본부장과는 교류가 없는 인물입니다. 절차가 어떻게 되는지, 어느 조직에 힘을 써 두어야 저희 쪽에 유리한 판결이 나는지 알아보고 최대한 잘 준비하겠습니다."

천천히 고개를 끄덕이면서도 김 회장은 여전히 명패에 시선을 둔 채였다. 투명한 재질이어서 자신의 이름이 김 회장이 앉은 쪽에서도 보였다.

김 회장이 처음 저 명패를 보고 고개를 숙이며 들어오던 시절에는 '회장 정필경'이라는 글자가 새겨져 있었다. 친구였기에 사실 속으로는 부러웠고 질투를 느끼곤 했었다. 필경이 죽고 나서, 저 명패의 이름이 자신의 이름으로 바뀌었다. 낙동강 오리알이었던 태준과 태희에게 물려줄 것들이 생겼다는 기쁨에 온 힘을 다해 회사를 키웠다. 그런데 지금 저걸 되찾아 갈 원래의 주인이 나타났다.

"만반의 준비를 해 놓겠습니다. 너무 걱정하지 않으셔도 될 겁니다."

필경은 지금의 김 회장을 만들어 준 사람이었다. 그런 필경의 아들과 싸워야 했다. 어쩌면 자신이 불린 것만 제외하고 필경의 아들에게 돌려주는 게 도리일 줄도 모르겠다. 실은 그러고 싶은 마음도 있었다.

그런데도 길게 담배 연기를 내뱉은 김 회장은 짤막하게 고개를 끄덕였다. 이건 태준과 태희를 위한 일이었다. 어쩔 수 없이 피 터지게 싸워야 했다.

둘 중 누구 하나가 지쳐서 쓰러질 때까지.

빛에 눈이 부셔 또 잠이 깨었다.

암막 커튼을 달아 달라고 부탁해야겠다. 눈을 뜬 채로 잠시 시야에 들어온 것들을 확인했다. 창밖은 봄빛으로 밝았고 주변은 조용했으며 디지털시계는 오전 11시 20분을 가리키고 있었다. 오늘은 조 전무가 보고를 하러 오는 날도 아니었다. 언뜻 뻗어서 확인한 휴대폰엔 몇 개의 이메일이 미확인된 채 쌓여 있었다.

조금만 더 자고 일어나야지. 정은은 어제처럼 다시 눈을 감았다. 그럼 이메일만 확인하고 하루가 다 지나가 버릴 것이다.

해가 늦게 떴으면 좋겠고, 깨어나서는 빨리 밤이 왔으면 좋겠다. 무심히 그런 생각을 했다. 이렇게 시간이 훌렁훌렁 흘러 어느 순간 깨어나면 노인이 되어 있게.

여의도에 있는 호텔이었다. 윤기가 룸의 벨을 두 번 누르고 기다렸을 때 문이 열렸다.

"이 미친놈아."

안으로 들어서며 윤기는 '멀쩡한 집 놔두고.'라고 중얼거렸다. 그러고는 문득 '게이라고 소문나겠어.'라며 혼자 부르르 진저리를 쳤다. 주변을 휙 둘러본 윤기가 뒤에 선 신현을 보며 한마디 했다.

"일하고 있었네?"

술이나 마시며 엉망으로 있진 않을까 걱정했는데 기우였다. 룸 안은 깨끗하게 잘 정리되어 있었고 책상에는 서류만 가득했다.

"인간아, 소송 준비해야지. 지금 상황에 일 잘해 봤자 김 회장 힘만 강해지지."

무표정하게 웃으며 신현이 따라 들어왔다.

윤기는 들고 온 비닐봉지에서 소주 세 병과 땅콩, 사발면을 테이블 위에 꺼냈다. 룸서비스로 주문하는 안주는 질색팔색하는 윤기였다.

"우리 집에서 살면 되지, 굳이 날 여기까지 오게 해서 이상한 소문 나게 만들어야겠냐?"

"그게 더 이상해요."

할 말이 없어 입을 쩝 다물었다가 윤기는 소식 하나를 전달했다.

"박 전무가 상속 쪽으로 유명한 변호사 수배 중이라던데. 그쪽 법무팀 함께 움직인다 하고. 야, 거기 컵 좀 줘 봐."

윤기가 시킨 대로 신현은 두 개의 물컵을 들고 소파 맞은편에 앉았다. 쪼르르 술을 따르며 윤기는 신현의 얼굴을 살폈다.

"낯짝 상했네."

피식 웃고 만다.

"너무 걱정하지 마. 이 형이 도와줄 거야. 우선은 네가 압도적으로 유리한 상황이기도 하고. 내가 곰곰이 생각해 봤는데 말이야. 너 이 소송 이겨서 무조건 복수해. 윤 이사장한테."

윤기가 가득 채운 술잔을 신현에게 건넸다. 그러고는 기가 찬다는 듯 웃었다.

"나 원, 얼이 빠져서. 멀쩡한 재벌 집 후계자를 복지원에서 자라게 해? 겉으로는 후원해 줬다며 감사 인사나 듣고. 온갖 효도는 다 받고."

윤 이사장의 고상한 표정이 떠올랐다. 속이 터지는 기분으로 윤기는 자신의 잔에도 술을 채웠다. 술이 콸콸 소리를 내며 잔에 채워지는 걸 보며 윤기는 단단히 다짐했다. 신형욱, 윤혜조에게 손해 배상부터 청구할 거였다. 그리고 그가 가진 모든 힘을 동원해서 그들을 매장시킬 거였다.

윤기가 술잔을 들고만 있는 신현에게 한 소리 했다.

"야, 너 왜 안 마셔?"

요즘 술자리에 참석 안 한다는 말을 듣기는 했다. 윤기하고
도 안 마셨으니 그럼 계속 금주 중이라는 뜻이다.

술잔을 내려다만 보다가 신현이 씁쓸하게 웃었다.

"아닙니다, 마셔요."

신현이 잔을 들고 소주를 마시기 시작했다.

"야, 뭘 그렇게 대충 마셔. 제대로 마셔."

아무 표정 없이, 진짜로 꿀꺽꿀꺽 마신다.

하여간 저 새끼는 시키면 다 한다. 서로 가족처럼 지낸 게 벌
써 몇 년인데, 아직 '형' 소리도 잘 못 하고 꼬박꼬박 '선배'라고
부르면서 말이다. 대체 차신현이 낯을 안 가리는 사람이 이 세
상천지에 있긴 할까.

그러고 보니 진짜 신 이사랑 잠은 안 잤겠네. 저 성격 때문에.

아, 가만.

"야, 씹. 그걸 한 번에. 미쳤어?"

한 모금 넘어갈 때마다 목젖이 내려왔다 다시 올라간다. 신
현이 다 마신 잔을 내려놨다. 쓴지 이맛살을 잔뜩 찌푸렸다.

"술도 못 마시는 게, 새꺄. 그 정도 양이면 죽어."

그러면서도 윤기는 빈 잔에 다시 소주를 채웠다. 그리고 생
각했다.

아무튼 잘 헤어졌다. 그나저나 야쿠르트 아줌마도 귀티 나는

거 알아봤는데, 신 이사는 이 자식이 정필경 회장 아들인 건 몰랐던가 보지?

근데 대체 왜 헤어진 건지 궁금해졌다. 이 자식 출생 알면, 그 계산 많은 여자가 놔줄 리가 없는데.

채우고 비우고 정신없이 술을 마셨다.

이번에도 윤기가 먼저 장렬히 전사했다. 술로 대학가를 제패했고, 이제 제약업계도 평정할 참인데, 술에 관해선 완전 숙맥이라는 차신현과 대작을 하면 먼저 쓰러지는 이유를 도대체 알수가 없었다.

윤기는 침대에 아예 대자로 누워 뻗었다. 잠이 깬 건 발코니로 들어오는 찬 바람과 냄새 때문이었다.

"야, 너, 어, 담……배 피우냐?"

몽롱한 정신에 끔뻑끔뻑 눈을 감았다가 뜨며 물었다. 발코니의 의자에 앉아 담배를 피우는 녀석이 보였다.

"네."

일어나 앉으며 윤기는 눈을 비볐다. 몇 시나 됐지. 하늘 색깔이 검푸른 게 새벽이 되어 가는 것 같다. 이 자식 잠도 안 오나보다.

"왜?"

저 자식이 담배를 피웠던 게 언제였다고 했더라.

고등학교 2학년 때 입시 준비하며 한 6개월 피웠다고 했다. 그리고 피부에 안 좋아서 끊었다는 망언을 지껄였었다.

담배 연기 사이로 신현이 피식 웃었다.

"미칠 것 같아서요."

의자에 등을 기대고 고개를 젖힌 채였다.

"뭐가?"

윤기가 물었다. 다시 담배 연기를 내뿜자 하얀 연기가 공기 중으로 흩어졌다. 그 연기 사이로 신현이 편안한 어투로 대답했다.

"모진 말들이……, 생각나서."

눈을 감고 한숨처럼 내뱉은 말이었다. 저 말을 들은 기억이 어렴풋이 있었다. 여자가 듣기에 힘든 말들을 많이 했었다고.

"처음 만났을 때부터 내가 매달릴걸. 어차피, 이렇게 될 거였으면."

그 말들을 하지 않았어도 결국 안 되고 끝났을 인연.

그냥 손목 잡았던 그때 맘을 고백하고, 미친놈처럼 매일매일, 내가 더 많이 좋아한다고 말해 줄걸. 어차피 이렇게 될 거였으면.

윤기가 침대에서 일어나 천천히 발코니로 걸어갔다. 신현은 여전히 와이셔츠에 양복바지 차림이었다. 넥타이 없이 위에 있는 단추만 푼 채였다.

"녀석, 춥지도 않나."

맞은편 의자를 끌어당겨 앉으며 윤기는 신현의 담뱃갑을 뒤져 한 개비 꺼냈다. 라이터를 켜 불을 붙이며 윤기가 담담히 말했다.

"시간 지나면 다 잊혀. 헤어짐도 뭐, 별거 아니라서."

그 말에 신현이 '네.' 하고 낮게 대답했다. '진짜 아프네요.'라고 얼굴에 대문짝만하게 쓰여 있는데, 소리 내어 말하는 법도 없다.

다시 담배 연기가 그의 입술 사이에서 스며 나와 허공에 하얗게 흩어졌다.

"집에 들어가야지. 벌써 며칠째야."

발코니 난간 너머로 도시의 불빛이 깜빡거렸다.

"자꾸 생각나서요."

"뭐가?"

손끝에서 담뱃재가 바닥에 툭 떨어졌다.

"술 취해 들어가던 날."

"응."

"문 열고 들어갔는데."

"응."

"기다려 주던 게 생각나서."

그게 뭐 대단하다고. 윤기는 담배 연기를 들이마시며 씁쓸하게 웃었다.

하긴 우리 같은 사람들에게는 집에서 누가 기다려 주는 것, 흔치 않은 일이긴 하지.

"정은아······."

윤기는 문득 신현을 쳐다보며 한숨을 흘렸다. 어떻게 저 레퍼토리는 변하지도 않냐.

"정은아……."

잠들 때까지 또 중얼거리겠지.

"미친놈아, 또 시작이냐."

연기가 매운지 신현이 담배 끼운 손을 들어 감은 눈을 비볐다.

단순한 등식

조 전무는 사흘에 한 번꼴로 진부를 방문했다.

오늘은 죄송하다는 말과 함께 도통 그에게서 떨어지지 않는 막내아들을 데려왔다. 그 막내아들이 뒷마당에서 너프 건을 쏘며 세상의 모든 곤충으로부터 지구를 지키는 동안, 조 전무는 회사 현황을 보고 했다. 이제 정신 차려야지, 원래의 내 모습으로 돌아가야지, 생각하면서 정은은 나름대로 열중해서 듣고 있었다.

"……사님."

뭐지, 이 소리는?

"이사님."

정은이 눈을 깜빡이며 조 전무를 바라봤다. 조 전무가 황당한 표정으로 다그쳤다.

"지금 졸고 계시는 겁니까?"

놀란 건 자신도 마찬가지였다.

"혹시……."

"아니에요."

다시 보고서로 눈을 떨어뜨리며 정은은 본부별 실적 보고에 집중했다. 보고서에서 가장 큰 꼭지를 차지하고 있는 본부가 들어왔다. 아까 졸면서도 '라이선스', '신사업', '허가' 이런 단어는 들은 것 같다. 사업개발 본부의 일은 조 전무가 눈치껏 뺄만도 한데 워낙 굵직한 사안들이 많아서 다 정은에게 공유되고 있었다.

"아직도 우리 회사는 한 사람이 꾸려 가나 봐요."

잘 버티고 있다는 걸 보여 주기 위해서 나름대로 호기롭게 던진 말에 조 전무는 가볍게 고개를 끄덕였다. 그리고 똑같이 일상적인 어조로 대답했다.

"네. 워낙 일 처리 속도도 빠르고 업무 배분도 잘하는 사람이니까요."

얼굴, 두 눈, 목소리, 표정, 웃음, 손등, 힘줄.

그런 것들을 떠올리지 않기 위해 잠시 숨을 멈춰야 했다. 차신현. 그 이름을 떠올리며 정은은 회사 임원 중 하나이자 본부장으로서만 보려고 노력했다. 이제부터는 그래야 했다. 이렇게 정은이 매번 보고받는 업무 중의 일부를 해내는 사람.

실적을 훑으며 정은은 무심히 대답했다.

"그러네요."

다시금 깨닫지만 일은 참 잘하는 사람이었다. 사람 하나로 회사가 바뀌겠냐 싶은데, 놔두면 진짜 3년 안에 주가를 두 배로 올려놓고도 남을 사람이었다. 하긴 그 유전자가 어디 가겠나. 정필경 회장은 30대에 회장 자리를 꿰찬 입지전적인 인물이었다.

지적인 호기심이 풍부하고, 겉으론 차가워도 속은 뜨겁고, 항상 에너지 넘치고…… . 그런 신현이 막을 새도 없이 가슴속으로 파도처럼 밀려왔다. 그 감정을 밀어내듯 정은은 이마를 찡그렸다.

'괜찮아.'

다시 마음속으로 중얼거릴 때였다.

"혜산병원에서 연락 왔었습니다. 차 본부장이 병원장을 만났답니다."

조 전무가 담담한 어조로 보고하자 그나마 생각에서 헤어날 수 있었다.

혜산병원. 정은이 카티를 개발하게 되면 연구 협력을 위해 선정한 병원이었다. 하지만 마무리한 페이퍼를 책상 서랍에 둔 채 보고일을 하루 앞두고 정은이 회사를 떠나온 참이었다.

"그 보고, 안 하셨다고 하지 않으셨습니까?"

"네."

우연인가. 정은이 고개를 갸웃했다.

조 전무가 더 자세한 소식을 전달했다.

"병원장 통해서 카티 개발 시 어떻게 업무를 분담할지 제법 구체적인 이야기를 나눴다는데. 하지만 어제 또 슈퍼 진 담당자하고도 컨퍼런스 콜을 했다니, 아직 어떤 걸 결정했는지는 모르는 상황입니다."

정은이 고개를 끄덕였다. 조 전무가 다른 자료를 꺼내 들었다. 〈상하이 건물 처분 진행 상황〉이라고 쓰인 보고서가 정은의 시선 아래 놓였다. 아, 이것도 차신현. 신현이 조언해 준 대로 매각을 진행하고 있는 내용이었다.

세상이 온통 차신현투성이네. 관자놀이가 당기는 느낌에 정은은 손을 들어 그 부분을 꾹 눌렀다.

뭐, 이 정도쯤이야.

정은은 담담한 얼굴로 페이퍼를 펼쳤다. 그리고 차분한 표정으로 조 전무의 보고를 이어 들었다.

산이라 그런가, 창밖은 금세 어두워졌다.

막내아들이 갖가지 전투용 무기들을 정리하는 동안, 조 전무는 책상 위 서류를 긁어모았다. 방범 장치가 제대로 되어 있는지 확인한 조 전무는 떠날 준비를 마쳤다. 조 전무가 번쩍 안아 목말을 태우자 아이가 아빠의 머리통을 끌어안았다.

"사흘 뒤 다시 뵙겠습니다."

아이가 껴안느라고 아빠의 눈을 가렸는데도 조 전무는 평소처럼 몸을 숙여 인사했다. 그러면서 막내아들의 시선이 정은과 마주쳤다. 정은은 거실 의자에 앉은 채 아이를 바라보며 가볍게 고개만 끄덕였다. 앞이 안 보이는데도 조 전무는 아이에게 잔소리를 하는 대신 현관문을 향해 시각 장애인처럼 더듬더듬

걸어갔다.

말똥말똥한 눈으로 계속 정은을 바라보던 아이가 뚱딴지같은 소리를 했다.

"우리 셋째 형, 초등학교 다녀요. 열 살."

고개를 갸웃하며 정은은 만사 귀찮다는 어조로 반문했다.

"그래?"

아마도 아버지가 굽신굽신하는 상대지만, 우리 형이 더 대단하다, 세다, 그런 뜻이었을 것이다.

"교장 선생님 이름이 김영봉이래요. 김, 영, 봉."

이 이상한 연상법은 뭐지? 이름이 웃긴다는 건가? 웃어 줘야 하는데 도저히 웃음이 나오지 않았다.

조 전무는 아이가 다치지 않게 조심조심, 어정쩡한 자세로 걷고 있었다. 아이가 이번엔 장난으로 더욱더 아빠의 얼굴을 꽉 끌어안았다.

"우리 아빠 이름은 조재수예요. 조, 재, 수."

이건 좀 웃기긴 했지만 이번에도 역시 웃음은 나오지 않았다. 지친 얼굴로 바라보는 동안, 마침내 현관문을 찾아냈는지 조 전무의 걸음이 멈췄다. 그때 아이가 까르르 웃음을 터뜨리며 팔을 떼어 냈다.

눈이 드러나자 주변을 두리번거리던 조 전무는 정은을 쳐다보았다. 툭툭, 아이의 엉덩이를 두드리면서도 생각에 잠긴 채 정은을 바라본다. 참으로 재미없고 무덤덤한 얼굴이라는 생각을 다시금 할 때였다.

뒷머리를 긁던 조 전무가 문득 입을 열었다.

"약 좀 주문하겠습니다. 한약 같은 것."

살찔까 봐 한 번도 먹어 본 적이 없었지만 이번에 정은은 고개를 끄덕였다.

"이사님, 너무 힘드실 땐……."

조 전무는 여전히 문손잡이를 쥔 채 서 있었다.

"……차라리 벌어진 일들을 뒤돌아보시고, 한 번쯤 우시는 게 낫겠습니다."

가슴에 잠시 생소한 진동이 울렸다. 정은이 강해지도록, 가장 큰 힘이 되어 준 사람이 한 말이었다. 절대 울면 안 된다고 할 줄 알았다. 게다가 이런 말을 하면서도 여전히 인조인간 같은 얼굴을 하고 있고.

정은이 더 감정 없는 눈길로 조 전무를 마주했다.

"훈련할 겁니다. 그러고 다시 일어나세요."

뒤뜰에서 풀벌레 소리가 들렸다. 바람에 창문이 조금씩 덜컥대기도 했다. 난방을 했는데도 주택이라 그런지 웃풍이 들어왔다. 한참 앉아 있던 정은은 추위를 느껴서 정신이 들었다. 고개를 들어 창을 바라보니 바깥이 컴컴했다.

밤이 되었나 보다. 그럭저럭 버텼더니 또 잘 시간이 왔다. 소파에서 일어난 정은은 느린 걸음으로 계단을 걸어 위층으로 향했다. 방에 들어가서 불을 켜고 잠시 뭘 할지 몰라 서 있었다.

'차라리 벌어진 일들을 뒤돌아보시고.'

조 전무의 말이 머릿속을 울렸다. 하루 종일 아무 생각 없이 멍하게 앉아 있던 것 같지만 어쩌면 계속 이 말을 떠올렸던 건지도 모른다. 천천히 걸어가서 정은은 옷장을 열었다. 핸드백이 거기에 있었다. 따뜻한 방바닥에 앉아 그걸 가만히 쓰다듬어 봤다. 정은이 이 브랜드를, 이런 스타일을 좋아하는 걸 알고 산 건지 궁금했다.

그래서 우린 뭘 했더라.

20대 때는 섹스 외엔 같이한 게 아무것도 없었다. 이번엔 같이 영화를 봤고, 딤섬을 먹었고, 해장국을 먹었다. 또 같이 잠들기도 했고, 손을 잡기도 했고, 웃기도 했다.

이게 전부인가.

뒤돌아보니 보잘것없는 것도 같다. 10여 년씩 연인이던 사람들은 함께 나눈 것들이 이보다 훨씬 많을 것이다. 우린 10년을 훨씬 넘게 알아 왔어도 겨우 두어 달 정도만 남녀 관계로 있었을 뿐이니 상대적으로 함께한 것들이 적을 수밖에 없었다.

우리 관계는 그럼 뭐라고 이름 붙여야 하지. 너무 짧고 나눈 게 없어서 사랑이라 할 수도 없고, 연인이라 할 수도 없을지도 모른다. 그래서 신현은 헤어짐의 결정도 그렇게 쉬웠던 거고, 잊는 것도 쉽게 하게 될까.

그런데 정은은 안 그랬다. 떨어져 있던 시간들도 정은에게는 함께했던 시간이었다. 그래서 십수 년 그 모든 날들이 정은에게는 그와의 시간이었다.

그게 사랑의 시간이 아니라면, 대체 무어란 말인가. 매일매일 데이트하고, 달콤한 말들만 속삭여야 사랑인가. 10여 년 함께한 연인들보다 더 설레었고, 더 그리워했고, 더 절실했고, 더 미워했다. 그래서 지금 정은은, 헤어져지지가 않았다.

목이 메어 왔다. 사실은 괜찮지가 않아서였다.

정말로 최선을 다했다. 사랑받기 위해서, 그 사랑을 갖고 싶어서, 진심으로 할 수 있는 모든 일을 다 했다. 억지로 공부도 했고 사업도 물려받았다. 다 돌려주겠다고 이 험난한 제약업계에서 기를 쓰고 회사를 키워 냈다.

정은의 손이 가만히 핸드백을 쓸었다. 부드러운 모서리를 쓸고 버클을 쓰다듬었다.

그래, 이걸 사랑이라 부르진 않으리라. 이게 사랑이라면 가슴을 칠 것 같았다.

아쉬워서, 기막혀서, 억울해서. 이렇게까지 노력했는데도 결국 이루어지지 않은 것이.

'한 번쯤 우시는 게 낫겠습니다.'

빙그르르, 눈에 눈물이 고였다. 하필 핸드백이 분홍색이어서였다.

잘 감추고 살았는데 정은이 분홍색 좋아하는 건 대체 어떻게 안 건지 알 수가 없었다.

정말이지, 내가 원하는 건 그냥 너랑 같이 사는 거였는데.

같이 잠들고 같이 일어나고 같이 밥 먹고……. 그냥 그거면 나는 그 어떤 아픔도 다 이겨 낼 수 있을 것 같았는데. 너는 부모가 저지른 짓 때문에 날 버린, 겨우 이 정도의 사랑.

핸드백 위에 눈물이 툭, 떨어졌다. 당황해서 그 물기를 바라봤다. 툭툭, 흐르다가 봇물이 터진 것처럼 주르륵 흘렀다.

안 보고 못 살 것 같은데 앞으로 어째야 하지. 닥쳐온 현실이 갑자기 실감이 되었다.

고개를 젖히고 정은은 펑펑 눈물을 쏟으며 소리 내어 울었다.

네가 나를 잊으면 나는.

네게 다른 여자가 생기면 나는.

내 잘못도 아닌데. 방법이 없어서 그렇게 할 수밖에 없었는데.

아아, 아아아아.

어떻게 이런 나를, 네가 나를 버릴 수가 있어.

오전 8시 직전이면 회사 정문엔 임원들의 검은색 차가 가끔 줄지어 있곤 했다.

보통 7시면 출근했는데 오늘은 좀 늦었는지 딱 그 시간에 걸렸다. 앞차의 임원이 먼저 내리기 위해 줄을 서 있는 동안 신현은 손목시계를 확인했다.

"저, 여기서 내리겠습니다."

"네, 그럼 퇴근 시간에 뵙겠습니다."

내려서 차 문을 닫을 때였다.

"아, 차 본부장님."

뒤를 돌아보자 아침 햇빛에 눈이 부셨다. 눈을 가늘게 떠서 햇빛을 피하며, 뒤차에서 내린 사람을 확인했다. 인사 담당 변 전무가 그를 알아보고 성큼성큼 걸어왔다.

"어떠십니까? 탈 만하십니까?"

요 며칠 사람들의 말을 놓칠 때가 종종 있었다. 처음엔 무슨 뜻인지 바로 이해하지 못했다. 업그레이드해 준 차량이 어떠냐 는 질문이었다.

"아, 네."

몇 CC에서 몇 CC로 바뀐 건지도 모르지만 그렇게 대답하며 정문으로 향하는 계단을 올랐다. 변 전무가 뿌듯하게 고개를 끄덕이며 그의 옆에서 나란히 걸었다.

유리로 된 자동문이 열렸다.

"조 전무님께서 안전 옵션 다 넣어서 제공하라고 하셔서 좀 늦 었죠. 부임 날짜 못 맞췄다고 아주 박 터지게 혼났더랬습니다."

로비로 들어서다가 들은 말이었다. 이 회사에 조씨 성을 가 진 전무는 단 한 명뿐이다. 같은 직위지만 최고위 임원 중 하나 인 변 전무를 박 터지게 혼낼 수 있는 사람도.

신현은 아무렇지 않은 어조로 되물었다.

"경영기획 조재수 전무 말씀이시죠?"

경영기획에서 그의 부임을 신경 쓸 이유가 없었다. 심지어 조 전무는, 소속만 경영기획이지 오너의 수행 비서인 건 누구 나 다 알고 있었다.

"네. 부임 전부터 이것저것 꼼꼼하게 신경 많이 쓰셨죠. 하다 못해 의자에 전자 제품까지, 다 브랜드에 모델까지 지정된 리스트를 주셔서 그것 그대로 마련하느라 저희도 꽤 바빴습니다."

"……네."

둘 다 본부장급 이상만 사용하는 VIP용 엘리베이터로 향했다. 엘리베이터 앞에 기다리고 있던 직원이 버튼을 열어 문을 열어 줬다. 변 전무가 먼저 들어서고 신현은 따라 올랐다.

변 전무가 엘리베이터 안쪽으로 서며 신현과 눈을 맞췄다.

"사실 현일바이오로 오시기까지 대체 몇 년이 걸린 겁니까? 조 전무 말씀이, 합병되기 전에도 현일바이오로 끌어오려 하셨는데 거절하셨다고 하시더라고요. 하긴 그때는, 현일바이오가 상장도 안 된 회사여서 차 본부장님이 오시기에는 규모가 작았죠."

"……네."

"그래서 합병 전에, 김 회장께라도 먼저 미셨던 것 같습니다. 어떻게든 VIP께서는, 차 본부장님을 제 사람으로 쓰고 싶으셨던 거죠."

여기서 말하는 VIP가 누구인지, 잘 알고 있었다. 떨리는 손으로 안경을 올리며 신현이 되물었다.

"그럼 입사 조건도 조 전무가 개입했던 건가요?"

변 전무가 고개를 끄덕이다가 반문했다.

"네, 그렇……. 아, 차 전무님이 조 전무께 말씀하신 조건이 아니었습니까? 조 전무께서 직위, 업무, 연봉, 기타 입사 조건, 다 정해 주셔서 한 푼도 이쪽에서 우길 게 없었습니다. 그때

VIP가 ㈜현일 주식을 취득하시는 게 이미 내부엔 알려진 상황이라 전 응당, 데려오시는 인원으로 이해했는데……."

엘리베이터가 8층에 멈췄다. 의아한 눈으로 쳐다보는 변 전무에게 인사를 하고 신현은 엘리베이터에서 내렸다.

문이 닫힌 뒤에도 신현은 잠시 움직이지 못한 채 서 있었다.

정리하자면 그러니까, 김 회장의 직속 자리에 최고의 입사 조건으로 들어가도록 손을 쓴 건 조 전무라는 뜻이다. 이런 비슷한 말을 들은 경우가 예전에도 있었다. 미국에서 취업 준비를 하며 여러 곳에서 러브 콜을 받았지만, 창립 역사상 최고의 연봉을 제시한 회사가 있었다. 입사하고 나서는 까마득한 선배들을 제치고 커리어에 크게 도움 될 굵직굵직한 프로젝트들에만 투입이 됐었다.

인사팀 최고 임원이 가던 길을 멈추고 그에게 인사했었다.

'혹시 불편한 건 없으신가요? 마련해 드린 차량엔 아무 문제 없죠?'

정중한 것도 놀라웠지만 그에게 잘 보이려는 눈치가 좀 이상하게 느껴졌었다.

그때에도 말이다.

회의와 회의 사이에는 쌓인 결재를 처리해야 했다. 그건 모든 임원들에게 일상과도 같은 일이었다. 하지만 신현은, 말 그

대로 산더미처럼 쌓여 있는 결재 서류들을 앞에 두고 휴대폰을 바라보고만 있었다.

신현이 주소록을 뒤져 이름 하나를 찾아낸 건 한참 뒤였다. 건조한 눈에 지그시 손바닥을 댄 채 그는 '통화'라는 글자를 눌렀다. 미예가 전화를 받은 건 통화 연결 음이 서너 번 울린 후였다. 간단한 안부 인사가 오간 뒤 신현은 예사로운 목소리로 물었다.

"저번 말씀 중에 제대로 묻지 않은 게 생각나서요. 그때, 신정은 이사가 제 장학금을 냈다고 하셨잖습니까?"

윤 사장은 자신과 연구 가치관이 전혀 다른 사위와 딸 대신, 정은에게 모든 재산을 증여 및 상속했다. 정은은 아주 어린 시절부터 차근차근 증여를 받았고, 복지 재단을 물려받은 것도 10대 초반이었다고 들었다.

— 응, 그랬지.

"혹시 제게만 특별히 지급된 게 있었습니까?

이런 질문이 미예에게는 좀 의외였던 모양이다. 아니면 그가 몰랐던 게 의외였거나.

— 그게 너한테만 특별히 지급되었다기보다, 너 때문에 복지원 장학금 제도가 바뀌었다는 게 맞을걸.

신현은 우선 듣기만 했다.

— 걔가, 돈이 좀 많았는데 복지원에는 한 번도 기부를 안 했었잖아. 근데 어느 날엔가, 재단 쪽 자금 집행하는 담당자한테 직접 전화를 했었거든. 네 이름 콕 집어서 너한테 지급되는 내역 다 알려 달라고. 윤 사장님한테도 보고되긴 했는데. 아무튼

그때부터 영재 사업 대상자들 모두한테 생활비에 학원비까지 다 지급되기 시작했어. 그전에는 학비만 지급됐었거든.

"······네."

그때부터 학원을 골라서 다닐 수 있었다. 최상위층 성적이 대치동에서 결정되는 상황에서 그 돈이 아니었다면 수능 만점이라는 점수는 결코 낼 수 없었을 것이다. 굶는 대신 학원 주변의 식당에서 밥을 사 먹을 수도 있게 되었다. 대학에 입학해서도 그 돈은 요긴하게 쓰였다.

— 걔가 참, 요란하게 널 좋아했어, 그치?

"······네."

신현은 멍하니 대답했다.

휴대폰이 울렸다. 조 전무의 메시지였다.

[곧 도우미가 도착할 시간입니다.]

그 메시지를 보다가 정은은 한숨을 쉬었다. 목도 쉬고 눈도 너무 부어 있었다.

하지만 오늘은 대청소를 해야 하는 날이어서 어쩔 수 없었다. 입 무거운 사람으로 바꿨다는데 정은을 아는지 모르는지는 알 수 없었다. 뭐가 됐든 호기심 어린 시선을 피할 수는 없을 것이다. 창문 밖을 바라보니 산등성이는 나무로 가득했고 가까운 곳은 경운기뿐, 인적은 전혀 없었다.

그럼 오늘은 도우미가 일을 끝낼 때까지만 나가 볼까. 한바탕 울고 나서인지 이제는 나갈 수 있겠다는 생각도 들었다.

어려울 것도 없다. 밖에 나가는 게 뭐 대수로운 일이라고.

옷장을 열고 정은은 안을 살폈다. 아직 짐을 다 풀지 않아 옷이 많지 않았다. 아주 오랜만에 사람들 시선을 신경 쓰지 않고 옷을 골랐다. 청바지와 티셔츠, 두꺼운 점퍼.

낯익은 모자까지 쓰고 정은은 출구로 향했다. 끼이익 소리를 내며 문이 열리자마자 차고 맑은 공기가 코와 입으로 스며들었다.

발을 내밀고 등 뒤로 문을 닫은 뒤 정은은 주변을 둘러보며 서 있었다. 봄이 언제 겨울을 밀어냈는지 그새 주변이 환했다.

가벼운 숨을 들이쉰 다음 정은은 걸음을 내디뎠다.

움직일 때마다 평화로운 풍경이 시야에 들어왔다. 온 산과 들이 푸르렀고 길 한가운데에 제멋대로 꽃이 피어 있었다. 잔디를 깎은 것도 아닌데 풀 냄새가 진동했다. 그렇게 차근차근 걷기 시작했다.

자박자박, 발아래로 단단한 흙이 닿았다. 어제 한바탕 실컷 울었으니 눈물은 끝. 바닥을 쳤으니 이젠 극복하고 이겨 내야 할 시간이었다.

바람에 흐트러진 머리를 귀 뒤로 꼽으며 정은은 담담히 결심했다.

나도 널 버리고 잊으면 된다고. 어차피 억울하고 밉고 한없이 원망스러웠다.

정은이 아파할 거 뻔히 알면서 결국 떠나 버린 사실이 용서되지 않았다. 그런 그를 그녀의 인생에서 지운다면 완벽한 삶으로 돌아갈 수 있을지도 모른다. 진짜로 괜찮아질 거였다.

못 가질까 봐 전전긍긍했고, 갖고 나서는 빼앗길까 봐 안절부절못했다. 이젠 그럴 걱정도 없었다. 기운이 나면 다시 찾아가 괴롭힐 용기가 생길 수도 있었다. 그래 봤자 소용없겠지만.

문득 주변을 둘러보며 정은은 허탈하게 웃었다. 갑자기 온 산의 나무가 다 말라 가는 것처럼 속이 아파 왔다.

'다시 찾아가서 잘못했다고 빌어 볼까.'

숨이 막혀서 정은은 한껏 공기를 들이마셨다. 명치가 다시 욱신거리고 눈가가 쓰라렸지만, 정은은 마음을 다잡았다. 이미 돌이킬 수 없는 일이었다.

그러니 매일매일 조금씩, 차근차근 잊어야 했다.

웃을 때 눈가에 새겨지던 작은 주름들, 손등 위의 푸른 실핏줄, 때때로 다정해지던 눈빛.

먹기 좋게 발라 준 생선, 숟가락 위에 올려 준 깍두기. 내 가슴을 터지게 만들던 급작스러운 청혼.

함께했던 아름다운 계절도, 전부.

아무리 떠올려도 무뎌질 때까지.

떠올리는 것만으로도 또다시 핑 눈물이 차오르지만.

"하아……."

몸을 숙여 정은은 지친 숨을 내뱉었다. 왜 가끔 그렇게 내게 다정하게 굴었던 건지. 차라리 처음부터 끝까지 차갑게만 굴었다면 희망도 없었을 텐데.

"이 배려 없는……."

울퉁불퉁한 흙길에 정은의 뜨거운 눈물이 툭툭 떨어졌다. 대체 언제부터 이렇게 눈물이 많아졌는지 알 수가 없었다.

"인간아……."

이번엔 너도 내게 빠졌다고 착각하게 만들어 놓고.

몸을 세우고 두 손을 들어 눈가를 꾹 누르며 정은은 다시금 다짐했다. 이런 거 말고 내게 준 상처만 떠올려야 했다. 못된 말, 마지막에 했던 비난들.

'우리 그만하자, 이제.'

신현의 목소리가 정은의 귓가에 들렸다.

'헤어지자, 정은아.'

따뜻하고 다정했던 그 목소리.

눈물이 그칠 것 같지 않아서 정은은 차라리 웃어 버렸다.

"차신현 본부장이 면담을 요청했답니다."

김 회장은 늦은 술자리에서 일어나 차를 타던 중이었다. 그간 이 생각에 속이 답답하던 김 회장이었다. 차 문을 잡은 채 우선은 준용의 이야기부터 들었다.

"저희 쪽 변호사 선정은 되었지만, 아직 세부 계획이 안 잡혔습니다. 저희 쪽 준비가 될 때까지는 기다리라고 하겠습니다."

"그럴 거 없어."

차에 오르며 김 회장은 시간을 확인했다. 밤 12시.

"집으로 오라고 해."

"회장님."

차에 오르고 김 회장은 좌석에 머리를 기댄 채 눈을 감았다.

경영권 분쟁. 단어만 떠올려도 골치가 딱딱 아파 왔다. 죽기 전에 제대로 된 한판을 하겠네, 훈장처럼 병도 하나 얻겠지. 언론은 양쪽을 아마 제대로 찢어발길 것이다.

그래도 제대로 싸워 줘야지. 긴 한숨을 내쉬면서도 김 회장은 전의를 단단히 다졌다.

"지금 연락해서, 해 뜨기 전에 삼성동으로 오라고 해."

변호사가 무슨 소용인가 싶었다. 결국 자신과 필경의 아들, 둘 사이에서 해결해야 할 문제였다.

"네."

준용이 대답했다.

김 회장은 혼자 담배를 태우며 커피를 마시고 있었다.

"차신현 본부장 도착했습니다."

김 회장이 고개를 끄덕였다.

거실 입구로 들어온 신현이 맞은편에 앉았다. 정장을 차려입었고 감정이 잘 배제된 얼굴이었다. 그녀의 오른팔로 쓰려던 부하 직원이었다. 한 5년 안에 최고 경영자로 올려 어려운 계열사 하나 통째로 맡기면 제대로 궤도에 올려 주겠구나, 내심 기대도 하고 있었다. 그런데 지금 가장 큰 적이 되어 그녀를 만나러 왔다. 참 아쉽고 껄끄러운 사이가 됐지만, 이 정글에 익숙한 그들에게는 대수로울 일은 아니었다.

김 회장이 눈썹을 들며 바라보자 신현이 용건을 말했다.

"유류분 소송을 하기 전, 직접 뵙고 말씀드리는 것이 그간의 예의일 것 같아 찾아왔습니다."

이미 이쪽에서 필경의 아들임을 다 확인한 상황인 걸 인지하고 있는 모양이었다. 유류분 소송을 하겠다는 뜻도 분명히 밝혔다.

내성적이라 해야 하나. 얼핏 조용한 성격처럼 보이지만 자신의 권리를 주장할 땐 매운 구석이 있었다. 설렁설렁 당하거나 퍼 주는 성격은 결코 아니랄까. 아마도 어려운 환경에서 혼자 이겨 내며 살아와서 형성된 성격일 것이다.

김 회장은 고개를 끄덕였다.

"말해 보렴."

변호사도 없었고 법무팀 직원도 없었다. 박 전무 지시에 의해 녹음만 되고 있는 상황이었다. 친생자로서 자신이 상속받았어야 할 비율을 정확히 알고 있을 터였다. 문제는 그 방법이었다. 현일의 경영권을 쥘 수 있는 ㈜현일의 주식을 갖겠다고 싸우고자 한다면 참으로 지지부진한 싸움이 될 터였다.

"유류분은 회장님이 소유하신 현일바이오 주식으로 우선적으로 요청할 예정입니다."

한 번도 예상해 보지 못한 시나리오였다. 담배를 입에 물려 던 김 회장의 손 움직임이 멈췄다. 한참 동안 침묵이 흘렀다.

현일바이오를 주자면 속은 엄청 쓰릴 테지만 '경영권 분쟁' 이라는 가장 골치 아픈 일을 피할 수 있었다. 경영권을 지킬 수 있다는 뜻이다. 한 10년은 족히 잡아먹을 지지부진한 싸움도, 법조계를 향한 로비도 안 해도 된다.

하지만 어떻게 현일바이오를 넘기나. 그걸 얼마나 어렵게 획 득했고, 지금 이렇게까지 키워 놨는데. 머릿속으로 계산을 하 느라 김 회장의 속이 타들어 갔다.

김 회장의 손이 천천히 담뱃재를 털었다. 이유는 너무 뻔해 서 물을 필요도 없었다. 영리한 머리와 별개로 아주 순정적인 구석이 있었다. 한 10여 분의 침묵이 지나고 김 회장이 모든 정 리를 끝마친 후 물었다.

"조건이 있을 것 같은데?"

이것 역시 전혀 짐작이 가지 않았다. 가볍게 숨을 들이쉰 신 현은 머뭇거림 없이 답했다.

"신형욱 박사를 구하는 데 힘이 되어 주십시오."

허. 신 박사를 몰래 죽여 달라는 게 아니고?

답답한 입 안으로 담배를 물며 김 회장은 헛웃음을 참았다.

문득 준용이 자신을 쳐다보며 미미하게 고개를 끄덕이는 게 시야에 들어왔다. 할 수 있다는 뜻이었다. 신 박사가 중국 정부에 구금되어 있다는 사실은 그의 아내인 윤혜조도 몰랐다. 쪽방에 갇힌 상태에서도 연구 관련 책만 읽는다고 들었다.

김 회장은 신현에게 눈길을 주었다. 이젠 적으로서가 아니라 그냥 단순히 친구 필경의 아들로. 필경이 살아 있었다면 자신과 어떤 인연이었을까 그런 것도 되짚어 보았다. 엄밀히 말하자면 신형욱에게 감사를 전해야 할 사람은 김 회장인지도 모르겠다. 가장 득을 본 사람은 김 회장이었으므로.

최종 결정을 건네기 전에 그 말을 전달해 줘야 할 것 같았다. 그게 소송 청구 전, 먼저 찾아온 필경의 아들에 대한 예의일 터였다. 결정을 내리기 전에 시간을 벌기 위한 목적도 있었다.

"내가 현일바이오 주식을 산 게, 5년 전인데……."

신현이 고개를 들어 김 회장과 눈을 맞췄다. 담배를 든 손을 까딱여 김 회장은 신현이 앉은 자리를 가리켰다.

"그 자리에 앉아 있었지. 참 당돌하고 맹랑했어. 그날 그때가 지금 이 시간쯤이었나."

김 회장은 차분히 그때 있었던 일을 전달해 주었다. 몇 년을 쫓아도 넘기지 않았던 회사를, 김 회장이 신현을 스카우트할 무렵 넘겼다고. 뭐가 급한지 회사의 반을 뚝 떼어 팔았다고.

김 회장은 손을 뻗어 믹스 커피를 한 모금 마셨다.

"미쳤다고 생각했지. 그때 시장 평가도 그러했고. 그 자금으로 신 박사 회사에 투자를 하더니, 때마침 네가 우리 회사에 들어왔다. 나는 이 일련의 과정들이 우연이라고 생각진 않아."

마치 이 시간을 잘 견디려는 사람처럼 신현은 표정 없이 들기만 했다.

"왜 파냐고 묻는데 그러더구나. 돈보다 더 원하는 게 있어서라고."

날카로운 눈빛으로 신현을 바라봤지만 이미 알고 있었던 사실인지 아무 동요가 없었다. 김 회장은 잠시 갸웃하며 말했다.

"그게 뭔지 차 전무는 알겠지. 차 전무도 똑같은 선택을 한 적이 있으니까."

S바이오의 이인자 자리를 내치고 현일바이오 사업개발 본부장 자리를 달라고 한 전력이 있었다. 심지어 지금 제 여자가 팔아 치운 회사의 반쪽을 제가 받아 가겠다고 저러고 있다. 김 회장에게는 둘이 똑같이, 희한했다. 사랑이나 달콤한 감정을 평생 겪어 본 적 없어서일까. 저런 미련한 선택을 할 수 있는 절박한 마음들이 결코 이해되지 않았다. 지금도, 앞으로도 그럴 것이다.

상대방이 꿈쩍없이 듣고만 있는 동안, 김 회장은 마음을 결정했다.

"말한 대로 하자꾸나. 다른 이유는 없고……."

필경에 대한 예의도 아니고, 감명을 받아서도 아니었다. 앞으로 현일바이오의 경영상 모든 결정은 신정은 혼자 내릴 수 있겠구나. 솔직히 배가 다 아팠다.

"……지지부진한 법정 싸움이 귀찮아서. 신경 쓸 다른 일들도 충분히 많고."

고개를 끄덕인 신현이 침착하게 대답했다.

"제대로, 한 푼도 빠짐없이 제 손에 쥐어질 때까지 싸우긴 할 겁니다."

그 대답에 김 회장은 짤막하게 웃기만 했다. 그러고도 남을 상대였다.

"1차 협의서 만들어서 보내 주시면 서명하겠습니다."

김 회장의 마음은 제법 홀가분해졌다.

"그러렴."

현일바이오의 사명도 바뀌겠구나, 무심히 생각할 동안 신현이 몸을 깊게 숙여 인사했다. 가슴에 기이한 파장이 일었다.

아마도 감사의 표시 같았다. 이번 일뿐만 아니라, 그동안 준 신뢰에 대해서도.

오늘은 저녁이 다 될 무렵까지 걸었다.

산책을 끝낼 무렵엔 천천히 회사 일도 생각하게 되었다. 화장품 사업본부를 넘겼으니 조직을 한번 크게 바꿀까, 올해엔 어떤 연구에 힘을 실을까, 그런 고민도 했다. 검찰 압수 수색이 들어오면 어떻게 대응해야 할지도 계획을 세웠다.

빵만 먹고 살았더니 살이 더 붙었나 보다. 다소 오래 걸었다고 땀도 나고 조금 힘들었다. 매일 이렇게 산책을 할 계획이었다. 세상으로 돌아가기 전에, 뇌도 움직이고 다시 체중도 되찾고 전의를 다지며 손톱 손질도 해야겠다.

내일은 조 전무에게 빵 대신 밥을 주문해 달라는 결심도 했다. 혹시 나중에, 아주 나중에 스쳤을 때 통통하면 너무 창피해서 수치사할지도 모르니까 말이다.

조 전무의 별장을 한 5m 앞에 두고 정은의 걸음이 우뚝 멈췄다. 뇌리를 스치는 말이 있어서였다.

정확하게 뭐라고 말했더라.

'너 통통할 때가 생각나서.'

그러면서 웃었었다. 마치 그 모습을 진짜 떠올리기라도 한 것처럼.

그때는 그런 적 없었다고 우겼지만, 사실 통통한 자신이 창피하던 시절이 정은에겐 분명 있었다.

그게 언제였냐 하면…….

한 열 살 때 즈음인가. 아니면 그보다 전. 10대 때 정신 차리고 살을 빼기 전까진 항상 체중이 가장 큰 고민이었다.

저녁노을이 지는 하늘을 멍하니 더듬어 보다가 그 순간 충격처럼 깨달았다.

나를 처음 본 게 신현이 고등학교 때가 아니었던 거다. 그보다 훨씬 전에 나를 봤던 거였다. 모습을 기억할 만큼 생생하게.

잠깐 길을 잃은 것처럼 정은은 주변을 둘러보았다. 어딘가가 맞지 않아서였다.

가만히 서서 곰곰이 더듬어 봐도 도무지 알 수가 없었다. 마치 정은이 찾지 못하게 꽁꽁 잘 숨겨 둔 숨은그림찾기처럼 무언가 중요한 사실을 모르고 지나치는 기분.

찜찜한 느낌에 이맛살을 찌푸리다가 정은은 피식 웃었다. 그럴 리가.

마침 찬 바람이 불어와 정은의 머리칼을 흐트러뜨렸다. 곧 밤이 내려올 눈치였다. 찬 공기를 들이마시는데 가슴이 가만히 아파 왔다.

만약 그렇다면 지금 여기에 혼자일 리가 없었다.

휑한 마음에도 정은은 다시 별장으로 걷기 시작했다.

김 회장을 만나고 온 날, 신현은 집으로 퇴근했다.

이삿짐을 옮겨 달라고 부탁하기 전 중요한 짐을 정리하기 위해서였다. 매도 계약서는 주말에 쓰기로 되어 있었다.

키패드를 누르고 들어선 집 안은 어둑하고 적막했다. 현관에서서 구두를 벗으려는데 잠시 기묘한 기분을 느꼈다. 위이잉, 공기 청정기가 돌아가는 소리가 인식되고 나서야 겨우 몸을 움직였다.

불도 켜기 귀찮았다. 서재로 이동한 신현은 중요한 서류들을 정리해 금고에 옮겨 두었다. 그렇게 정리하기까지 한 시간 정도가 걸렸다. 옷은 이미 호텔에 가져다 두었지만, 계절이 바뀌어 셔츠 몇 벌을 더 챙겨야 했다.

계속 움직였더니 갈증이 났다. 냉장고를 연 신현은 습관처럼 생수병을 꺼냈다. 생수 뚜껑을 따다가 문득 거실 쪽을 응시했다. 예고도 없이 환영이 움직였다. 검은색 슬립을 입고 천천히 커튼 쪽으로 걸었다.

저기쯤이었나. 정은이 '꺄아악.' 소리를 지르며 뛰기 시작한 곳이.

다시 고개를 돌리고 신현은 냉장고를 바라보며 물을 마셨다. 다른 말이 떠올랐다.

'네가 먼저 내 손목 잡았잖아.'

십수 년을 거의 매일 떠올린 말이라 이젠 크게 죄책감이 느껴지지도 않았다.

눈을 두어 번 깜빡거린 신현은 다시 생수병을 들어 남은 물도 마저 삼켰다. 빨리 이 집을 나가야 했다.

아까 챙겨 둔 셔츠를 들고 집을 나서려던 때였다. 문득 거실 홈 패드 위쪽에 빨간불이 들어온 게 눈에 보였다. 천천히 걸어간 신현은 손을 들어 스크린을 터치했다. 어두운 실내에서 화면에 들어온 푸른빛이 희미하게 주변을 밝혔다. 관리실에서 온 메모가 남아 있었다. 곧 소방시설 점검이 있으니 세대 앞에 세워진 자전거를 치워 놓는 게 좋겠다는 연락이었다.

홈 패드를 닫으려는데 문득 방문 기록 탭이 눈에 들어왔다. 현관 앞에는 CCTV가 설치되어 있었고 사람의 행동이 인지되면 자동으로 녹화가 되게 되어 있었다. 물끄러미 바라보던 신현은 방문 기록 탭을 클릭했다.

순서대로 녹화된 기록 중에 뇌리에서 사라지지 않는 날짜 하나가 눈에 들어왔다. 그 날짜에는 전부 네 개의 기록이 남아 있었다. 두 개는 그 자신의 것이었고 두 개는 정은의 것이었다. 한참을 그 기록 옆에 붙은 시간을 응시하던 신현은 결국 세 번째 기록을 클릭했다.

정은이 그의 집 현관으로 걸어오고 있었다. 구두 소리가 복도를 천천히 울렸다. 얼굴이 창백했다. 문 앞에 도착한 정은은 한참 서 있기만 했다. 키패드를 누르려다가 다시 손을 오므렸다. 그 손이 바들바들 떨렸다. 돌아가려고 등까지 돌린 정은은 어느 순간 걸음을 멈추고 다시 문을 돌아봤다. 그리고 또 문 앞으로 걸어왔다.

숨을 들이쉬고 떨림을 지우고 얼굴이 무표정해지기까지 한참이 걸렸다. 1분, 2분, ……3분. 정은의 얼굴이 평소와 같아졌다. 마침내 정은은 도어 로크 비밀번호를 눌렀다. 정은이 문을 열고 들어선 뒤 화면이 꺼졌다.

화면의 잔상이 사라지고 난 뒤에도 신현은 그 자리에 서 있었다. 나머지 다른 하나의 영상은 도저히 볼 용기가 나지 않았다. 긴 시간 멍하게 서 있었다. 정은과 함께 지나온 긴 시간들이 잘 정리가 되지 않았다.

손목을 잡고, 그에게 다가오던 여자를 몰아내고, 성장하여 성인이 되고, 섹스를 하고, 헤어지고, 장학금과 합의금을 받았다. 김천댁을 시켜 미국까지 보내 준 반찬도 먹었다.

다시 만나 키스를 하고, 섹스를 하고, 이번엔 영화도 보고, 청혼도 하고, 그러고도 또 헤어졌다.

'내가 너 찍었는데. 넌 좀……, 눈치가 없구나?'

그때부터였을까. 정은이 혼자였던 그를 위해 부모 역할을 해 준 것이.

'얼마 전에 정은이가 남자 친구 인사시키려고 집에 데려왔었어.'

혜조가 저지른 짓을 알아서 그와의 헤어짐을 택했던 거고.

'그게 뭔지 차 전무는 알겠지.'

그에게 현일을 돌려주고 싶어서 조부가 남겨 준 재산의 반을 팔았던 건가.
대체 왜.
그 오랜 시간 동안, 그렇게 많은 상처를 입혔는데.
네가 대체 내게 왜.

'이거, 신 팀장님이 아끼신 건데.'

수조 원의 자산을 갖고도 여전히 그의 물건을 훔치고.
사실은 지금도 집에서 없어진 게 한 가지 더 있었다. 불현듯 신현은 다시 드레스 룸으로 향했다. 아까 셔츠를 찾기 위해 뒤 졌던 옷장을 열었지만 없었다. 분명 여기다가 두었었다. 아침마다 셔츠를 꺼내며 볼 이곳에, 항상.

잠깐 어쩔 줄 모르고 주변을 둘러보며 서 있다가 다른 옷장도 뒤지기 시작했다. 김천댁이 치웠을까 싶어서 옷장과 선반, 서랍 모두를 샅샅이, 빠르게 뒤졌다. 서재로 가서 엉뚱하게도 책상 서랍들까지 다 열어 봤다. 온 집 안을 이 잡듯 뒤졌다.

없었다. 식은땀이 났다. 미칠 듯 그리워지는 날이면 도대체 나한테 어쩌라고. 이 배려 없는 여자는, 똑같은 걸 사 두지도 않았다.

마지막 서랍을 열어 확인하는 동안 무릎이 후들거렸다.

없다. 어디에도 없다. 모자가 없어졌다.

모자가 없어진 이유가 무엇인지, 이제야 알게 되었다. 그걸 오래전부터 알았더라면, 그렇게 몰아내지 않았을 것이다. 두고 떠나지 않았을 것이다. 거짓된 비난들로 또 다른 생채기를 내지도 않았을 것이다.

운동이라도 한 사람처럼 거친 호흡이 흘러나왔다. 흘러내린 안경을 올리고 이마를 짚은 채 서재를 둘러보며 서 있었다. 도대체 나는, 나라는 인간은.

눈에 물이 흐르는 게 느껴졌다.

정은이 그를 사랑했던 걸 이제야 깨닫게 되었다. 그의 인생에서 유일하게, 그에게 진심이 담긴 사랑을 주었다는 걸. 그가 정은을 사랑하는 방법으로 똑같이, 모든 걸 포기하고서라도 이루고 싶은 사랑이었다는 걸.

책상에 두 손을 짚고 고개를 숙인 채 신현은 울음을 터뜨렸다.

정은이 겪었을 아픔의 시간을 이미 그는 알고 있었다. 수년 전 그가 경험했으니.

외롭고, 원망스럽고, 사랑했던 순간들이 떠올라서 죽을 것 같던 시간들. 다시 일어났다가도 쓰러지고, 관련된 모든 것들이 가슴을 베어 내던.

정은을 현관에 세워 둔 채 이별을 고했다. 현관에 그냥 세워 두고. 들어오라는 말도 못 하고. 현관에 그냥 세워 두고……. 저 바깥 현관에.

헤어지자는 말을 하던 순간 빨개진 눈으로 그를 쳐다보던 정은이 기억났다. 바르르 입술을 떨던 걸 그날 분명 봤었다. 울음을 참고 있던 거였으리라.

돌아서던 등이 자그마했었다. 그래도 잡아 주지 않았다.

그가 차마 확인 못 할 나머지 영상 안에 정은이 떠나는 모습이 남아 있을 거였다. 흔들리지 않고 꼿꼿이 걸으려 했지만 나가서 분명 울었을 거였다. 비틀거리다가 결국 고개를 숙이고, 어깨를 떨면서.

그의 입에서 소리가 새어 나오고 눈물이 주르륵 떨어졌다. 손바닥으로 퍽퍽 책상을 내리쳤다. 짐승처럼 신현은 혼자 그렇게 울었다.

헤어지자는 말을 듣고 현관을 나서며, 아니, 현관문 밖에서 너는 어떤 마음이었나.

우리가 함께 사랑했던 이 공간을 내쫓기듯 떠나며 너는 대체 얼마나 비참했을까.

이 단순한 등식을 이전엔 왜 생각 못 했을까. 그에게 정은이 다른 모든 걸 포기하고도 있어야 하는 단 하나의 존재인 것처럼, 정은에게도 그가 그런 존재일 수 있었다는 것을.

정신을 차린 신현은 조 전무에게 전화를 걸었다.
조 전무는 정은이 있는 곳을 알려 줄 듯 말 듯 시간을 질질 끌었다.

'잘 살 수 있으니 헤어진 것 아닙니까?'

이건 뭐, 큰오빠도 아니고. 살살 비꼬는 목소리였다.

'빵 공장에 취업하셨습니다. 지금 업무 시간이에요.'

상당히 신빙성 있는 소식이었지만 웃을 기분이 아니었다.

'다시 이런 일 반복되면, 정말로 죽일 겁니다.'

아쉬움과 질투, 그럼에도 진심으로 행복을 기원하는 마음이 느껴졌다.
'평창군 진부면'으로 시작되는 주소를 받아 적을 새도 없이 머릿속에 욱여넣었다. 엘리베이터를 타고 지하에서 내린 뒤 주차장을 정신없이 뛰었던 것 같다.

운전석에 올라타고 내비게이션 주소도 찍지 않은 채, 끼익 소리를 내며 차를 뺐다. 경부고속도로를 타는 동안은 차가 많이 막혔지만 그 뒤부턴 원활했다.

영동고속도로에 들어서자 산기슭에 핀 꽃들이 그의 눈에 들어왔다. 진달래, 철쭉, 봄꽃들. 개나리는 그새 다 졌나 보다.

약간 열어 놓은 창으로 봄바람이 쳐들어왔다. 마음이 급했다. 속도를 높이며 신현은 생각했다.

정은을, 나의 정은을 만나러 간다. 이번에 품에 안으면 영원히 놓지 않을 거였다.

오랜만에 심장이 펄떡거렸다.

솜사탕 같던 연한 구름이 석양에 물들었다. 정은은 이제 제법 먼 거리까지 걷고 와서 집으로 돌아가는 길이었다. 이렇게 걷기만 하고 있으면 시간이 빨리 흘러갈 수도 있을 것 같다.

산 아래 펼쳐진 들판에서 풀을 뜯어 먹는 소 한 마리가 눈에 들어왔다. 온통 누런빛의 그 소를 정은은 신기하게 쳐다보았다. 진부엔 소를 키우는 집이 별로 없는데 웬일인가 싶다.

저 멀리에서 검은색 차 한 대가 정은 쪽으로 오며 흙바닥을 긁는 소리를 냈다. 현일 고위 임원들에게 지급되는 차종과 동일했다. 조용히 뛰기 시작하는 가슴을 무시하고 고개를 돌리려는데 정은 가까이 다가온 차가 급하게 섰다.

운전석 문이 열리고 신현이 내렸다.

막막하고 당혹스럽다는 표현이 맞을 거였다. 당장 논리적인

이유가 떠오르지 않았지만 혜조가 저지른 다른 짓을 더 알게
됐나, 업무와 관련되어 할 말이 있나, 그런 생각을 했다. 야속
하고 원망스러운 마음에 외면하고 싶었으나 다 들어 줘야지 싶
어서 신현이 다가오는 걸 긴장된 마음으로 기다렸다.

옅은 회색빛의 슈트에 남색 넥타이가 큰 키에 멋지게 잘 어
울렸다. 눈이 부셔서 정은은 살짝 눈살을 찌푸렸다. 다시 본 것
만으로 심장이 뛰는 속도가 빨라졌다.

정은이 묻는 눈으로 그를 쳐다봤다.

"왜 왔어?"

너무나 많은 감정을 감추려다 보니 차갑고 퉁명스러운 말투
가 되어 버렸다. 정은이 쓰고 있는 모자에 신현이 눈짓을 했다.

"돌려받으려고, 그 모자."

조용한 어조였다. 정말 한 번도 예상해 보지 못한 이유였다.
혹시라도 다른 이유를 기대했는지, 갑자기 마음속에 허탈함이
밀려들었다. 그 마음을 숨기며 정은은 가던 길을 걸었다. 신현
이 그런 정은을 쫓아왔다.

"준 걸 다시 빼앗으면 안 되지."

이거 그 모자 아니라고 우기려다가 정은은 냉랭한 목소리로
물었다.

"겨우 이 모자 하나 찾겠다고 여기까지 온 거야?"

"꼭 돌려받아야 해서."

신현도 역시 냉랭한 목소리였다.

진짜 모자를 찾으러 여기까지 왔나. 현실적으로 말이 되지

않았다. 하지만 누가 주었건 나름 오래 사용했을 테니 의미 있는 물건일 수는 있었다. 정은도 이 모자를 찾아서라면 여기까지 왔을 거였다. 물론 그와 다른 이유로 중요해서이지만.

그래도 그렇지. 정은과의 관계가 겨우 이 모자만도 못하다는 방증인 것 같아서 서운해졌다.

"되게 치사하네."

그렇게 대답하고 걷는 데에 집중했다. 쫓아오던 신현이 발걸음을 빨리해서 정은을 앞서더니 마주 보며, 뒷걸음으로 걸었다. 심장이 불규칙적으로 뛰었다. 이런 비슷한 기억이 있어서였다.

"응. 못 돌려주겠어?"

신현이 되물었다. 정말로 답을 할 수 없어서 정은은 못 들은 척했다. 안 돌려주자니 찔렸지만, 돌려주기는 진짜 싫었다.

"그 모자를 공동 소유 하려면, 결혼을 하면 되긴 하는데."

가슴이 내려앉았다. 그럼에도 정은은 발걸음을 멈추지 않았다. 신현도 여전히 뒷걸음으로 정은을 앞서 걸었다. 주변 들꽃이 코스모스라도 되는 양 가볍게 흔들리는 게 시야에 들어왔다.

"그래도 다시 청혼하진 않을 거야."

머리를 아무리 빠르게 회전시켜도 무슨 목적의 말인지 이해가 되지 않았다. 그냥 짓궂고 잔인한 장난처럼 들렸다. 풀숲에 있던 소가 음매 하고 길게 울음을 내었다.

자존심 때문에 정은은 비웃는 어조로 되물었다.

"내가 언제 너랑 결혼하자고 한 적 있어?"

신현이 고개를 저었다. 그리고 다시 엉뚱한 말을 했다.

"너와 나 사이엔, 평생 아이도 없을 거야."

어처구니가 없었다. 이 언어 영역 빵점짜리의 맥락 없는 대화는 도대체 뭐란 말인가. 저 앞에 조 전무의 별장이 보였다. 발걸음을 부지런히 하며 정은은 다소 신랄한 어조로 되물었다.

"누가 너랑 아이 갖고 싶대?"

신현이 부드럽게 웃었다.

"아니. 늘 나였지. 너랑 결혼하고 싶은 것도, 아이를 갖고 싶은 것도."

얼굴에 얼핏 쓸쓸한 빛이 비쳤다. 정은의 발걸음이 우뚝 멈췄다. 신현의 발걸음도 멈췄다. 그제야 누군가 머리를 둔기로 내려친 듯, 어떤 가능성이 떠올랐다. 설마 그래서. 이 남자한테는 혹시 그게 큰 문제였나.

관찰하듯 정은을 쳐다보던 신현이 문득 무뚝뚝한 어조로 말을 꺼냈다.

"오랫동안 뒤에서 날 도왔더라. 난 항상 널 미운 말로 내쳤는데."

뜨끔했다. 정은은 그를 똑바로 바라보지 못하고 다시 걷기만 했다.

"주식까지 팔면서. 이유를 알고 싶어. 대체 왜 그랬어?"

차가운 말투였다. 마치 혼자 해낼 수 있는데 도와준 것에 대한 원망까지 느껴졌다. 정은의 코끝이 시큰해졌다. 왜 그 쉬운 이유를 모르지. 덜컥 눈물이 솟기라도 할까 봐 정은은 그를 쏘아보며 더 냉랭한 어투로 대답했다.

"넌……."

눈가에 핑그르르 뜨거움이 느껴졌다. 이건 답답함 때문이다. 이 시답잖은 걸 가르쳐 줘야 하는 이 남자의 멍청함 때문에.

"넌, 내 거잖아."

눈으로는 분명 노려보고 있었는데 목소리는 가늘게 떨려 나왔다.

신현이 했던 말이지만, 정은에게도 그저 이 대답밖에 떠오르지 않았다. 사랑, 동정, 그런 감정 잘 모르겠다. 처음부터 내 것이었고 그래서 그가 고생하는 것, 자존심 상하는 것, 마음 다치는 것, 다 싫었다. 차라리 내가 대신 힘들었으면 싶을 때도 많았다.

그리고 그 말에 신현은 고분고분 고개를 끄덕였다.

"응."

왜 저 남자의 입에서 긍정의 대답이 나오는지 이해가 되지 않는데도 눈이 빨개지는 게 느껴졌다. 하필 오늘 이 엉망인 모습에 눈물까지 흘리는 볼썽사나운 꼴을 보이지는 않을 것이다. 하지만 소가 풀을 뜯는 이곳에 산책을 나오는데 실크 옷을 입을 수는 없지 않은가.

그리고 보니 기가 막혔다.

"혹시, 겨우 그 0.00001%의 확률 때문에, 날 버렸어?"

원망을 감추지 못하고 떨리는 목소리가 흘러나왔다.

아주 미미한 확률이어도 충분히 일어날 수 있는 일이란 걸 정은도 알고는 있었다. 하지만 그래도, 그런 것들 때문에 감히 정은을 버릴 결심을 하고 이렇게까지 아프게까지 했다니 믿을 수가 없어서였다.

"0.00001%여도 재수 없게 내가 걸리면, 그 확률은 100%니까."

가라앉은 표정을 보며 정은은 깨달았다. 혜조나 정은이 미워서가 아니라 정말로 그 확률 때문에 정은과의 헤어짐을 택했다고. 그래서 그가 언제라도 덜컥 죽을 수 있으니까 결혼도 못 하겠고, 유전자를 물려받을 수 있을 아이도 시도하지 않겠다는 거다.

신현이 진지한 목소리로 대답했다.

"나와 함께하기 위해, 결혼도 아이도 포기하랄 순 없잖아."

원한 적이 없는데 포기할 일이 대체 왜 있을까.

"나는, 결혼 별로 관심 없어."

정은이 다시 가르치는 어조로 말했다. 목소리에 울먹임이 섞였다는 걸 인지하지도 못했다. 왜 저렇게 물끄러미 내 눈을 보지, 이상하게만 생각했다.

답답하고 안타까운 심정으로 정은이 또 덧붙였다.

"아이도, 원래 안 좋아해."

그녀가 갖고 싶은 건 가정도 아이도 아니고, 항상, 오직 이 남자였다. 한번 말했는데 알아들을까, 다시 말해 줘야 하나.

"널 보내 줘야 한다고, 여전히 그렇게 생각은 하는데."

놀라서 그를 쳐다보는 동안 신현이 툭, 내뱉는 말투로 고백했다.

"너랑 떨어져 있는 게 힘들어서, 이제 더는 못 하겠어."

아아, 어떻게 이러지. 정은의 가슴이 뜨거워졌다. 커다란 두 손이 뺨을 감싸더니 정은의 눈을 들여다보듯 쳐다봤다.

"내가, 잘못했어."

신현이 담담하게 사과했다. 가슴이 아파서 정은의 눈동자가 흔들렸다. 무슨 소리야. 죄책감을 느껴야 하는 건 이쪽인데.

"앞으로도 늘 미안한 마음일 거야. 너에게 영원히, 완전한 가정이란 없을 테니까."

그 말에 정은의 심장이 벅찬 감정으로 두근거리기 시작했다. 다시 떠나지만 않을 거라면, 매일매일을 함께 살 수만 있다면, 그 어떤 미래여도 빛나는 보석처럼 느껴졌다.

그럼에도 또 정은은 자존심 때문에, 쉽게 보일 수 없어서 시큰둥한 얼굴로 고개만 끄덕였다. 아주 살짝 끄덕였는데도 신현의 입술 끝이 부드럽게 올라갔다.

"우는 거 두 번째로 봤는데."

그의 눈가에 얼핏, 다정한 빛이 스쳤다.

"되게 예쁘네."

"나, 안 울어."

차갑게 쏘아붙이자, 길고 건조한 손가락이 정은의 눈 밑을 쓸었다. 촉촉한 물기 때문에 생성된 뽀드득함이 정은에게도 느껴졌다. 정은의 눈에 그렁그렁 맺혀 있던 눈물이 다시 뺨 위로 떨어졌다. 무안한 얼굴로 바라보는데 신현이 그녀의 입술에 닿은 젖은 머리카락을 살며시 치웠다. 뭔가 의도가 느껴지는 손길에 '왜?' 하고 묻기도 전에 그의 입술이 정은의 입술로 내려앉았다.

신현이 그녀를 품에 끌어안았다. 정은도 두 팔을 올려 그의 목을 꽉 껴안았다.

한동안 입술이 섞이는 소리가 주변을 떠돌았다. 멀리서 소 우는 소리가 다시 들렸다. 음매 하고 길게 세 번을 우는 사이, 입맞춤은 더욱 깊어져만 갔다.

집으로

언제부터인가 정은이 반포동으로 퇴근하는 날이 많아졌고 오늘도 그런 날이었다.

새벽녘 잠에서 깼을 때 신현은 침대에 기댄 채 서류를 내려다보고 있었다. 상체는 벗은 채였는데 안경은 끼고 있었다. 중얼거리며 외우는 원고가 무슨 내용인지 정은에겐 보이지 않는다. 초조한 얼굴이 아예 잠들지 않았던 눈치였다.

"오늘, 중요한 회의 없던데."

머릿속에 신현의 일정이 떠올랐지만 모두 밤을 새울 정도는 아니었다. 엎드려 누운 정은의 어깨에 그의 손이 뻗어 왔다. 커다란 손이 가볍게 누르듯 쓸자 정은의 피부에 오스스 소름이 일었다.

"곧 연락 갈 거야. 오전 10시, 비워 둬."

감이 잡히지 않는다.

"그렇게 바쁘면 오늘 저녁에 보지 그랬어."

정은의 핀잔에도 신현은 잠시 대답하지 않았다. 어깨를 쓰다듬던 손길도 멈춘 채 시선을 벽시계에 고정한다. 계산하는 눈길로 시계만 쳐다보더니, 어느 순간 원고를 치웠다. 안경을 베드 옆 테이블에 던져두기에 잠깐이라도 눈을 붙이려나 했다.

"딴 놈 보는 날이잖아."

불쾌감 가득한 목소리는 둘째 치고, 잘 이해가 되지 않았다. 딴 놈? 누구?

순간 신현이 몸을 숙여 정은을 안아 왔다. 입술을 맞추는 동안 서로의 콧날이 스쳤다. 부드럽게 쓸어 내려오는 손길에 급작스레 몸이 뜨거워졌다.

"흔적은 남겨야 할 것 같아서."

무슨 뜻인지도 모르면서 정은의 입에서 하아, 가쁜 숨이 흩어져 나왔다.

신현의 말대로 회의 시작 한 시간 전에 회장 비서실에서 연락이 왔다.

조 전무의 수행을 받으며 정은은 30층으로 향했다. 회장실에 딸린 회의실 앞에서 박준용 전무가 꾸벅 인사를 하더니 직접 문을 열어 주었다.

김 회장이 소집한, 총 열 명 정도가 참석하는 자리였다. 현일 바이오 공동 최대 주주인 김 회장, 정은, 선대 회장인 정 회장의 사촌, 강태준을 포함한 주요 주주들과 기관에서 대표로 온 고위 공무원 한 명. 김 회장이 앉은 뒤에야 모두 일제히 자리에 착석했다.

계단식으로 만들어진 회의장 맨 앞 발표석엔 신현이 서 있었다. 새벽 무렵의 그 초조한 모습은 싹 사라지고 지금은 준비가 다 된 듯 담담한 표정이었다. 먼저 출근해서 몰랐는데, 은회색 넥타이와 짙은 슈트가 차분한 표정에 잘 어울렸다. 정은이 착석하는 동안 태준이 찾아와 반갑다며 인사를 건네자, 짧고 날카로운 시선을 던진 것도 같다.

스크린에 '현일바이오 카티 개발 계획'이라는 제목이 나타나 있었다.

유인물을 다 읽어 낸 김 회장이 고개를 짧게 끄덕이자 신현이 스크린 쪽으로 포인터를 눌렀다. 그리고 '지금부터 이런 내용의 발표를 하겠다.'라는 소개도 없이 곧바로 주요 내용에 진입했다.

신현은 바로 카티 시장의 규모와 근래 주요 이슈들을 정리했다. 이런 회의 때마다 낙서나 하면서 내용을 듣던 정은은, 저도 모르게 펜을 책상 위에 두고 손을 모은 채 발표에 집중했다.

적당한 속도로 설명하던 신현은 연이어 문제점에 대해 짚었다. 새로운 치료법이기 때문에 작용 기전, 안전성, 재발 여부 등 임상 데이터가 충분히 확보되지 못한 점이 넘어야 할 관문이라고 했다.

앞으로 예상되는 투자 금액, 승인을 받기까지 걸리는 5년이라는 긴 시간, 예상되는 한계와 고충, 이 시간의 단축을 위해 이미 기술을 가진 회사를 합병하는 현실적인 방법 등이 거론됐다. 달콤한 거짓말을 해서 어떻게든 개발 승인을 따내 준다면 좋을 텐데, 신현이 설명하는 내용은 모두 적나라한 사실에 근거했다.

발표 소요 예정 시간은 모두 20분으로 연락받았었다. 시작 후 16분 정도가 되었을 때 신현은 거대한 주요 숫자들을 하나둘 스크린에 차례대로 띄웠다. 대부분 지금 이 자리에 앉아 있는 주요 주주들이 감당해야 하는 금액이었다. 8700억이라는 숫자까지 떠오르자 회의실 안 모두가 숨을 들이쉬었다. 그 손해들이 어떻게 충당될지에 대한 내용도 요약, 정리되어 있었다. 이 투자로 인해 다른 신약들이 벌어들일 수익마저 일정 부분 잠식될 수밖에 없다는 사실. 결국 현일바이오의 장밋빛 미래가 고난의 시간이 될 거라는 게 지금 발표의 냉정한 결론이었다.

주어진 20분이 정확히 지났다. 질문도 없이 홀리듯 내용만 듣던 주주들 사이로 잠시 무거운 침묵이 흘렀다. 제대로 정신이 박힌 기업 회장이라면 절대 승인하지 않을 내용이었다.

김 회장은 시간을 끌지 않는 스타일이었다. 주변을 둘러본 김 회장이 마이크도 대지 않고 회의를 소집한 이유부터 설명했다.

"정식 주주 회의라고 해 봤자 어차피 여기 계신 분들이 다 결정하고 돈 끌어다 주실 거 아닙니까. 그래서 소집했습니다. 강요하고 싶은 생각은 결코 없으니 각자의 소견대로 결정하시면 될 것 같습니다."

모두가 천천히 고개를 끄덕였다. 다시 펜을 든 정은은 그제 야 유인물에 하나둘 낙서를 시작했다. 유인물 맨 위의 제목을 따라 써 봤다 '현일바이오 카티 개발 계획'.

김 회장이 다시 발표석에 선 신현을 응시했다. 딱딱하게 입 매를 굳히고는 직설적으로 물었다.

"영업 이익도 기대할 수 없고 실패 확률도 크고. 니네들 돈 많으니 우선 해 보자, 이 소리네. 같잖은 기획을 올릴 때는 이 유가 있을 것 아닌가?"

모든 주주의 의견을 대신한 질문이었다. 신현이 안경 너머로 김 회장을 응시했다. 평소 무슨 일이든 숫자로만 판단하던 신 현은 의외의 대답을 했다.

"현일바이오의 설립, 영속 목적이 이익 추구가 아니기 때문 입니다."

낙서를 하던 정은의 손이 잠깐 멈췄다. 외할아버지가 세운 기업 이념이었다. 현일에 합병되고도 정은이 끝내 바꾸지 않은 현일바이오의 기업 이념. 매년 회사 브로슈어를 만들 때마다, 신입 사원을 뽑을 때마다 빼놓지 않고 알리는 단순한 문구. '인 간을 질병으로부터 자유롭게 하는 기업.'

정은은 이번엔 유인물 맨 밑에 있는 기안자의 직책과 이름을 따라 써 봤다. '현일바이오 사업개발 본부장, 차신현.'

김 회장이 차갑게 웃었다.

"차 본부장, 내가 자네를 현일바이오로 발령하면서 지시한 건 미래 사업으로 뭘 할지를 가져와 봐라, 그 뜻이었는데? 잘 먹고 잘 살게 할 그런 미래 먹거리는 도무지 없던가?"

어느새 차신현이라는 이름이 정은의 유인물을 가득 채우고 있다. 회의실 안에서 느껴지는 무시무시한 긴장에 모두가 두 사람을 응시했다. 현재 진행 중인 유류분 청구 소송 때문에 관계가 극으로 치달았나 보다, 대부분 그렇게 생각하는 눈치였다.

폭발할 것 같은 공기를 사이에 두고 신현이 김 회장과 똑같은 찬웃음을 지었다.

"미래 먹거리는, 지주사로 재발령 내시면 그때 다시 올리겠습니다. 제약·바이오 회사에 생명공학 전공인 저를 발령하신 이유는 이런 뜻이실 거라고, 감히 이해했습니다."

회의실 안의 모두가 얼어붙은 게 온 피부로 느껴지던 때였다. 정은은 혼자 피식 웃었다. 내성적이긴 해도 원래 겁은 없는 남자였다.

김 회장이 깐깐하고도 빠른 어조로 다시 공격했다.

"치료제를 만드는 것보다 유전자를 교정하는 게, 더 빨리 인간을 질병으로부터 자유롭게 할 거란 말도 있던데. 더불어 우린 큰돈을 벌 수 있고."

신 박사의 연구 대신 왜 최종적으로 카티를 선택했냐는 질문이었다. 신현이 동의하듯 고개를 끄덕였다.

"그럴 겁니다. 하지만 배아 편집 중 오류가 발생한다면, 비록 그것이 단 한 명일지라도 돌이킬 수가 없습니다."

생각에 잠긴 눈동자가 신현을 응시했다. 정은도 고개를 들어 신현을 바라봤다.

인간의 배아를 건드리는 건 아직까진 신의 영역이라고, 그렇게 말하는 걸 정은은 알아들었다. 좋은 방향이든 나쁜 방향이든 한 인간의 삶을 완전히 뒤집을 수 있는 일이므로 그 자체로 신중해야 한다고.

신현이 침착하게 부연했다.

"안정성이 확보된 다음에 합류하셔도 늦지 않습니다."

잠시 두 시선이 깊이 있게 마주쳤다. 고개를 끄덕이지는 않았지만, 이번에도 김 회장은 시간을 끌지 않았다. 여전히 신현과 시선을 마주친 채 담담하게 결정을 전달했다.

"난 승인. 내 의결권은 강태준 상무가 대신 수행하는 거로 하고. 신 이사님 의견은?"

정은을 돌아보지도 않고 묻는다. 정은이 천천히 펜을 내려놓으며 신현과 눈을 마주했다. 긴장이 발끝까지 스며들었다. 할아버지가 술에 얼큰히 취해 정은에게 반복하셨던 말이 순간 떠올랐다.

'정은아, 잊지 말아라. 네가 물려받는 회사는 제약 회사다. 아픈 사람들한테 약을 만들어 파는 거지.'

평생을 약품 개발에 몰두하다 쭈글쭈글해진 손으로 정은의 손을 잡은 채 잠들곤 했다.

'소화제도 중요하고 두통약도 중요하지만, 우리는 암과 난치

병을……. 그다음엔 병원을 세우고…….'

외할아버지가 복지원의 한 소년에게 과도한 관심을 보일 때
마다 질투했던 기억도 문득 정은의 뇌리를 스쳐 지나갔다. 훗날
그 소년이 은혜 갚은 까치가 되어 찾아와 당신의 숙원 사업을
이뤄 줄 것을 그때 할아버지는 예감하셨던 건지 알 수가 없다.

정은은 조용히 답변했다.

"승인합니다."

김 회장이 다른 주주들에게도 질문을 던졌고 모두 즉시 답했
다. 여덟 명 중 강태준 포함 여섯 명의 승인. 김 회장이 의견을
모아 정리했다.

"최종 의견은 승인. 실제 주주 회의 때 의견을 바꾸셔도 상관
없습니다만 대세는 정해진 것 같습니다."

김 회장이 자리에서 일어났다. 회의실 안의 모두가 몸을 세
웠다. 주변을 휙 둘러본 김 회장이 마지막 지시를 했다.

"이 일 총지휘는 차 본부장이 직접 진행하는 거로 합시다. 합
병할 회사, 목록 정리해서 수일 내로 다시 올리고."

"네. 그러겠습니다."

신현이 대답했다.

김 회장이 자리를 뜨자 강태준과 박준용이 뒤를 따라 나갔
다. 정은도 자리에서 일어났다. 회의실을 떠나는 동안 혼자 가
슴이 벅차올랐다.

저 사람이 어떤 뜻으로 이런 결정을 내렸는지 모르겠으나,

이보다 더욱 감사한 선물을 받은 기억이 없다. 사랑 때문에 회사의 반쪽을 팔아 치운 나쁜 손녀딸이지만, 이제야 하늘에서라도 할아버지를 만날 때 다시 볼 면목이 생긴 셈이다.

신현이 같이 살고 싶다고 했다.

정은도 같은 마음이었다. 다만 누구의 집으로 들어가냐의 문제로 둘은 한바탕 아웅다웅했다. 조 전무가 드나든다는 이유로 신현은 한남동에는 들어가지 않겠다는, 말도 안 되는 고집을 부렸다. 한남동 정리는 조 전무가 했고 정은은 그날 신현의 집으로 들어갔다. 동거를 하게 된 셈이다. 정은이 예전에 봐 두었던 방이 정은의 드레스 룸이 되었다.

또한 신현은, 자신이 '신정은의 남자'가 아니라 정은이 '차신현의 여자'로 알려질 때까지 언론에 둘 사이를 공개하지 않는다는 정은에게는 다소 불안한 원칙을 내세웠다. 그러면서도 가까운 지인들과의 소규모 모임에는 정은을 데리고 나가긴 했다. 의외로 친구도, 아는 사람도 많아 깜짝 놀랐다. 그 자리에선 별다른 말도 없이 이야기를 듣기만 하면서도, 그런 모임들에 꾸준히 나가는 신현이 잘 이해가 되지 않았다.

곽윤기에게는 직접 찾아가야 한다고 했다. 항상 불편한 관계였지만 한 번은 넘겨야 할 자리였다. 달이 밝은 늦은 저녁, 둘은 술을 사 들고 옆 동으로 함께 걸어갔다. 아마 오늘은 밤새도록 술을 마셔야 할 거라고, 신현이 경고했다.

그게 뭐 경고라고. 정은은 속으로 혼자 웃었다. 신현과 다르게 곽윤기의 주량이 센 건 익히 들어 알고 있었다. 하지만 현일의 최고 말술이라는 김 회장을 제외하곤 누구와 붙어도 이길 자신이 있는 그녀였다. 오늘 내 남자는 내가 지키리라, 정은은 호기롭게 다짐했다.

벨을 누를 줄 알았는데 신현은 도어 로크를 열고 자연스럽게 비밀번호를 눌렀다. '왔냐?' 묻는 목소리가 들리고 윤기가 나왔다. 모임에서 보던 것과 다르게 편한 실내복 차림이었다. 경계감 어린 표정으로 서로를 살피는 윤기와 정은 사이에서, 신현은 술을 건네고 거실로 들어서며 정은을 소개했다.

"형, 제 허니베베달링이에요."

정은의 눈이 커다래졌다. 저런 소리를, 저렇게 아무렇지 않게 해 대는 남자일 줄은 예전엔 미처 몰랐다.

'저, 미친.' 중얼거린 윤기가 팔에 돋은 소름을 떨쳐 내듯 몸서리를 치며 신현의 뒤를 따라 들어갔다.

신현의 경고대로 밤새도록 술잔이 오갔다. 게다가 정은을 술로 보내려는 아마추어가 여기 또 있는지 윤기는 계속해서 정은의 잔에 술을 채우려 시도했다. '정은이 술 못합니다.'라며 그 술을 가로채 마신 건 의외로 신현이었다.

술을 딱히 좋아하진 않는 정은이었다. 그냥 물과 다른 맛의 음료라는 생각뿐이었다. 설사 술을 못한다고 해도 소주 다섯 잔에 하염없이 무너지는 남자에게 흑기사를 시킬 정도는 아니었다.

윤기가 코웃음을 치며 '신 이사 술 마시는 것 여러 번 봤다.'라고 증언했지만 소용없었다. 신현은 부지런히 정은의 술을 대신 받아 마셨고, 다섯 잔이 아니라 다섯 병이 넘어갔는데도 생존해 있었다. 아무래도 윤기를 쓰러뜨리고 나서야 쓰러질 눈치였다.

다양한 화제가 오고 갔다. '바이오업계의 미래'라는 거창한 화두로 대화를 시작했지만, 수학자들에 대한 이야기가 그 중심이 되었다. 세상 지루하고 쓸데없는 이야기를, 정은은 대충 흘려들었다. 사실 술을 대신 마셔 준 신현이 좀 고맙긴 했다. 오늘 컨디션이 별로인지 술맛도 쓰고, 예의상 마신 다섯 잔에 정신을 못 차리겠는 건 오히려 정은이었으니까.

그래서 이야기를 제대로 듣지 못했다. 수학자들의 이야기가 신현의 현관 비밀번호와 이어진 것까지는 이해가 됐다. 피보나치 수열이, 뒤의 수에서 앞의 수를 나누면 모두 1.6, 즉 자연이 말하는 황금 비율이 된다는 새로운 사실도 알게 되었다. 그런데 대체 지금 이 이야기는 뭐란 말인가.

"아, 신 이사 손가락 때문에 비밀번호가 그거라고?"

"그렇죠."

땅콩을 까며 신현은 고개를 끄덕거렸다. 술에 취했는데도 목소리는 얌전하고 단조로웠다. '아하.' 하더니 윤기가 자신의 손가락에 대고 설명했다. 손끝에서 첫 번째 마디까지의 길이가 2, 첫 번째 마디에서 두 번째 마디까지가 3, 두 번째 마디에서 손등과 이어지는 부분이 5, 그리고 손등이 8의 비율이라고.

'캬아.' 하고 윤기가 감탄의 숨을 터뜨렸다. 하나도 재미없는 이 이야기를 윤기는 '아, 씹.'을 중얼거리며 참으로 열성적으로 토해 냈다.

이 사람 이제 많이 취한 것 같은데, 아닌가? 정은이 눈을 갸름하게 뜨고 지켜봤지만, 다시 질문하는 윤기의 어조는 또랑또랑했다.

"그래서? 그 손가락을 언제 봤는데?"

신현은 열심히 땅콩을 까고 있었다. 정은과 눈을 마주치지도 않았다.

"고등학교 때……, 얘랑 밥 먹다가."

정은이 이마를 찌푸렸다. 언제? 나 쳐다보지도 않았으면서?

윤기가 옆에 있던 술병을 들었다. 숫제 입에 들이부을 기세였다.

"그때 반한 거야? 아니, 대체 왜?"

마치 화난 고릴라처럼 윤기가 소리쳤고, 신현은 뭐 그런 걸 질문하냐는 심심한 어투로 대답했다.

"예쁘잖아요."

윤기가 쓰러졌다.

차시영 교수는 퇴임 후 분당에서 지낸다고 했다.

그녀의 이메일 주소는 병원 홈페이지에서 쉽게 구할 수 있었다. 인사말을 써야 하는데 신현은 역시 쓰지 못했다. 그냥 평소대로 사실만 적었다. 오래전, 신형욱 박사의 '세 부모 아이 프로젝트'로 태어난 아이인데, 난자 공여자가 차 교수님으로 알고 있다. 혹시 교수님을 만날 수 있겠냐고.

차시영 교수는 당일에 메일을 확인했지만, 답변은 그다음 날 보내왔다. 저쪽에서도 인사말은 없었다. 짧고 간단하게, 2주 뒤 주말에 만나자면서 장소와 시간을 알려 왔다.

중국 정부에서 왜 그렇게 형욱을 쉽게 풀어 준 건지 정은은 알 수 없었다. 정은을 조사하겠다는 검찰의 시퍼런 칼날도 사라졌다.

유전자 가위로 미국과 중국이 패권을 다투는 시기여서라는 추측도 있었지만 정은은 믿지 않았다. 자신이 모르는 다른 이유가 있을 것 같았다. 자신을 구해 준 사람이 주변에 있는 것 같다는 묘한 기분도 들었다.

슈퍼 진 소속 연구원들은 무사히 풀려난 사실에 기뻐했지만, 형욱에게는 형벌 같은 세상이 펼쳐졌다. 더 이상 중국 내에서는 그 어떤 실험도 할 수 없기 때문이었다. 미국이나 한국에서도 생명 윤리법상 인간의 배아 갖고는 실험을 할 수 없었다. 아마도 형욱은 아직 그런 법이 제대로 확립되지 않은 작은 나라로 망명을 떠날 거라고 정은은 예측했다. 혜조가 그 일을 도울 것이다. 뭐가 됐든 정은에게는 그다지 관심이 가지 않았다.

날씨 좋은 주말의 어느 날, 둘은 예전의 딤섬집으로 향했다.

그날 본 영화에 대해 이야기하며 긴 줄의 끝에 섰다. 신현은 몰랐지만 정은은 그를 흘끗거리는 여자들의 시선을 느꼈다. 정은이 원하는 스타일대로 입혀 놨더니 근래 부쩍 끈적끈적한 시선들이 달라붙는 중이었다.

가로수 사이로 햇빛이 들이쳐 정은의 얼굴에 닿자 신현이 손을 들어 햇빛을 가려 줬다. 여자들의 눈길이 그 손에 닿는 걸 보며 정은은 혼자 회심의 미소만 지었다.

신현을 마주 보며 정은은 마냥 행복하다는 생각만 했다. 신현의 모습을 홀린 듯 바라보느라 처음으로 말이 잘 들리지 않았다.

아침에 일어나 잠든 그를 볼 때도, 가끔 같이 출근하거나 퇴근할 때도, 밥을 먹다가 앞에 있는 그를 볼 때도 정은은 간혹 놀라곤 했다. 어떻게 이런 순간들이 내게 찾아왔지. 누가 빼앗아 가면 어쩌나 조마조마하기만 했다.

이 순간이 계속되었으면 좋겠다. 정은은 자연스럽게 생각했다.

아무도 끼어들지 말고 우리 둘만 살았으면 좋겠다.

이렇게 이 남자가 온전히 내게만 집중할 수 있도록. 나는 지금처럼 이 남자를 맘껏 지켜보고 이 목소리를 들으며 영원히 살 수 있도록.

조금만 내게 말로 애정 표현을 잘해 준다면 더, 더 완벽할 텐데.

그럼 그렇게 만들어야지. 혼자 몰래 중장기 계획을 세워 보는 정은이었다.

음식점에 들어갈 순서가 되었다.

둘은 딤섬과 완탕, 망고푸딩까지 원껏 시켰다. 음식이 나올 때까지 식탁 위로 손을 맞잡은 채였다.

찜기가 도착하자 신현이 긴 젓가락을 들어 해물 쇼마이를 집었다. 정은이 의심스러운 목소리로 다시 확인했다.

"정말로 먹을 수 있겠어?"

"응."

조용하지만 자신감에 찬 목소리였다.

"이러다가 실려 가는 건 아니고?"

대답 대신 부드럽게 웃기만 한 신현은 쇼마이를 초간장에 찍어 한입에 넣었다. 씹는 동안 볼이 살짝 볼록해졌다. 갑각류 알레르기와 다르게 해물에 대한 거부감은 후천적으로 획득한 것이므로 고칠 수 있다는 게 그의 이론이었다. 삼키는 움직임까지 정은은 잠자코 바라봤다.

"진짜네."

킥, 웃으면서도 찡한 마음을 숨기기 위해 정은은 자신의 젓가락을 뻗어 새우가 든 하가우를 집었다. 그리고 일부러 놀리듯 물었다.

"그래도 이건 절대 못 먹지?"

정은이 하가우를 입에 넣고 오물오물 씹었다. 아쉽긴 했다. 이 남자는 이 고소하고 달콤한 맛을 모르고 평생…… 평생.

으응?

이상했다. 물컹거리고 뭔가 냄새가 느껴진다고 해야 하나. 평소처럼 맛있지 않고 어딘가 거북스러웠다. 반쯤만 씹고 정은은 입 안의 것을 겨우 삼켰다. 혹시 새우가 상했나?

정은의 반응을 눈치챈 신현이 날카롭게 쳐다봤다.

"왜?"

물을 찾아 마시며 정은은 그냥 억지로 웃어 보였다.

처음 증상이 나타난 건 팔이었다. 가려워서 긁어 보니 반점이 올라와 있었다.

그다음, 정은은 구토를 했다. 두통도 느꼈고 어느 순간부터는 호흡이 어려워졌다. 정은의 상태가 이상하다고 느낀 신현이 정은을 차에 태웠다. 시동을 걸기 전 선배라는 상대방에게 전화를 한 신현은 새우를 먹고 나서 이상 반응이 왔다고 설명했다. 신현이 향한 곳은 연건동 주변의 한 피부과였다.

여의사였다. 정은은 경계감 어린 눈을 감추며 상대를 관찰했다. 예쁘지는 않은데 의사라 그런지 똑똑해 보였다. 대체 과도 다른데 어떻게 아는 사이인 건지 알 수가 없었다.

주말이어서 집에서 쉬고 있었다고 하면서도 여의사는 신현을 무척 반가워했다. 눈매가 휘도록 웃으며 흰색 가운을 입다가 정은을 보자 입을 딱 다물었다. 그리고 신현과 정은을 번갈아 쳐다보았다.

"그럼 새우 먹은 사람은 네가 아니고 너희 회사⋯⋯, 대표님?"

의사가 눈을 깜빡였다. 직업에만 충실한 사람인지 현일바이오 대표와 오너를 구분 못 하는 눈치였다. 주말 이 시간에 업무 관계로 만난 건가, 아니면 개인적으로 가까운 건가 무척 궁금해하는 눈빛이었다.

"네, 이 친구요."

신현의 말에 정은이 무표정한 얼굴로 고개를 끄덕였다.

신현 주변의 여자에게 자신을 드러내는 게 처음이었다. 차분하고 여유 있는 웃음으로 위장했지만, 사실 전쟁이라도 하듯 온몸에 경계를 세운 상태였다. 신현이 말한 '이 친구'라는 단어가 영 아쉬웠다. '이 친구' 대신 '여자 친구'라고 했다면 이 전쟁은 순식간에 승부가 결정 나고 내일쯤이면 온 동창들에게 소문날 거였다. 차신현은 신정은의 남자이니 아무도 넘볼 수 없다고.

하지만 정작 당사자는 지금 그런 치열한 전투엔 관심 없고 정은의 상태에만 집중해 있었다.

"갑각류 알레르기인 것 같아요. 제 증상이랑 동일해요."

신현의 설명에 여의사가 고개를 갸우뚱했다. 그리고 정은을 보며 물었다.

"원래 갑각류 알레르기를 갖고 계셨나요?"

아까보다는 상태가 한결 나아진 정은이 고개를 저었다.

"아뇨."

의사가 신현에게 설명했다.

"갑각류 알레르기는 일반적으로 유전성이고, 후천적인 경우는, 글쎄, 어린이나 노약자가 면역이 떨어진 경우 간혹 생기기는 하는데……"

정은의 경우엔 해당되지 않을 거라는 뜻이었다. 정은도 저 논리적인 남자가 왜 저러나 싶었다.

신현이 불안한 걸음으로 실내의 이쪽저쪽을 오갔다. 생각에 잠긴 얼굴이었다.

모든 가능성을 되짚는 듯한 신현의 얼굴이 일시에 창백해졌다. 정은이 의문의 눈동자로 그를 바라봤다. 걸음을 멈춘 신현이 문득 물었다.

"우리, 남해 여행 언제 다녀왔지?"

으응? 정은이 의사의 눈치를 살피며 어색하게 대답했다.

"3주 전에."

고개를 끄덕인 신현이 의사에게 딱딱한 어조로 물었다.

"임신 가능성은요?"

사람들 앞에서 인정해 주길 바랐지만 이런 극한 인정까진 아니었다. 입을 벌리고 있던 의사가 다소 당황한 얼굴로 어색하게 웃었다. 설마 너랑 자고 나서 임신했다는 말은 아니지, 그런 얼굴이었다.

"입덧이라면 구토는 설명되지만 반점은, 글쎄. 내가 산과가 아니라서."

그러니까 저걸 말이라고. 정은은 눈을 흘기며 웃었다. 그러면서도 혼자 생각했다.

자신의 얼굴도 신현처럼 창백해졌을 거라는 것을.

테스트기의 시약선은 보라색, 두 줄.

존재를 드러내듯 선명했다. 차 안에서 머리를 맞댄 채 그 테스트기를 내려다보며 한동안 둘은 아무 말도 못 했다.

피임을 안 한 적이 단 한 번도 없었고 중간에 실수를 한 적도 없는데, 어떻게 남해 여행이라고 단정하는 건지도 정은은 이해가 되지 않았다.

"다시 해 볼까? 이게 불량일 수도 있잖아."

정은이 물었지만 신현은 다시 차에 시동을 넣었을 뿐이었다. 마치 더 정확한 방법이 있기라도 한 듯.

핸즈프리로 또 누군가와 통화를 하더니 신현은 주변 병원으로 향했다. 이번에도 연건동 주변의 산부인과였다. 게다가 또 여의사였다. 왜 주말에 나오게 하는 거냐면서도 신현에게 어떻게 지냈냐고 살갑게 인사를 했다. 이 매력 있는 여의사 역시 정은의 얼굴을 보자 순식간에 말을 잃었다.

"이 친구, 진찰 좀 해 주세요."

의사가 신현을 말끄러미 바라봤다. 산부인과 의사면 별의별 경우를 다 봤을 텐데도, '여기 산부인과인데.' '왜 제약 회사 오너가.' 그런 표정이었다.

초음파를 보고 나서 의사는 임신 5주라고 진단하며 설명했다.

"아기집 크기도 적당하고, 난황도 잘 보여요. 그래도 초기에는 좀 조심하셔야 하고요."

직업적인 미소를 지으면서도 미칠 듯한 호기심에 찬 눈이었다. 마치 '네가 현일바이오 신정은을 임신시켰냐?'라는 질문을 꾹 참고 있는 눈빛이랄까.

"다음 주쯤, 아기 심장 소리를 들을 수 있겠어요."

아무 말 없이 듣고 있는 둘을 주의 깊게 살피며 의사가 더듬거렸다.

"축, 하드립니다. 임신이에요."

정은의 얼굴이 희게 질렸다.

엉겁결에 산모 수첩을 받고 다음 진료 일자를 잡았다. 주말이라 병원 접수대에 사람이 없는 게 천만다행으로 느껴졌다. 병원을 나와 둘은 다시 주차장으로 향했다. 정은을 차에 태우는 신현의 손길이 오늘따라 유독 조심스러웠다.

어둑한 주차장, 신현은 운전대를 잡은 채 한동안 말이 없었다. 저렇게 심각한 얼굴은 또 처음이었다. 벼락이라도 맞은 듯 움직이지도 않았다.

정은도 이것저것 따지느라 생각에 잠겨 있었다. 사실은 아직도 이해가 되지 않았다. 5주밖에 안 된 태아가 아버지의 유전자를 따라 갑각류 알레르기를 갖고 있어 엄마의 몸에 영향을 줬다는 것도 어불성설이었지만 임신은 더 얼떨떨한 현실이었다. 남녀가 섹스를 하면 진짜 임신이 되는구나 하는 멍청한 자각부터 했다. 살이 찌면 어쩌지, 순서 없는 고민도 했다.

그러다가 다시, 이 현실이 진짜 충격이 되어 다가왔다.

아이. 아기라니. 기저귀, 모유 수유, 앵앵 울음소리. 평생을 쫓아다니며 행복한 인생을 살도록 지원해 줘야 할 거였다.

세상에, 그럼 내 인생은.

모성애는 원래 1도 없는 정은이었지만 시총 7위의 현일바이오를 챙기기에도 충분히 버거운 삶이었다. 대단한 책임감은 없어도 기본은 할 생각이었다. 겨우겨우 틈나는 시간마다, 신현과의 삶을 누리기에도 빠듯했다.

"난, 지금이 좋아."

정은은 정리된 어조로 먼저 말을 꺼냈다. 게다가 그들 사이에 아이는 없다고 선언한 건 분명 신현이었다. 쉽게 합의에 이를 수 있는 문제였다.

"내가 알아서 할게."

순간 신현의 몸이 일시에 굳는 게 느껴졌다. 잠시 시간을 두고 신현은 답했다.

"안 돼."

낮고 착잡한 목소리였다. 예상치 못한 대답에 정은은 휙 고개를 돌려 그를 바라봤다. 신현이 손을 올려 입가를 쓰다듬었다.

"수술은, 안 돼."

여전히 창백한 얼굴이었지만 더 이상 말도 못 붙이게 할 만큼 단호했다. 자라온 환경 때문인지, 가족을 꾸리는 걸 간절히 원했었다는 걸 알고 있었다. 하지만.

정은이 다시 입을 열려던 때였다. 신현은 여전히 정면을 응시한 채였다.

"너, 다쳐."

신현답지 않게 목소리가 살짝 떨려 나왔다.

아, 그런 이유였나. 아차 하는 순간에 다시 운전대를 잡으며 신현이 덧붙였다.

"당분간은 출근하지 말고."

입이 벌어졌다. 임신했다고 출근하지 말라는 말에 기가 찼다. 게다가 아직도 그들 사이를 상하 관계로 인식하고 있는 이 말투도 그렇고.

반박하려던 정은을 눈치챘을까, 순간 시동이 걸리고 차가 출발했다. 충분히 부드럽게 출발하면서도 몸이 쏠릴까 봐 신현의 손이 정은의 가슴께에 닿았다.

그 손을 보고, 얼굴을 쳐다보는 순간 문득 말문이 막혔다. 저렇게 말 안 통할 것 같은 표정도 참 오랜만이어서였다. 하려던 말들을 꿀꺽 삼키고 정면을 응시하며 정은은 상황을 차분히 돌아보았다. 어차피 이건 자신에게 더 결정권이 많은 문제였다. 나중에 다시 설득해 보자고 생각했다.

그런데 이상했다. 집으로 돌아가는 길에, 초음파에서 본 작은 아기집과 심장 소리라는 단어가 계속 뇌리를 맴돌았다. 그냥 세포인 줄 알았는데, 살겠다고 내 배 속에 집까지 지어 놓고 벌써 심장도 뛴다고?

어느 순간부터 괜히 손이 떨려 와서 정은은 가만히 주먹을 쥐었다.

분당, 현일 연수원 주변에서 멀지 않은 한정식집이었다.

차 교수는 미리 도착해서 기다리고 있었다. 차 교수는 신현의 기억보다 훨씬 나이 든 은발의 여성이었지만 그때와 마찬가지로 이지적이고 독립적인 느낌을 갖고 있었다. 분리된 방으로 들어가 자리에 앉으며 신현이 먼저 인사를 했다.

"안녕하세요, 차신현입니다."

"차시영이에요."

차 교수는 아래위로 훑어보거나 반가워서 눈물을 흘리지도 않았다. 분명 차 교수에게도 큰 충격이 되었을 사건일 텐데, 수 초간 얼굴을 확인한 게 전부였다. 제자를 만난 듯 담담한 태도였다.

신현이 명함을 꺼내 차 교수에게 건넸다. 그 명함을 받아 한 번 주의 깊게 본 차 교수는 비즈니스 예의대로 자신의 앞에 곱게 놓아두었다.

침묵이 흐르는 동안, 차 교수가 무릎 위에 깐 냅킨을 만지고는 물을 한 모금 마셨다. 먼저 말문을 연 것은 차 교수였다.

"내 기억이 확실치는 않지만……, 혹시 우리 학교 졸업생 아니에요?"

놀란 표정을 감추며 신현은 공손하게 대답했다.

"네, 맞습니다."

의문의 눈빛으로 바라봤는지 차 교수가 답변을 해 주었다.

"내가 오랜 교수 생활 하면서 주의 깊게 본 학생들이 몇 있는데 그중 하나여서. 김진희 교수가 석사 밟으라고 꽤나 귀찮게 하지 않았어요?"

김 교수는 그의 전공 교수였고 지금도 종종 연락을 하는 사이였다. 그래도 차 교수 수업을 들은 건 단 한 번이었는데 어떻게 얼굴로 기억하는지 이해가 되지 않았다.

"네."

여전히 납득이 안 된다는 표정이 남아 있었는지 차 교수가 잠깐 눈을 피했다. 섣불리 대답을 하지 않는, 신중한 사람인 듯했다.

마침 음식이 나왔다. 여러 가지 반찬이 테이블 위에 차려졌다. 새우전을 보고 문득 차 교수가 '혹시 갑각류 먹어요?'라고 질문했고 신현이 못 먹는다는 답변을 했다. 차 교수는 그릇을 자신의 앞으로 치워 주며 고개만 끄덕였다.

'먼저 들어요.'라고 말해서 밥의 뚜껑을 열 때였다. 차 교수가 들려던 숟가락을 내려놓고는 다시 물컵을 들었다. 차 교수가 긴장하고 있다는 걸 그때 깨달았다.

묵묵히 곤드레밥에 양념을 비벼 섞고 두어 숟가락 먹을 때였다. 앞에 앉은 사람이 물컵만 든 채 자신이 먹는 모습을 물끄러미 쳐다보는 걸 알았다. 그에게 이런 시선을 주는 사람은 많지 않았다. 혜조, 김천댁, 윤기. 그리고 이제는 정은.

왜 안 드시냐는 눈길로 쳐다보자 차 교수가 '아, 지금 먹어요.'라고 답했다.

그렇게 말주변 없는 둘은 침묵 속에서 한 10여 분 동안 밥만 먹었다. 학과 이야기나, 지인들의 안부, 하다못해 날씨 이야기를 해도 되는데 딱히 말이 나오지 않았다. 어느새 식사를 마친 차 교수가 수저를 내려놓았다. 신현도 냅킨을 들 때였다.

이제까지 뭐라 대답해야 하나, 고민이라도 한 사람처럼 차 교수가 문득 아까 신현이 궁금해했던 일의 이유를 설명했다.

"사실 그전에도 김 교수 통해 이런저런 말을 듣기는 했어요. 차 군이 좀 유명하기도 했고요. 우리 여교수들도 종종 모이면 차 군 이야기를 나누곤 했거든요."

그 말을 하며 차 교수는 멋쩍게 웃었다. 듣는 사람이 더 멋쩍어지는 말이라는 걸 모르나 보다.

"아무튼 제 수업 듣는 날 출석 호명하며 처음 봤는데……."

흔들림이 없는 조용한 목소리였다.

"……수업 끝난 후로는 따로 떠올린 적도 없었어요. 근데 지금 알았네요. 내가 차 군 얼굴을 참 선명히 기억하고 있다는 걸."

별것 아닌 말을 참 진지하게 한다고 생각하며, 신현은 고개를 끄덕였다.

차시영 교수는 그에게 세포질을 제공했다.

이론상으로 그의 유전자의 10분의 1은 앞에 앉은 이 사람과 같을 것이었다. 뭐가 됐든 그에게 살과 뼈를 제공한 사람과, 아니, 사람들이 흔히 말하는 혈육과 만나는 건 생전 처음이었는데 정말로 학과 교수랑 만나는 느낌이었다.

식사가 완전히 마무리될 때까지 차 교수가 한 질문은 한 가지, 그의 업무에 대해서였다. 신현도 사무적으로 답했다. 하는일을 간략하게 설명했지만 카티 개발에 대한 이야기를 차 교수는 관심 있게 들었다.

개인적인 질문을 할 법도 한데 차 교수는 결혼 여부나, 사는곳, 취미, 이런 것 등은 일절 질문하지 않았다. 얼핏 외모나 표정을 보면 건조한 성격이어서 그런 건가 보다, 일반인들은 그렇게 생각할 것이다. 하지만 마찬가지로 지인들에게 개인적인 질문을 해 보지 않은 신현은 알고 있었다. 이 사람은 상대에게 다가가는 방법을 모르는 사람이라고.

식당 직원이 들어와 그릇들을 치웠다. 헤어질 시간이었다. 둘은 또다시 어색한 침묵 속에서 앉아 있었다. 신현 역시 누군가에게 개인적인 질문을 쉽게 할 수 있는 성격은 아니었다. 그래도 한 가지 질문 정도는 할 자격이 있지 않을까, 하는 판단이 들었다.

"실은, 묻고 싶은 게 있어서 이 자리에 왔습니다."

차 교수가 묻는 눈동자로 그를 바라보았다.

"그때 난자를 제공하신 이유가 궁금했습니다."

두 개의 금테 안경 너머로 시선이 마주쳤다. 진하지 않은, 암갈색이라 할 수 있는 눈동자였다. 그가 매일 아침 거울 속에서 마주치는 눈동자 색깔과 같아서 놀라웠다.

차 교수가 아까 내려놓았던 냅킨을 들어 잠시 만지작거렸다.

"난자 수급이 어려운 시절이라 실험에 도움이 되고 싶어서였지만, 한편으로는……."

흐르는 긴장 속에서 차 교수는 천천히 대답했다.

"혹시 내게도 아이가 생기면 좋지 않을까. 그런 마음도 좀 있었어요."

안경을 올리며 다른 곳에 시선을 둔 채 한 대답이었다.

딱 사실만을 전달하는 무미건조한 목소리였지만 그래서 더 신뢰가 갔는지도 모르겠다. 그 짧은 대답만으로도 충분하다는 생각이 그 순간 들었다.

"네."

길게 부연할 말이 없어, 신현은 그렇게만 수긍했다.

고요한 적막이 이어지던 중, 차 교수가 문득 계면쩍은 얼굴로 말을 건넸다.

"필경이랑……, 많이 닮았어요. 서린 씨하고도 그렇고."

이미 윤기를 통해서 들은 말이었지만 그 말이 지금은 다르게 들렸다. 아마 차 교수가 그의 부모와 잘 아는 사람이어서일까. 아니면 자신과 비슷하게 매우 현실적인 사람인데도 불구하고 이런 말을 해 줄 때는, 그 말에 큰 감정이 응축되어 있다는 걸 알고 있어서일까.

"그런가요?"

깔깔한 목 사이로 흘러나온 질문에 차 교수가 고개를 끄덕였다.

"외모는 그렇다 치더라도, 말투나 표정, 손 움직임, 그런 게 무척 비슷해요. 참 신기하달까. 필경이랑 앉아 있는 느낌도 들고."

이해가 잘 되지 않았다. 외모는 유전자로 결정되는 거라지만, 말투나 습관은 그 사람과 같이 있어야 배우는 것일 텐데 말이다.

차 교수가 가볍게 숨을 쉬고는, 물끄러미 어딘가를 응시했다.

"서린 씨가 아이를 많이 원했어요."

예상하지 못했던 정보에 신현은 미동 없이 차 교수의 말을 들었다.

"지나가다가도 아이들한테서 눈을 떼지 못했죠. 실패할 때마다 절 붙잡고 매번 울었어요. 자신에게 아이가 있다는 걸 알았으면, 아마⋯⋯."

아쉬움과 원망으로 차 교수가 말을 끝맺지 못했다. 그리고 신현은 자신 안에 깊게 자리하고 있던, 그래서 그의 성격을 형성했던 무언가가 치유되는 걸 느꼈다. 형욱과 혜조에 대한 원망은 여전히 깊고 영원히 사라지지 않을 테지만 말이다.

둘 사이에 또다시 침묵이 흘렀다. 이번엔 더 길고 어색했다. 용건은 끝난 셈이어서 신현이 손목시계를 내려다보았고 차 교수는 고개를 끄덕였다.

둘은 자리에서 일어나 식당을 나섰다. 기사가 근처 주차장에서 그를 기다리고 있었다. '모셔다 드릴까요?'라고 물었더니 차 교수는 손을 저으며 예의 있게 거절했다. 집이 여기서 멀지 않다고 했다. 식당에서 나와 헤어지기 직전, 인사를 하려고 서 있을 때였다.

"연락해 줘서 고마워요. 이런 걸 이해할 나이인지 모르겠지만⋯⋯."

차 교수가 신현을 똑바로 응시했다. 작은 키여서 신현을 한참 올려다봐야 했다. 바람이 불어와 차 교수의 희끗희끗한 머리칼이 흐트러졌다. 그 머리칼을 단정히, 습관처럼 정리하며 차 교수는 말을 이었다.

"나는 죽으면 허무하겠다는 생각에 참 힘들었는데, 덕분에 이제 좀 나아졌어요."

뭐라고 답할 방법을 몰라 그냥 눈만 마주친 채였다. 낡은 안경 너머로 살짝 붉어진 눈동자가 신현을 응시했다.

"삶의 끝자락에서 기대하지 못한 선물을 받은 느낌이랄까."

차 교수가 잔잔히 웃으며 다시 인사했다.

"고마워요."

그리고 멋쩍었는지 엷게 상기된 얼굴을 얼른 돌리고 떠났다. 그 왜소한 어깨에서 눈을 떼지 못한 채 신현은 서 있었다.

차 교수는 평생 한 번도 결혼을 한 적이 없다고 들었다. 학문에 빠져서인 건지, 아니면 다른 이유가 있는 건지 알 수 없었다. '필경'이라고 정 회장을 지칭하던 표정이 기억에 남았다. 둘이 어린 시절부터 오랜 친구 사이라고 들었다.

차 교수가 시야에서 사라지자 신현은 주차장으로 향했다. 그러다가 문득 걸음을 멈추고, 대학 내내 질리게 배운 한 가지 사실을 떠올렸다. 생존과 번식은 대부분 생명체의 기본적인 본능이라고. 지구상 수많은 생물의 세포 깊숙이 내재되어 있고 그들 행동의 많은 것들을 결정짓는데도 불구하고 현미경으론 보이지 않는 게 오히려 신기하다고 생각했었다. 반드시 죽는 운명을 갖고 태어난 생명체에게, 번식은 또 다른 방법의 생존 방법일 거라고 추측하기도 했었다.

그러니까 차 교수처럼 연구에만 일평생을 바친 건조한 사람조차도 자신의 유전자가 또 하나의 생명에게 성공적으로 전달되었다는 사실에 고맙고도 경이로워하는 것일 테고 말이다. 그 한 번의 선택으로, 그다음 대의 생명까지 잉태되었다는 것을 알면 차 교수는 어떤 기분이 들까, 문득 궁금해졌다.

생명체, 본능, 가족. 그런 것들을 떠올리자 갑자기 정은이 보고 싶었다.

신현은 다시 빠른 걸음으로 주차장으로 향했다. 여름이 가까워져서 불어오는 바람이 따뜻하게 느껴졌다.

'고마워요.'

집으로, 정은이 기다리는 그곳으로 돌아가는 동안 그 말이 오랫동안 그의 가슴을 흔들었다.

2cm의 아보가드로

상은은 노크를 하고 '네.'라는 소리를 들은 뒤에야 신현의 집 무실로 들어섰다.

이메일을 확인하고 결재를 하려는지 신현의 움직임이 분주했다. 평소처럼 상은은 커피를 놓아 주고 일정 보고를 했다. 카티 관련 회의, 주요 결재 내용, 그리고 오찬.

상은이 전달하는 내용을 신현은 결재를 하며 들었다.

"김 회장님과의 오찬 장소가 서대문 꽃겟집으로 돼 있던데, 혹시 장소를 바꿔 달라고 요청할까요?"

서명한 결재 서류를 한쪽에 쌓아 두며 신현은 고개도 들지 않았다. 일이 많고 바빠서인지 머리에 김이라도 날 기세다.

"괜찮아요. 앞으로도 종종 거기서 드시자고 하셨으니까."

'아.' 하면서도 상은은 갸웃했다. 갑각류 못 먹는다는 사실을 그쪽 비서에게 분명히 전달했기에 이해가 되지 않아서였다. 하긴 이해가 안 되는 건 그것뿐만이 아니었다.

유류분 청구 소송으로 10원 한 장까지 따지며 박 터지게 싸우는 중이라, 언론에서는 거의 진창의 관계로 거론되는 그들이었다. 심지어 이 분쟁이 거론될 때는, '한국 유전 공학 발전의 밑거름을 제공한', '성공적인 실험체' 차신현의 이름과 '이 급진적인 시도에 거액을 지급한' 정 회장의 이름이 과학계와 경제계 기사에 동시에 등장했고, '위대한' 신형욱 박사의 이름까지 들먹여졌다. 그럼에도 김 회장 소유의 현일바이오 주식은 곧 신현의 손으로 넘어올 거라는 전망이 지배적이었다.

어쨌든 김 회장은 신현의 대면 보고는 꼬박꼬박 받았고, 카티 관련 오찬도 매주 계속되고 있었다. 곧 있을 유통 회사의 딸과 강태준의 결혼식에 참석하는 것도 신현의 일정에 잡혀 있었다. 딸인 강태희가 유학으로 퇴사할 때도 본부장으로서 그 모임도 주최했고 말이다.

상은이 혹시나 해서 말문을 떼었다.

"오늘 기획팀과의 만찬은……."

한 손으론 서류에 서명을 하고 다른 손으론 커피 잔을 들어 올리며, 신현은 고개를 저었다.

"……미룹시다. 양해 좀 구해 주시고."

"아, 네."

저녁 모임을 취소한 게 벌써 일주일째였다. 칼같이 퇴근하느라 더 바빠졌는데도 말이다. 순순히 받아 적으면서도 상은은 신현이 저녁마다 뭘 하는지 궁금해졌다.

커피를 한 모금 마시고 신현이 덧붙였다.

"당분간은, 만찬 약속 잡을 때 저랑 상의하고 잡아 주세요."

"네, 본부장님."

"참, 조 전무님은?"

"연락드렸어요. 곧 도착하실 겁니다."

마침 휴대폰이 울렸다. 한숨을 푹 내쉬며 액정을 확인한 신현이 '여기까지.'라고 말했다. '네, 대표님. 차신현입니다.'라고 답변하는 소리를 들으며 상은은 집무실을 나왔다.

집무실 문을 닫는데 때마침 들어오는 조 전무와 마주쳤다.

"안녕하세요, 조 전무님."

슬쩍 집무실 안을 살피니 신현은 안경 밑으로 눈을 꾹꾹 누르며 통화 중이었다. 상은이 조 전무에게 잠시 기다리라고 안내했다. 조 전무가 보고할 자료를 잔뜩 든 채로 집무실 앞에 섰다. 못 견딜 만한 궁금증을 담고 눈을 마주치려 했지만 노련한 조 전무는 역시 평소처럼 서류로 시선을 피했다.

요 며칠 계속되는 만찬 취소도, 신 이사가 며칠째 출근하지 않는다는 사실도, 그리고 신현이 일에 치여 살면서도 때때로 혼자 심각한 생각에 빠지는 것도 모두 관련 있을 거라는 예감이 들었다. 바로 조 전무가 저 많은 보고 자료를 들고 매일같이 찾아오는 것과 말이다.

조 전무가 들고 있는 서류를 살피며 상은은 곰곰이 상황을 따져 봤다. 차신현 본부장과 신정은 이사의 관계는 이제 이 회사에서 공공연한 비밀이었다. 신 이사가 아예 차 본부장의 아파트에 들어가 산다는, 말도 안 되는 소문까지 있었다.

적어도 한 가지만큼은 사실인 모양이었다. 근래 신정은에게 보고되는 현일바이오의 모든 현안은 차신현 본부장의 결정이라는 것.

"요즘 자주 오시네요."

상은은 우선 그렇게 운을 떼었다.

"네."

여전히 서류에 시선을 둔 채로 하는 단답형의 대답.

"신 이사님 업무를 대신해 주시느라 본부장님이 요즘 많이 바쁘셔서요."

이렇게 말하면 그냥 지나치지 못하겠지.

조 전무는 아주 천천히 고개를 들었다. 표정이라고는 일절 없는 얼굴로 상은을 바라봤다. 상은은 순진한 얼굴로 빙긋 웃어 보였다. 조 전무는 느릿하게 입을 떼며 내용을 정정했다.

"네. 신 이사님께서 지시하신 현안을 챙기시느라, 차 본부장께서 요즘 힘드신 거로 알고 있습니다."

이 말인즉슨 군림하는 건 신정은이라는 뜻이다. 괜히 진 것 같은, 어딘가 모르게 불쾌한 기분이 들었다. 조 전무는 익명 게시판도 안 보나? 아무리 따져 봐도 쫓아다닐 사람은 신 이사인데?

상사의 자존심을 사수하기 위해 상은은 조 전무가 현일바이오의 실질적인 넘버원으로 불리던 권력자라는 사실을 잠시 잊기로 했다. 비서들은 보통 자신의 나이, 경력과 상관없이 보통

상사의 위치에 따라 그 위계가 결정된다. 차 본부장의 비서이니 조 전무는 결코 상은을 함부로 대할 수 없을 것이다.

"어차피 곧 본부장님 일이 될 거니까요."

주식이 인수되면 차 본부장은 신 이사와 함께 현일바이오의 공동 최대 주주가 된다는 뜻을 은근히 내포한 말이었다.

"글쎄요."

조 전무가 잘 모르겠다는 얼굴로 이마를 긁었다. 차 본부장 비서이니 알아 둘 필요도 있겠다는 판단이 들었는지 조 전무는 한껏 낮춘 목소리로 입을 열었다.

"신 이사님 출근 막으시겠다고 저렇게 무리해서 일을 도맡아 하시지만……."

말을 멈춘 조 전무가 잠시 집무실 안을 살피자 상은의 고개도 자연히 돌아갔다. 통화를 끝냈는지 신현은 휴대폰을 책상 위로 툭 던져두고 있었다. 지치고 피곤한 얼굴인데도 바로 서류로 시선을 돌린다.

조 전무가 바로 문손잡이를 잡으며 상은과 시선을 맞췄다.

"……우리 신 이사님이 복귀하시면 모두 평정될 겁니다. 그러니까 한, 1년 안으로."

빙긋 웃는 것으로 대화를 마무리한 뒤 조 전무는 신현의 집무실로 들어섰다.

식탁 위엔 빵이 준비되어 있었다. 크루아상, 베이글, 머핀. 종류별로 갖가지 쌓여 있다. 신현이 사다 놓은 것들이다. 손을 뻗다가 정은은 이마를 찌푸리며 관뒀다.

배에서 꼬르륵 소리가 들린다. 몇 끼를 굶었더라. 그래도 역시, 먹고 싶지는 않았다.

아일랜드 식탁 앞에 서서, 정은은 업무 수첩을 펴 들었다. 원래는 조 전무가 칸마다 빼곡하게 손 글씨로 써넣어 주곤 했는데, 출근을 안 하는 바람에 대부분의 일정이 취소되었다.

그래도 제약업계 오너 모임은 나가야 할 듯하다. 그 자리에서 듣는 정보를 바탕으로 사업 계획을 수립한 적도 많았다. 하지만 거의 새벽까지 술을 마셔야 하는 자리였다.

곰곰이 따져 보던 정은의 손가락이 다음 주 일정에 닿았다. 수요일에 아무 내용 없이 동그라미가 쳐져 있었다. 자신이 쳐 둔 동그라미였고 예약 시간과 '심장 소리'라는 메모만 적혀 있었다.

여기야말로 진짜 가야 하나, 고민이었다. 오히려 조 전무에게 긴급히 다른 의사를 알아봐 달라고 해야 했다. 그런데 오전에 조 전무와 통화하던 중 듣던 말이 걸린다.

'서울 근교에 공기 좋은 곳으로 집을 알아봐 달라고 하셨습니다. 이사님 좋아할 스타일을 몰라서 제게 부탁하신다고.'

판교 쪽을 알아보겠다는 조 전무의 말에 정은은 우선 좀 미루자고 해 둔 터였다.

업무 수첩을 내려놓는데 배에서 또 꼬르륵 소리가 울렸다.

정은은 한숨을 쉬며 벽시계로 시간을 확인했다. 저녁 7시.

조금 있으면 신현이 퇴근한다. 정은은 배를 살살 쓰다듬으며 냉장고로 향했다. 문을 열고 그 안을 샅샅이 뒤지며 정은은 혼자 중얼거렸다.

"차 본부장! 왜 이렇게 늦게 퇴근하는 거야, 응? 일을 좀 못하나?"

배고픈데. 대체 뭘 먹지. 나 꼭 살아야 하는데.

냉장고에는 정은이 좋아하는 음식들이 가득했다. 고기와 해물, 심지어 싱싱한 생선회도 있었다. 하지만 아무것도 당기지 않는다.

"보스 드실 것도 못 고르고 말이야! 당신, 업무 능력이 좀 별로네!"

아무래도 먹을 게 없어 정은은 냉장고 문을 탁 닫았다.

조 전무에게 집은 여의도에 알아보라고 해야겠다. 그러면 매일 퇴근 시간을 30분은 당길 수 있을 테니.

처음엔 분명 업무 이야기를 하고 있었다.

'차 본부장, 일 좀 잘해 봐.'라는 정은의 질책에, 알아서 할 테니 앞으론 걱정하지 말라는 대답을 들은 것까진 기억이 났다. 그게 밤 9시쯤이었을 것이다.

"아보카도."

꾸벅꾸벅 졸며 신현에게 파고들던 정은이 중얼거린 말이었다. 한 2, 3분 잠들었을까. 서늘함에 눈을 떴을 때 신현은 옷을 입고 있었다.

정은이 부스스한 눈을 비볐다.

"어디 가?"

회사에 급한 일이 터졌나. 그러다가 문득 이렇게 신현이 밤 중에 옷과 차 열쇠를 찾아 들고 튀어 나가는 상황이 며칠 동안 계속되었다는 생각이 떠올랐다.

"나도 갈래."

안경을 찾아 끼던 신현이 정은을 돌아봤다. 그 시선이 정은 의 몸을 걱정스럽게 훑었다.

요즘 들어 부쩍 살이 빠진 정은이었다. 뭘 먹어도 한 입 이상 먹지 않고 밀어 둬서였다. 왠지 모르게 꼭 살아나야 한다는 마 음이 들어서 다시 냉장고 문을 열고, 얼마 전 신현이 먹으려고 남겨 둔 아보카도를 먹어 치운 게 전부였다.

"쉬어. 금방 다녀올게."

신현의 목소리는 따스했다. 이 문제로 굉장히 날카로우면서 도 신현은 정은 앞에서는 기분을 드러내지 않았다.

정은이 침대에서 몸을 일으켰다. 신현이 혼자 가도 될 일이 라면 사실 다른 사람을 시켜도 된다.

"내가 고르고 싶어."

고민하던 신현은 정은의 옷을 챙겨 왔다.

다행히 아파트 주변의 마트가 아직 영업 중이었다. 작은 마 트라 물건 종류가 많진 않았다. 이리저리 둘러보던 정은이 그 래도 먹을 수 있을 것 같은 식재료만 골라 카트에 넣었다. 두부, 달걀, 우유. 카트에 하나둘 쌓이는 식품들을 보며 신현이 혼란스러운 눈동자로 쳐다본다.

"오늘은, 너 먹을 거 챙기라고."

마트 진열대를 열심히 살피던 정은은 그를 돌아보지도 않고 대답했다.

"그러고 있는데?"

과일 코너로 걸어가는 정은의 뒤를 신현은 묵묵히 따랐다. 뭘 골라야 하나 싶어 둘러보는데 신현이 바나나와 토마토를 고르더니 아보카도는 한 상자를 통째로 들어 카트에 옮겼다. 정은은 혼자 고개를 끄덕였다. 딱 마음에 들었다. 계산대로 향하던 신현은 육류 코너에 들러 불고기용 소고기를 한 팩 챙겼다.

"나 고기는 안 먹어."

고개를 끄덕이면서도 신현은 그 고기를 빼지는 않았다.

계산대에는 나이 든 주인아저씨가 TV를 보고 있었다. 카트에서 물건을 꺼내려는 정은의 손목을 잡아 등 뒤에 세운 신현은 휴대폰의 단축 번호를 눌렀다.

"네, 저예요."

휴대폰을 어깨와 귀 사이에 댄 채, 신현은 물건을 꺼내 계산대에 차례대로 옮겼다. 신현이 옮긴 물건들의 바코드를 찍으며 주인아저씨가 그들을 흘끔거렸다. 정확히는 그들이 산 물건들을.

"좀 와 주셨으면 해서요. 네, 지금요."

그렇게 말하고 신현이 전화를 끊었다. 밤 10시가 넘은 시간이었다. 누구에게 전화한 거냐고, 정은이 물어보려던 때였다.

"8만 4,000원입니다."

그렇게 말한 대머리 주인아저씨가 또 계산대 위의 물건들을 흘끔거렸다. 궁금한 표정이 역력했다. 신현이 신용 카드를 건네는 동안 정은은 불안하게 아저씨를 살폈다. 이 아저씨가 그들을 알아본 건 물론이고 정은이 임신한 것도 눈치챈 건가.

신용 카드를 돌려받은 신현이 물건을 챙기던 때였다. 아저씨가 신현이 넣던 물건을 눈짓하며 물었다.

"그건 어떻게 먹는 거예요?"

신현이 마침 들고 있던 상자를 내려다보았다. 아저씨가 다시 물었다.

"그……, 아보가드로요."

신현이 사 온 물건을 냉장고에 정리하는 동안, 김천댁이 문을 열고 들어왔다.

원래 성격대로 뭘 자세히 묻지도 않았다. 한밤중에 양파를 썰고 쪽파를 다듬더니 후딱 불고기를 만들어 냈다. 정은이 고기는 안 먹는다고 우겨도, 이건 먹힐 거라며 신현은 불고기를 테이블 가운데에 놓았다. 단백질은 꼭 먹어야 하는데, 양념이 되어 있어 고기 냄새가 덜 난다고. 빠른 손놀림으로 두부도 부쳐 상 위에 놓은 김천댁은 냉장고에서 반찬 몇 개를 꺼냈다.

차려 놓은 상이 어딘가 익숙하다는 생각이 들었다. 밤 12시에 둘을 앞에 두고 정은은 그렇게 그날 첫 식사를 했다. 심심한 한식상이었는데 나름대로 먹을 만해서 깜짝 놀랐다.

김천댁이 아보카도의 껍질을 벗겨 썬 다음 살짝 소금을 뿌려 건네주었다. 달걀찜도 해서 식혀 놓고는 시계를 보더니 갈 준비를 했다. 일어나려는 정은에게 김천댁이 그냥 앉아 있으라고 손짓했다.

"내일 누구 시켜서 나물이랑 애호박 좀 사 놓으렴."

"네."

신현이 고분고분 답하는 동안, 정은은 아보카도를 포크로 찍었다. 도대체가 무슨 맛인지 모를 과일이었는데 아무튼 이제 이게 제일 맛있었다. 그러면서 달걀찜도 훔쳐봤다. 저걸 먹어야 오늘 잠을 잘 수 있을 것 같았다.

신현이 김천댁에게 부탁했다.

"당분간은 자주 와 주세요."

"그러마."

정은은 마저 음식을 먹는 데 집중했다. 이 메뉴들로라면 뭔가 먹고 살 수 있을 것 같은, 반드시 살아날 것 같은 확신이 들었다.

신현이 김천댁을 배웅하며 현관문을 열어 줬다. 이런 호사는 처음 누린다며 김천댁이 놀리는 눈치였다.

"따뜻하게 재워. 그래도 뜨거운 물에는 들어가지 말라 하고."

뭘 저렇게 작게 말해. 눈치챈 것 다 아는데.

정은은 결국 달걀찜에 숟가락을 뻗었다.

"네."

뭐가 웃긴지 김천댁은 현관문 근처에 선 채로 괜히 웃음을 터뜨렸다.

"아니, 쪼끄만 게 어떻게, 배 속에서부터 제 아빠랑 입맛이, 똑같니?"

달걀찜을 먹던 정은의 손이 멈칫했다. 그래서 이 반찬들이 익숙했던 거다. 김천댁이 고등학교 때 신현에게 차려 주었던 상과 모습이 흡사해서.

신현이 대답을 어떻게 하나 싶어, 정은은 귀를 세웠다.

"어서 가세요. 늦었어요."

본인도 어이가 없는지 목소리에 난감함이 서려 있다. 곤란한 얼굴로 어색하게 서 있을 모습이 여기서도 그려진다. 그런데 오늘 김천댁은 평소와 다르게 끈질겼다.

"그래서 태명은 뭔데?"

당황함에 정은의 몸이 굳었다. 이름이란 건, 계속 부를 대상 에게만 붙여 주는 거다. 요 며칠 신현은 아이에 대한 언급을 일 절 하지 않았다. 신중할 필요가 있겠다는 판단을 했을 것이다. 그래서 이번에도 대답을 안 할 줄 알았다.

그런데 신현은 담담한 목소리로, 침착하게 대답했다.

"아보가드로요."

신현이 퇴근하면 둘은 대부분 업무 이야기를 나누며 저녁을 먹었다.

주말에는 공기 좋은 교외로 놀러 다녔다. 가끔은 어린아이의 손을 잡고 산책하는 부부를 마주칠 때도 있었다. 그럴 때면 정은은 그 아이의 움직임을 쳐다보곤 했고, 신현은 그런 정은을 기다리듯, 유심히 지켜봤다.

퇴근하자마자 정은을 보기 위해 침실로 들어왔던 어느 날이었다. 정은은 침대 헤드에 기대 책을 보고 있었다.

"2cm면 이만한 건가?"

손가락 두 개를 그 너비만큼 벌려 보며 정은이 한 질문이었다. 재킷을 벗던 그의 움직임이 느려졌다. 시선이 마주쳤지만 정은의 얼굴엔 표정이 없었다. 넥타이와 재킷을 암체어 위에 놓는 그의 움직임을 정은의 시선이 따라왔다.

셔츠 윗단에 있는 단추를 풀며 신현은 침대로 걸어왔다. 정은이 그를 올려다보았다. 평소처럼 퇴근 키스를 하는 대신, 신현은 정은의 손가락 사이의 너비부터 조정해 주었다.

"이 정도가 정확한 2cm지."

그 크기에 정은이 신기하다는 듯 웃었다.

"벌레……만 하네."

혼자 병원에 다녀왔나 보다, 생각하면서도 신현은 아무것도 묻지 않았다.

"되게 작다, 그치?"

정은이 그를 올려다보며 되물었다. 그의 표정을 면밀히 살피는 시선이 느껴졌다.

"응."

눈을 맞추고 대답했다. 시선이 마주친 채로 그렇게 침묵이 흐르던 중 정은은 읽고 있던 책을 무릎 위로 가져왔다. 제니퍼 다우드나의 책이다. 초음파 사진은 그 책 중간에 끼워져 있었다. 정은의 옆에 앉아 다리를 뻗으며 신현은 그 사진을 받았다.

검은색과 흰색으로만 이루어진 사진 어느 부분에 정은의 손가락이 닿았다. 젤리곰처럼 생긴 부분을 정은의 손가락이 짚었다.

정은이 실망했다는 투로 말했다.

"생각보다 못생겼더라고."

같이 웃어 주면서도 신현은 사진에 시선을 둔 채였다. 낯설고 생소한 감정이 그의 가슴에 또 들어찼다. 처음 정은이 임신한 걸 알았던 순간부터, 정은이 무언가를 먹는 걸 볼 때마다, 산책 중에 아이에게 자전거 타는 걸 알려 주는 남자를 볼 때에도 이 감정은 어째 나날이 깊어지기만 하는 느낌이었다. 뭐랄까, 뭉클하고 아프기도 한, 어떤…… 욕심 같은.

마치 정은을 처음 알아 갈 때의 느낌과 비슷했다.

"심장 소리는 어땠어?"

기억을 떠올리듯 정은이 한쪽으로 고개를 기울였다.

"되게 컸어."

안도감에 신현은 고개를 끄덕였다. 둘 다 그가 들고 있는 사진에 잠시 시선을 둔 채였다. 마치 아무것도 예상할 수 없는 미지의 미래가 이 사진 속에 숨어 있기라도 한 것처럼.

정은이 담담하게 선언했다.

"모유 수유는 절대 안 할 거야. 네버."

아마도 가슴 모양이 망가질 것을 걱정한 말이겠지만 신현은 순간 다행이라는 생각을 했던 것 같다. 겨우 2cm의 아보가드로가 현일바이오 전체를 책임질 일보다 더 무겁게 느껴지기도 했다. 하지만 이 무게가 그에게는 살아가는 또 하나의 이유가 될 것이다.

피식 웃으며 신현은 고개를 끄덕였다. 정은이 그의 입술에 입을 맞추었다. 잊고 있었던 퇴근 키스가 그렇게 시작됐다.

그렇게 둘은 자연스럽게 합의했다. 아이를 낳겠다는 합의 말이다.

신현이 혼인 신고를 하자고 했다.

아이를 위해 서류상 완벽한 가정을 준비해 주고 싶고, 동시에 자신의 성을 물려주고 싶어서라고 그 이유를 설명했다. 굳이 결혼식을 할 생각은 둘 다 없었다. 웨딩드레스는 촌스럽다는 게 정은의 굳센 믿음이었다.

대신 혼인 신고는 정은이 혼자, 직접 하겠다고 고집했다. 아침 일찍 구청에서 모자에 마스크까지 쓰고 꽁꽁 싸맨 채였지만 서류를 내려다보던 정은은 갑자기 찾아온 깨달음에 충격을 받은 채 서 있었다.

'차신현은 진짜 내 것이 되었다.'라는.

인생은 역시 집착하고 노력하는 자가 꿈을 이루는 법이다. 어떤 여자가 덤벼도, 정은이 시들어 뚱뚱해진다고 해도 이제 걱정이 되지 않았다. 조 전무가 말한 통쾌함이 이런 건가. 갸웃하면서도 정은은 단단히 결심했다.

영원히 이혼은 안 해 줄 거라고.

살짝 부른 배를 내려다보며 정은은 아이러니한 기분을 느꼈다.

원하지 않았던 아이였다. 심지어 이 아이 때문에 펭귄 같은 몸매로 변할지도 모른다. 그런데 이 아이가 엉뚱하게도 정은의 가장 큰 소원을 들어준 셈이다.

이럴 줄 알았으면 학생 때 임신을 할 걸 그랬나.

구청을 나오며 심각한 후회를 하던 정은은 또 다른 깨달음에 문득 걸음을 멈췄다.

근데 딸이면 어쩌지. 오동통한 엉덩이에 예쁜 웃음을 가진 여자아이. '아빠, 아빠.' 부르며 작은 손을 뻗으면 이 남자는 간이며 쓸개는 물론이고, 심장까지 다 꺼내서 주려 할 텐데 말이다.

그러면 이렇게 어렵게 차지한 남자를 또 뺏기는 건 아닐까.

느슨했던 인생에 다시 심각한 위기가 찾아왔음을 느끼기 시작한 정은이었다.

상은이 집무실로 들어섰다.

오늘도 신현에게는 숨도 못 쉴 정도로 바쁜 일정이었다. 본부장 일정보다 신정은 이사의 업무 대행으로 더 바쁜 눈치였다. 그러니까 바야흐로 '차신현의 섭정 시대'에 이른 현일바이오라는 말이 기정사실이 된 듯했다.

하루에도 서너 번씩 조 전무가 들락거렸고, 황 대표가 회사의 중요한 결정을 할 때마다 신현의 휴대폰으로 직접 전화를 걸었다. 직책은 본부장일 뿐인데 대표도 CFO도 모두 지극히 깍듯해졌다. 조 전무가 곧 신현의 행정 비서를 한 명 더 뽑을 거라고도 했다.

상은이 일정 보고를 하는 동안 신현은 안경을 벗고 의자에 머리를 기댔다. 눈을 감은 채 쉬고 있는 신현의 눈치를 살피며 상은은 한 가지를 더 전달했다.

"인사팀에서 연락 왔습니다. 아직 가족 정보 등록이 안 되어 있다고요."

잠시 고민하던 신현은 손을 들어 손바닥으로 눈가를 꾹꾹 누르듯 쓰다듬었다. 어느 순간 눈을 뜬 신현은 자세를 바르게 했다.

신현이 가볍게 숨을 내쉬었다.

"주식 양도받고 나면 등록하려고 했는데. 이 사람들이 날 가만두지 않네요."

뜨끔해서 쳐다보는 동안 신현이 책상 서랍을 연 뒤 서류 한 장을 꺼내 상은에게 건넸다.

"인사팀에 전달해 주세요."

"네."

신현이 다시 안경을 쓰며 랩톱을 끌어오는 모습을 뒤로하고, 상은은 집무실을 나섰다.

마침 조 전무가 들어섰다. 또 보고 시간이다. 서로 눈으로 인사를 나눈 뒤에 조 전무가 소리를 낮춰 물었다.

"가족 등록은? 서류, 받았습니까?"

상은이 가지고 있던 서류를 살짝 들어 보이자, 조 전무가 고개를 끄덕였다.

차 본부장이 가족 등록을 왜 안 하냐는 타박을 한 원 부서는 인사팀이 아니라 사실 경영기획팀이었다. 즉 조 전무가 인사팀을 통해 닦달을 해서 상은에게까지 내려온 지령이었다. 사실 관계를 정확히 하자면 신정은 이사의 지시인 셈이었다. 회사 내에 '신정은의 남자'를 넘볼 수 있는 간 큰 여직원은 물론 없었다.

그럼에도 최대 주주가 된다는 소식에 주가가 끝도 없이 오르는 본부장님을 단속하려고 그러는 거라고 상은은 짐작했다. 어딘가 모르게 안정된 분위기로 더 멋져진 본부장 사진이 수시로 사내 게시판에 올라오는 것도 사실이었다.

상은이 부드럽게 웃으며 말했다.

"본부장님 주변의 모든 여자를 경계하시나 봐요."

조 전무는 역시 부드럽게 대답했다.

"제가 신 이사님 얼굴을 뵌 지 어언 두 달이 넘었습니다. 본부장님이 워낙 질투가 심하셔서."

그 말에 상은은 웃음을 터뜨렸다. 우리 본부장님이 그럴 리가. 게다가 질투 끝판왕처럼 생긴 건 신 이사 쪽이었다.

실제로 회사 게시판에도, 차 본부장이 오랫동안 기다려 준 강태희를 버린 건 신 이사의 끈질긴 유혹 때문이라는 추측이 우세했다.

그런데 저 즐겁고 우쭐한 표정은 대체 뭐란 말인가.

"유부남인 것 알리겠다고 가족 등록을 하라고 하신 거 아니에요?"

상은이 순진한 어조로 되묻자 조 전무가 고개를 저었다.

"아뇨. 회사 경영진들 설득할 때 차 본부장께 힘 실어 주기 위한 깊은 뜻인 거죠."

지금 바뀐 회사 분위기를 가장 잘 아는 사람이 어쩜 저렇게 성의 있게 거짓을 말하나 싶다. 김 회장조차도 벌써 차 본부장을 최대 주주로 대우한다는 소문이 파다한데.

조 전무가 여전히 심각한 표정으로 부연했다.

"어제 투자 비용안 부결하시면서 차 본부장님도 그러셨습니다. 아직 와이프 회사라 이런 큰 비용 함부로 승인 못 하신다고."

상은의 입이 벌어졌다. 조 전무가 직접 문을 두드리고 집무실 안으로 들어섰다. 신 이사가 아직 우위라는 주장을 그렇게 해 대고도 90도 각도로 몸을 숙여 신현에게 인사를 하는 조 전무를 보며 상은은 또 한 번 어처구니가 없었다. 감정이 없는 사람으로 생각했는데 오히려 다중 인격이 아닌가 싶다.

커피를 타러 탕비실에 가야 했다. 그럼에도 상은은 신현에게서 받은 가족 관계 증명서에 시선을 두었다. 신현의 이름과 생년월일, 주민 등록 번호가 있고 아래 배우자 칸에는 신정은의 정보가 기록되어 있었다.

두 칸만 채워진 다소 단출한 가족 관계 증명서를 보며 상은은 혼자 아쉬운 한숨을 쉬었다.

여기 이 빈칸에 한 명이 더 채워지면 좋을 것 같았다. 신정은 이사가 평생 경계할 만큼 막강한 미모의 딸이면 참 좋을 텐데.

그렇게 심술궂은 상상을 해 보는 상은이었다.

늦은 밤, 긴 하루를 마무리하고 잠자리에 들 시간이었다.

퇴근하고도 책상에 앉아 있었더니 어깨가 뻐근했다. 서재에서 나와 침실로 가려는데 정은이 어제처럼 또 소파에서 잠들어 있었다. 그가 직접 정리해서 준 업무 현황을 읽다 잠들었는지 바닥엔 서류가 떨어져 있다.

"정은아, 침대에서 자야지."

톡톡, 뺨을 두드려도 깨지 않는다. 여전히 깊이 잠들어 있다. 잠시 신현은 몸을 숙이고 무릎을 굽혀 잠든 정은을 자세히 살폈다.

뺨은 장밋빛이고 살은 적당히 붙었으며 배는 이제 좀 둥글어졌다. 요즘 신현은 종종 정은의 배를 물끄러미 쳐다볼 때가 있었다. 둥글게 둥글게 커져 가는 정은의 배를.

다른 남자들은 자신의 여자가 임신했을 때 어떤 기분인지 모르겠다. 신현은 쑥스럽지만 신비롭다는 기분이 들었다. 함께 사랑을 나누던 순간이 떠올라서이기도 했고, 동물도 아닌데 아기를 배 속에 담고 다니는 정은이 우습기도 해서였다.

아름답다는 생각을 가장 많이 했다. 이토록 아름다운 정은을 본 기억이 없다. 아기를 위해 잘 먹고 잘 자고 좋은 것들을 보려고 노력해서 더 사랑스러웠다.

가볍게 한숨을 내쉰 신현은 등과 무릎 밑으로 손을 넣어 정은을 안아 들었다.

"왜?"

깼나 보다. 정은이 잠이 스민 목소리로 물었다. 신현이 농담하듯 대답했다.

"무겁다, 많이."

그 소리에 쏘아보는 눈길이 느껴진다.

사실은 이 무게감이 무척 좋았다. 침실 문을 발로 밀어 열고 신현은 정은을 조심조심 침대 위에 눕혔다. 시트를 덮어 주고 머리칼을 정리해 주는 동안 정은은 얌전히 있었다.

방 안은 조용했다. 불을 끄고 스탠드 불만 남겨 둔 채였다. 마주 보고 누운 채로 정은은 한참 그를 쳐다봤다.

어느 순간 정은이 속삭이듯 말했다.

"왠지 눈은 널 닮을 것 같아."

남자아이든 여자아이든 입술은 정은을 닮았으면 좋겠다고, 그 순간 신현은 생각했다. 손을 뻗어 정은의 손을 잡는데, 정은이 또 덧붙였다.

"손가락도 널 닮았으면 좋겠어."

"왜?"

손가락이 이렇게 예쁜데, 왜.

"약지가 길면 수학 머리가 좋대. 검지가 길면 언어 머리가 좋고."

그의 약지가 검지보다 긴 걸 모르고 있었다. 정은이 그와 눈을 마주치며 걱정스럽게 물었다.

"수학 머리는 날 닮으면 어떡하지?"

따스한 시선으로 마주하고도 신현은 한숨을 쉬었다.

"큰일이다."

정은이 발을 뻗어 그의 정강이를 찼다. 신현이 피식 웃음을 터뜨렸다. 진짜 정은의 수학 머리를 닮으면 큰일일 텐데, 그런 걱정이 든 건 사실이었다.

"……신기해."

방 안은 충분히 조용한데도 정은의 목소리는 또 속삭이는 듯했다.

"뭐가?"

신현도 조용한 목소리로 되물었다. 정은은 곰곰이 생각하다가 답했다.

"이 아이가 수많은 사람 중에서 우리를 닮을 거라는 게."

이 아이가 수많은 사람 중에서 우리를 닮을 거라는 게…….

그 말이 그의 가슴속에서 잔잔히 진동했다.

종교가 있는 건 아니지만 딱히 진화설도 믿지 않는 그였다. 그러고 보니 인간이 출생하면 대부분의 유전자를 부모에게서 물려받는 이유가 궁금해졌다.

혹시 인간이 바라서 그렇게 되는 건 아닐까. 아니면 신이 어떤 목적을 가지고 그렇게 하는 걸 수도 있고. 그것도 아니면 그냥 우연의 산물일 수도 있고…….

어찌 보면 인간은 다른 방법으로 진화할 수도 있었다. 예를 들면 먼 조상의 탁월한 유전자만 찾아서 진화를 하게 될 수도 있었고 말이다. 그렇다면 이런 힘든 걱정을 할 필요가 없을 텐데.

손가락을 쓰다듬던 그의 손이 이번엔 정은의 팔목을 쓰다듬었다.

"아기는 건강하게 태어날 거야. 난 믿어."

그의 불안함을 감지한 것처럼 정은이 속삭이듯 부드럽게 말했다.

당연히 다가올 내일을 기다리듯 편안한 마음으로 아이를 기다렸지만, 때때로 이렇게 불안해지는 순간들이 있었다. 사실 더욱 '건강할 확률이 높은' 아이를 낳고자 했다면, 이 아이는 포기하고 형욱을 찾아갔어야 했다. 하지만 둘 중 누구도 그런 유혹을 느끼진 않았다.

정은의 팔목을 잡은 채로 신현은 대답했다.

"응."

그렇게 대답했지만 사실 완벽하게 마음을 놓은 것은 아니었다. 정은의 믿음과 혜조의 의심, 그는 그 사이 중간에 있었다. 과학자와 부모의 중간 즈음 어딘가 막막한 곳. 어디가 됐든 아이를 끝까지 사랑하고 아이의 행복을 위해 최선을 다할 준비를 하며 기다릴 테지만 말이다.

신현은 이번엔 손을 뻗어 정은의 머리를 끌어당겼다. 정은이 가만히 끌려와 입술을 부딪쳐 왔다. 입술과 혀가 섞이며 따뜻하고 부드러운 소리가 실내에 이어졌다.

뺨을 감싸다가 어깨를 스쳐 정은의 배에 손을 얹었다. 정은이 부드럽게 티뜨리는 웃음소리가 귓가에 들렸다. 신현은 가만가만 그 배를 쓰다듬었다.

아기가 여기 즈음 있을 것이다.

여기 이 완벽히 평화로운 곳, 정은의 안에서 오늘 하루 종일 맘 놓고 먹고 놀았을 테니, 지금은 그들과 함께 잠이 들 준비를 하고 있을까. 아기의 모습을 상상하자 순간 모든 불안함이 사그라지고 따뜻함이 차올랐다.

곧 이 아이가 그들 곁을 찾아올 것이다.

포동포동한 엉덩이에 기저귀를 차고 온 집 안을 기어 다니다가, 그가 퇴근하면 타다닥 쫓아와 손을 반짝 올릴.

그리고 우리 셋은 온전한 가족을 이루게 되겠지. 춥고 힘든 어린 시절부터 그가 내내 바라 왔던, 그 가족 말이다.

비밀의 문에 들어서는 기분이라고 신현은 생각했다. 여행을 떠나는 기분과도 흡사했다. 잠자리에 들며 신현은 부드럽게 미소를 지었다.

신비롭고 경이로운.

지구상 생명체가 만들어 내는 가장 아름다운 여행.

외전1. 으아앙

선명한 암갈색 눈동자였다.

아주 잠깐 정은과 눈을 맞췄다가, 이내 쌀쌀맞게 고개를 돌리곤 했다. 시선이 느껴져 쳐다보면 정은을 외면하거나 아예 눈을 감아 버리기도 했다.

예민하고 까칠한 성격인가 싶었다. 그것도 아니면 날 좋아하지 않는 거라고.

후자에 가깝다는 걸 알기까지 그리 오랜 시간이 걸리지 않았다. 다른 사람들에겐 대부분 무던하게 굴었지만 정은에게만큼은 까칠했으니까.

그래서 더 신경을 쓰게 되었는지도 모른다.

"아직 애착 관계가 덜 형성되어 그런 것일 수도 있어요."

시터가 위로하듯 말했지만 정은은 이 상황이 웃겼다.

네가 나한테 이러면 안 되지. 내 열 달 동안의 인건비가 얼마인데.

이런저런 계산을 해 보던 정은은 문득 이게 행운일지도 모른다는 생각이 들었다.

어차피 거리를 두고 싶었다. 운동을 해서 잃어버린 몸매도 되찾아야 했다. 곧 상무 승진 심사가 있어서 출근도 하고 싶었다. 차 본부장에게 계속 시달렸을 조 전무를 구해야겠다는 사명감도 있었다.

무엇보다 내가 낳았다고 해서 없던 모성애가 생길 리 없었다. 심지어 쭈글쭈글하고 못생겼다. 아무리 뜯어봐도 정은의 스타일은 결코 아니었다.

"어떻게 백조와 백조 사이에서 오리가 나올 수 있어?"

이해가 되지 않아 정은이 묻자, 하하 웃음만 돌아왔다.

그런데 자꾸만 저 암갈색 눈빛이 거슬리고 신경이 쓰였다. 익숙한 눈동자 색깔과 저 특유의 쌀쌀맞음이 어딘가 모르게 그립고도 지고 싶지 않은 마음이 들게 한달까.

그리고 문제가 발생했다. 신생아는 하루의 대부분 잠만 잔다고 들었는데, 얘는 1시간도 채 지나지 않아 깨고는 시끄럽게 울어 댔다. 시터가 아무리 어르고 달래도 소용없었다. 분유도 잘 먹지 않는다고 걱정하던 중이었다.

적막했던 집 안이 아기 울음소리로 가득 찼다. 차라리 출근을 하겠다고 가장 화사한 옷을 찾아 입고 나갈 준비를 할 때였다. 세상에서 가장 예쁜 핑크색 구두도 준비해 놓은 터였다. 스타킹을 신고 향수를 뿌리려던 중 시터가 문을 두드리고 들어왔다.

"한번 안아 주시는 건 어때요?"

시터가 울상을 지으며 정은에게 물었다. 신현이 안으면 울음을 뚝 그치던 걸 떠올려서인가 보다.

"아뇨. 전, 괜찮아요."

정은이 한 발짝 뒷걸음치며 얼른 손을 저었다. 안는 방법도 모르는데 무슨 소리인가. 애 떨어뜨리면 어쩌라고.

아기는 더 울어 댔고, 시터는 한 발짝 더 다가왔다. 엉겁결에 아기를 받았다. 아기가 더 울어 댈 거라고 예상하면서.

갑자기 주변이 조용해졌다. 우연인지 아이를 받는 순간 울음이 멈췄다. 동그란 눈으로 아이를 내려다봤다.

체격이 유독 작은 아이라 가벼웠다. 이렇게나 작은데도 따뜻했다. 아이가 무언가를 찾듯 칭얼거리며 가슴에 얼굴을 비벼 댔다.

정은의 가슴이 쿵, 내려앉았다.

아, 안 돼.

아기의 작은 코끝이 실크 옷 아래, 목적지를 찾아냈다.

"아기가 배가 고픈가 봐요. 좀 전에 준 분유는 안 먹었는데."

알고 있었다. 하지만 안 된다. 그건 짐승 같은 일이고 너무 이상하잖아.

차라리 돈을 주면 안 되겠니, 정은이 아이를 살짝 떼어 놓으며 생각했다.

'나 남편 몰래 테슬라 주식도 사 놨어. 그거 다 줄 수 있단 말

이야!'

원하는 것을 찾지 못하자 아기가 짜증을 부리며 버둥거렸
다. 떨어뜨릴까 봐 정은은 얼른 소파에 앉았다.

그때 아기가 눈을 떴다.

시선이 딱 부딪쳤고, 정은을 똑바로 바라본다.

남아치고 눈이 컸다. 코도 높고 전체적으로 인상이 또렷했다.

가만 보니 누군가와 닮았다. 특히 이 눈이.

모든 움직임이 멈추고, 심장만 두근거렸다. 아이도 지지 않고
정은을 쳐다봤다. 그렇게 시선을 마주한 채로 한참을 있었다.

아무리 인간이 유전의 영향을 받는다지만 어떻게 이렇게 제
아빠와 똑같은 느낌일 수가 있을까. 배 속에서 제 엄마 약점을
골똘히 연구하고 나온 게 분명했다.

"모유가 더 건강에 좋다는 말도 있고요."

시터가 넌지시 던진 말에 정은은 이맛살을 찌푸렸다. 신현이
아기를 처음 만난 순간 했던 말이 정은의 귀를 울렸다.

'아기가 건강하게 자랐으면 좋겠어. 난 그거면 돼.'

동시에 아기인 신현을 제대로 보살펴 준 엄마가 없었다는 사
실도 떠올랐다.

"잠시 나가 계실래요?"

정은의 딱딱한 요청에 시터가 웃음을 감추고 고개를 끄덕
였다.

시터가 나간 후, 정은은 블라우스 단추를 풀며 천장을 응시했다. 아기는 제법 똘똘한지 제대로 가르쳐 주지 않았어도 바로 자신의 목적지를 찾아냈다.

으윽, 느낌이 이상해.

아악, 정말 이상해.

정은이 길게 한숨을 쉬었다. 그래도 남편을 홀릴, 예쁜 딸이 아닌 게 천만다행이라고 자신을 위로하면서.

***

남아에게는 엄마를 사이에 두고 아버지와 경쟁하려는 심리적 갈등이 있다고 들었다. 정은의 아들에겐 해당하지 않는 이야기였다.

생후 100일.

퇴근한 신현이 아기 침대 위로 고개를 숙여 뺨을 두드릴 때면, 아기는 방실방실 웃으며 반가워했고, 신현은 그 미소를 따라 했다. 신현이 통통한 뺨을 쓰다듬을 때면 아기는 그의 손가락을 꼭 쥐고 놓지 않았다. 정은을 대하는 것과는 천지 차이였다.

친한 척하며 정은의 품에서 모유를 먹다가도, 배가 부르면 자지러지게 울었다.

"애 또 울어. 나, 어떡해?"

정은이 애를 안고 나가 어쩔 줄 모르는 목소리로 소리를 쳤다.

서류를 보며 바쁘게 통화하던 신현이 얼른 다가와 아이를 받았다. 아이를 댓 번 낳고 기른 사람처럼 능숙하게도 품에 안는다. 톡톡 두드려 아기를 가만히 어르고 달래는 손길이 예사롭지 않았다. 그러면 아기는 거짓말처럼 울음을 뚝 그치고 트림을 했다.

"이제 괜찮아졌어. 미안. 나, 급한 일로 통화를 해야 해서."

그렇게 양해를 구한 뒤 다시 정은의 품에 건네면, 아이는 세상 억울한 일을 당한 듯 또 와아앙 울어 댔다. 정은이 제발 봐달라는, 더 미안하다는 표정으로 신현을 마주 봤다. 신현이 아예 휴대폰을 소파 위로 던지고 다시 아이를 받아 들었다.

아이가 또 자연스럽게 울음을 그치자 정은은 신현에게 제안했다.

"통화하던 거 뭐야? 차라리 그걸 내가 해결할게."

신현은 그저 아기를 달래며 빙긋 웃는다. 정은에게 다시, 아이를 안는 방법을 알려 주기까지 했다.

뭐가 이렇게 어려워.

정은은 지끈거리는 이마를 짚으며 소파에 털썩 주저앉았다. 지금 당장, 절실하게, 출근하고 싶었다.

저 쪼끄마한 아이의 비위를 맞추는 것보다 차라리 신현이 지시한 '중장기 사업 계획서'를 쓰거나 약을 팔기 위해 세계 정상들을 설득하는 게 훨씬 쉽게 느껴졌다.

생후 8개월

아이는 발달이 좀 늦된 편이었다. 뒤집기도 앉기도 모두 늦었다.

같은 월령의 아이들은 유치가 난다는데 제윤의 잇몸은 매끈하기만 했다. 다만 아빠의 손가락을 자꾸 입에 넣으려고 했다.

늦은 밤 그들은 스탠드 불만 켜 두고 잠든 아기를 물끄러미 바라보는 경우가 종종 있었다.

아기는 종일 뭐가 그리 고되었는지 곤히 잠들어 있었다.

"팔이랑 다리가 소시지같이 생기지 않았어?"

정은의 질문에 신현은 대꾸 없이 미소만 지었다. 아무리 봐도 그렇게 생겼는데 인정하지 않는 걸 보니 콩깍지라도 쓰였나 보다. 그래도.

"많이 컸어."

정은이 속삭였다. 정말이었다. 배 속의 2cm 세포였던 아보가드로는 이제 65cm의 차제윤이 되었으니.

"응."

이번엔 신현이 고개를 끄덕이며 동의했다. 순간 잠든 아기가 빙긋 웃음을 지었다. 마치 아빠가 기특해하는 걸 아는 것처럼.

생후 10개월.

늦은 저녁 도어 로크를 누르는 소리가 들리면 제윤은 앉은 채로 고개를 문 쪽으로 휙 돌렸다. 이 시간에 퇴근하는 사람이 아빠뿐인 걸 인지하고 있는 건지, 문이 열리는 속도보다 빠르게 호다닥 거실을 가로질러 기어갔다.

제윤이 무릎을 꿇은 자세로 두 팔을 번쩍 올리고 칭얼거렸다. 분명 정은과 먼저 눈이 마주쳤는데, 신현은 들고 있던 쇼핑백을 정은에게 건넨 후 아이부터 안아 올렸다. 정은에게 미안해하면서도 품으로 파고드는 아들을 바라보는 그의 입가엔 형용할 수 없는 미소가 어려 있었다.

남편의 퇴근 키스 대신, 쇼핑백과 일일 보고서가 정은의 차지가 되었다. 제윤은 종일 뭐에 그리 서러웠는지 그렁그렁 눈물을 매단 채 아빠 품에 머리를 비볐다.

신현이 아들을 머리 위로 들어 올렸다가 품으로 다시 내렸다. 제윤이 까르르, 웃음을 터뜨리자 신현이 정은에게 물었다.

"오늘, 제윤이 무슨 일 있었어?"

케이크 상자의 핑크색 리본을 풀던 정은의 움직임이 멈칫했다.

갑자기 울컥했다. 아무려면 내가 밥을 굶겼겠니, 때리기라도 했겠니, 쏘아붙이고 싶은 걸 참으며 정은은 우아하게 대답했다.

"아니."

내가 아들을 낳은 건지, 아니면 여우를 낳은 건지. 그것도 아니면 저 영리한 남자가 아들 문제에만 바보가 되는 건지.

몰래 복수할 방법은 없을까 고민하면서 정은은 박스 안에서 케이크를 꺼냈다. 케이크의 화려한 자태가 상자 밖으로 모습을 드러냈다. 감탄사가 절로 튀어나왔다.

"예쁘다."

신현은 무미건조한 어조로 동의했다.

"응, 핑크색."

정은이 살짝 신현을 흘겨보았다. 핑크색이라고 다 예쁘다고 주장한 적은 없었다.

"어디서 사 왔어?"

"삼청동에서."

퇴근하고 삼청동까지 다녀왔구나. 삼청동에서 집까지는 1시간이 넘게 걸렸다. 기분이 더 좋아졌다. 정은이 먹고 싶다고 하면 제주도도 당연히 다녀올 사람이다.

신현이 가슴에 안은 아이의 머리칼을 가볍게 쓰다듬는 동안 정은은 포크로 생크림 케이크를 한 조각 잘랐다. 문득 제윤의 시선이 느껴졌지만 정은의 관심은 케이크에 쏠려 있었다.

케이크를 입 안에 넣자마자 정은의 눈이 동그래졌다.

와, 맛있네. 아무도 안 주고 나만 먹어야지.

신현이 아들을 바닥에 내려 주고 정은 쪽으로 걸어왔다. 이제 퇴근 키스를 하려나 보다. 제윤도 기어서 그의 발뒤꿈치를 졸졸졸 따라왔다.

가까이 다가온 신현이 몸을 숙이고는 볼록해진 정은의 뺨을 톡톡 두어 번 두드렸다.

"달아?"

신현이 눈을 맞추고 물었다. 신현의 다리 주변에서 얼쩡거리던 아이가 정은과 케이크, 신현을 번갈아 바라봤다. 이유를 알 수 없게 칭얼거리는 소리에도, 신현의 시선은 오롯이 정은에게만 향했다.

옷차림은 정장인데 머리칼은 흐트러져 캐주얼하게 보였다. 눈웃음이 숨 막힐 정도로 따뜻했다.

마치 내가 사랑하는 건 세상 너 하나라는 눈빛.

뺨에 머물던 손이 정은의 턱을 잡았다. 입술에 묻은 생크림을 그의 엄지가 길게 닦아 냈다.

"응, 달아."

정은이 평소처럼 웃으며 답했다. 실은 입 안의 케이크 때문에 너무 행복했다.

나른한 숨결이 입술에 닿았고, 정은은 눈을 감았다. 신현의 목에 팔을 감는 동안, 제윤이 으아앙 울음을 터뜨렸다.

2022년 5월, 현일 바이오 익명 게시판

제목 : 애도 있는데. 왜 안 식어? _아이디 iiiiiiiIIi13

댓글 :

ㄴ 출산하고도 여전히 걸 그룹 몸매. _아이디 iiiiiiiIIi45

ㄴ 회의 때마다 다툰다던데. 꼴통 성격이 별로잖아. _아이디 iiiiiiiIIi71

ㄴ 차 본부장이 아직도 기사 노릇 한다고 함. _아이디 덤비

ㄴ 차 본부장한테 몰래 호텔 키 건넨 여직원, 잘렸대. _아이디 iiiiiIi35

ㄴ 꼴통이 잘랐겠지. 불안해서. _아이디 iiiiiIi78

ㄴ 사실 차 본부장이 아깝잖아. _아이디 iiiiiIiI187

ㄴ 신정은이 아까운 거 아냐? 다 가진 여자잖아. _아이디 곱슬머리

결혼 전에도 그랬지만 신현에 관해서 정은은 감이 좀 발달한 편이었다.

"그쪽 팀장이랑 이야기해서 잘 조치했습니다."

해고된 직원에 대해 조 전무가 최종 보고를 했다.

신현의 주변에 여자들이 꼬이는 건 늘 겪어 왔고 결혼 후라고 달라질 거라 예상하진 않았다.

정은이 출산하는 동안, 남편은 꾸준한 운동으로 자기 관리를 해 왔다. 그리고 최고의 코디네이터가 옷을 골라 줬다. 심지어 돈까지 많아졌으니 어찌 보면 당연한 일이다. 회사 게시판이건 SNS건 직원들이 찍은 신현의 사진들이 주기적으로 올라오곤 했다.

"뭘, 그렇게까지 해요?"

정은이 가볍게 질책했다. 정은을 지켜 준다며 예쁜 여자들이 신현의 부서에 배치되지 않도록 신경 쓰는 조 전무였다.

"호텔 키는 심했습니다. 여긴 직장인데요."

이사님이 걱정할까 봐 그랬다는 말 대신, 조 전무는 적당한 선에서 대답했다.

유명인이고 유부남이니 대놓고 집적대는 여자들이 없을 줄 알았는데 의외로 꽤 있었다. 밸런타인데이면 초콜릿을 건네는 여자, 술을 핑계로 절뚝거리며 그에게 기대는 여자, 그리고 이번엔 호텔 키까지. 참으로 다양했다.

"알아서 쳐 내겠죠."

주변 여자들 때문에 불안함을 느끼진 않았다. 오히려 그런

사건들이 발생할 때마다 재밌고 기분이 좋았다. 역시 내가 최고의 선택을 했다는 방증인 것 같아서. 신현이 쉽게 흔들리지는 않는 남자라는 걸 이젠 잘 알아서인지도 모르겠다.

사실 정은은 다른 문제 때문에 불안했다.

정은은 다시 모니터 화면을 가득 채운 주식 그래프에 눈길을 주었다. 요즘 현일바이오 주가가 눈에 띄게 오르고 있었다. 오늘 자 유명 애널리스트의 보고서를 클릭했더니 투자 이유의 두 번째 포인트에 차신현 이름이 적혀 있었다. 그가 주시하고 있는 후보 물질, 해외 바이오 회사에의 직접 투자, 카티, 네트워크 법인 설립 등등. 그와 함께 현일바이오의 장밋빛 미래를 전망했다.

이걸 보면 기분이 좋아야 하는데…….

정은은 손을 올려 자꾸만 찌푸려지는 이마를 쓰다듬었다.

"차 본부장 이름이 또 나왔네요. 홍보팀에서 조력한 거죠?"

밝은 목소리를 내려고 노력하며 넌지시 꺼낸 화제에 조 전무가 고개를 저었다.

"아닙니다. 그 애널리스트는 냉혹하기로 유명해요. 그런 거 안 먹힙니다."

불편한 마음을 정은은 엷은 웃음으로 감췄다.

홍보팀에서 조력한 게 아닌데도 그렇단 말이지.

요즘 들어 신현의 이름이 현일바이오와 함께 무시할 수 없을 정도로 자주 언급되었다. 그에 반해 정은의 이름은 상대적으로 가끔 등장했다.

정은이 태연한 어조로 물었다.

"부사장 승진은 확정이에요?"

"당연하죠. 김 회장님 지시잖습니까."

김 회장은 신현이 사업개발 본부장으로 부임할 때 했던 오래전 약속을 지킨 셈이다. 조 전무가 생각에 잠긴 어조로 말했다.

"어차피 회사는 두 분이 같은 비율로 갖고 있습니다. 경쟁자도 아니고. 음, 좋은 일입니다."

조 전무를 속이는 데 실패한 셈이다. 애널리스트의 보고서 화면을 닫는 정은의 입술 사이로 조용한 숨이 흘러나왔다.

조 전무가 연이어 충고했다.

"차 본부장님께 이것저것 배우려고 노력하시는 게 좋겠습니다. 회사와 이사님이 동시에 발전하는 데에 이보다 좋은 기회는 없습니다."

동의한다. 신현과 이혼을 할 것도 아니고, 정은이 주식의 일부를 양보할 것도 아니다. 어떤 일이 있어도 이 회사는 공동 소유이니 불안할 이유가 없었다.

그냥 잠시 이목이 쏠린 일로 이렇게 뒤처지는 느낌을 가질 필요는 없다.

고개를 끄덕이면서도 정은은 그저 불편한 웃음만 지었다.

***

회사 여직원들이 차신현 본부장에 대해 핑크빛 수다를 떨때, 별 관심 없는 사람들도 물론 있었다. 홍보팀 김세희 대리도 그중 하나였다. 오히려 세희의 관심사는 늘 신정은이었다.

대학생 시절부터 신정은을 흠모해 왔다. 다이아몬드 수저를 들고 태어났는데도 놀고먹는 대신, 현일바이오의 오너 역할을 성공적으로 수행해 내는 것이 대단하게 느껴졌다. 흐트러지지 않고 늘씬한 몸매를 유지하며 매일매일 예쁜 옷을 차려입고 출근하는 것도 멋졌다.

신정은을 만나 보겠다고 현일바이오 주식을 샀었다. 소액 주주의 자격으로 세희는 주주 총회에 참석했었다. 그것 외에 신정은을 가까이서 볼 방법이 없었다.

주주 총회에서 신정은이 인사말을 끝내자마자 세희는 얼른 회의장 뒤편으로 나갔다. 그리고 밖으로 나온 신정은에게 다가갔다.

"당신처럼 되고 싶어요."

제 '워너비'이고 롤 모델이에요. 그런 뜻이었다. 신정은은 마치 매일 듣는 말을 들은 사람처럼 아주 잠깐 세희를 쳐다봤었다. 눈동자와 곱슬거리는 머리칼을. 그 순간 세희는 심장이 미친 듯이 뛰는 경험을 했다.

세희는 얼마 뒤 현일바이오에 입사했다. 홍보팀에서 종종 신정은에 관한 기사를 작성하기도 했다. 익명 게시판에 신정은 욕이 넘쳐 났지만 사실은 질투와 샘 때문이라는 걸 세희는 알고 있었다. 그래서 신정은의 편에 서서 댓글을 달았다.

차신현에 대한 정보를 들을 때도 '신정은의 남자'로만 생각했었다. 신정은이 결혼까지 한 이유가 무얼까, 그 정도만 궁금했었다.

신정은이 쫓아다녔다는 소문도 있던데, 세희는 믿지 않았다. 꽃처럼 아름답고 완벽한 신정은이 그럴 리가 없었다. 도리어 수많은 남자가 쫓아다녔을 거고, 아무에게도 큰 관심을 드러내지 않았을 거였다. 도도하고 오만하게 고백을 받았을 거고, 그중 하나에게 져 주는 척 결혼을 허락했을 것이다.

그리고 오늘 세희는 우연히, 본부장실 앞에 서 있었다. 홍보팀에서 작성한 '사업 개발 본부장 메시지'의 재가를 받기 위해서였다.

"본부장님 지금 CEO실에서 회의 중이셔서요. 곧 돌아오시니 잠시만 기다려 주시면 됩니다."

신상은이라는 이름의 비서였다. 세희가 굳은 자세로 고개를 끄덕였다.

본부장단 보고는 처음이라 다소 긴장된 건 사실이었다. 혹시나 말실수라도 할까 봐 세희는 선 채로 보고 때 할 말을 연습했다.

'안녕하세요, 홍보팀 김세희 대리입니다. 홍보팀에서 작성한 사업 개발 본부장 메시지를……'

혼자 이쪽저쪽 왔다 갔다 하다가 들어오던 누군가의 길을 막아 버렸던 것 같다.

키 큰 남자가 지나가며 툭 결재판을 쳤다. 들고 있던 결재판이 떨어지고 세희는 자연스럽게 남자를 돌아봤다.

"죄송합니다."

특이한 저음인데 가슴을 울렁거리게 만든다. 스마트폰을 내려다보던 남자가 사과의 의미로 고개를 까닥였다.

"아……."

괜찮습니다라는 말이 입 안에서 머물다 말았다. 눈을 동그랗게 뜬 채로 남자를 쳐다봤다. 뚜렷한 윤곽의 남자가 자신을 흘끗 쳐다봤다.

순간 온몸에 전기가 흐르는 기분이었다.

세상에, 이런 남자도 다 있구나.

'어떻게 신정은은, 결혼한 남자까지…….'

완벽한 남자였다. 그리고 어딘가 모르게 굉장히 쌀쌀맞은.

세희의 인생은 확연히 둘로 나뉘게 되었다. 차신현 본부장을 만나기 전과, 그 이후로.

이렇게 설레는 느낌은 처음이었다. 세희는 우선 연애에 통달한 친구에게 어떻게 해야 하냐고 물어봤다.

"굳이 왜 다른 여자의 남자를 열망해? 귀찮게스리."

하긴 짜릿하긴 하지. 친구가 결론을 내린 뒤 조언했다.

"첫째, 계속 눈에 띄어야 해. 회사, 자주 가는 식당. 뭐 그런 거 알아내 봐."

그의 출근 시간에 맞춰 엘리베이터 주변을 서성거렸고, 한강변 해장국집도 주기적으로 찾아갔다. 하지만 쉽지 않았다.

그나마 차 본부장을 볼 수 있었던 건 사내 식당에서였다. 먼

자리에서 다른 직원들과 함께였고 그 유명한 목소리도 못 들었다. 사실 본부장 메시지를 승인받으러 갔을 때도, 그냥 쭉 읽어 보고 수정할 내용만 체크한 뒤 말없이 서명해서 돌려준 게 전부였다.

"둘째, 예뻐져야 해. 그 사람 스타일을 파악해야지. 그리고 제발, 그 머리 좀 어떻게 해 봐."

친구가 세희의 곱슬머리를 손짓하며 인상을 찌푸렸다. 세희를 볼 때면 머리칼만 보인다고 했다.

세희는 유명한 스타일리스트를 수소문해서 예약했다. 숍은 강남구의 명품 거리에 위치했다.

"예뻐지고 싶어요."

세희가 사진 한 장을 건넸다.

"이런 스타일이 저한테 어울릴 것 같아서요."

스타일리스트가 그 사진을 보더니 아, 소리를 냈다.

"네, 잘 어울릴 스타일로 고르셨네요. 근데, 음."

스타일리스트가 세희의 얼굴을 주의 깊게 쳐다보았다.

"원래 미인이시네요. 이 얼굴을 왜 머리칼로 감추고 살아요?"

"이건 안 펴지는데요."

태어날 때부터 심한 곱슬머리다.

"일주일에 한 번씩 펌을 하러 오셔야죠."

전 재산을 다 써도 상관없었다. 세희는 고개를 끄덕였다. 물어볼 게 하나 더 있었다.

"이런 옷들은 어디서 사나요? 상표 좀 알려 주세요."

사진을 쳐다보던 스타일리스트가 가만히 웃음을 지었다.

"네, 적어는 드릴게요."

그 웃음의 의미를 깨닫고 가슴이 철렁했다. 아마도 미친 가격이겠지.

"가격은 얼마가 되어도 상관없어요."

세희의 말에 스타일리스트가 웃었다.

"잘 어울릴 거 같아요. 쉽지 않겠지만 제가 어떻게든 도와드릴게요."

세희가 눈을 반짝이며 고개를 끄덕였다. 그리고 친구가 했던 말을 떠올렸다.

'셋째. 다시 만날 날을 위해 기도해. 진짜 열심히. 알겠지?'

기도가 뭘 이뤄 줄 수 있단 말인가. 그럼에도 세희는 자신이 아는 모든 절대자에게 기도하기 시작했다. 나무아멘타불.

결국 절대자는 그 기도를 들어주셨다. 1년이 한참 지나서야 말이다.

외전 2. 아부부, 아부아

2024년 9월, 현일 바이오 익명 게시판

제목 : '그 부부', 회의 중에 또 싸웠다던데. _아이디 iⅠⅠⅠiiⅠⅠ5858

댓글 :

ㄴ 쇼윈도라잖아. 경영권 때문에 결혼한 사이. _아이디 iⅠⅠⅠⅠiiⅠⅠ18

ㄴ 최대 주주들이 이러니 회사 분해될까 봐 걱정. _아이디 iⅠⅠⅠⅠiiⅠⅠ16

ㄴ 부사장 승진 늦어진 거, 와이프 상무 달아 주느라 그런 거라던데. _아이디 덤비

ㄴ 그건 와이프 승진하면 본인에게도 유리하니까. _아이디 곱슬머리

ㄴ 차 부사장 외로워 보여. _아이디 곱슬머리

신현은 출근 전 샤워를 하고 있었다.

머릿속에 오늘 일정이 차례로 떠올랐다. 회의, 회의, 외부와의 오찬, 회의, 홍보팀과의 일정, 또 회의. 연이어 정은의 일정도 떠올려 봤다. 회의, 회의, 회의, 저녁엔 만찬. 오늘은 정은이 그보다 늦게 퇴근하는 날이었다.

주말이었던 어제 출근했다가 늦게 퇴근한 터라, 이틀 동안 가족들의 잠든 모습만 간신히 본 터였다. 어디 보자, 오늘 정은이 참석하는 만찬이…… 제약회사 오너 모임. 이 모임은 신현이 단 한 번도 참석하지 않은 자리였다.

샤워를 마무리하고 나오기 전 문득 김이 잔뜩 서린 거울이 시야에 들어왔다. 잠깐 멈추고 거울의 겉면을 닦은 뒤 무심히 자신의 눈을 마주했다.

오래됐지만 낯익은 기억이 뇌리를 스쳤다. 아침이면 가끔 이렇게 거울 안의 자신을 바라보았다. 외롭던 어린 시절, 수험생 시절, 그리고 사회인이 되었을 때에도.

동시에 자신에게 끊임없이 묻던 질문도 떠올랐다.

'왜 이렇게밖에 살지 못하니?'

그땐 그렇게 절실했는데 그 질문이 이젠 희미했다. 왜 그렇게 되었는지 이유를 고민하다가 면도기에 시선이 닿을 때였다.

"차 부사장!"

저 까마득하게 아래인 상무가 회사 위계를 다 무시하는 건지, 그를 '님'자도 붙이지 않고 호출했다. 동시에 욕실 문을 통통 두드리며 칭얼거리는 소리도 들렸다.

"나, 먼저 출근해!"

대답하기도 전이었다. 목소리가 멀어지는 동안 신현은 미간을 찌푸렸다. 정은이 왜 이렇게 일찍 출근하지? 조찬 회의가 또 추가되었나?

급하게 수건을 찾아 머리칼의 물기를 터는 동안, 현관이 닫히는 소리와 제윤이 문을 또 두드리는 소리가 들렸다. 대충 옷을 입고 나와 문을 열어 주니 제윤이 그에게 달려들다가 다리에 콩 부딪혔다. 애착 인형을 한 손에 잡은 채로 그에게 팔을 또 반짝 올려 왔다.

"아부부. ……아부아."

생전 처음 듣는 소리이지만 소통에는 크게 지장이 없었다. 제윤을 안아 든 신현은 드레스 룸으로 향했다.

정은과 함께 출근하면 밀린 대화를 할 수 있을까 했었다. 오늘은 같이 참석할 회의도 없었다.

하긴 회의에서 만나면 또 다툼과 투쟁을 하겠지만 말이다.

제윤을 안은 채, 신현은 자유로운 한 손으로 상은에게 휴대폰 메시지 하나를 보냈다.

[점심 약속 취소해 주시고 차량 대기시켜 주세요.]

아들 덕택에 한 손으로 보내는 메시지도 이제 익숙해졌다.

정은이 며칠째 사 달라고 조르는 목걸이가 있었다. 매일매일 '이 목걸이가 꼭 필요하다.', '이것 없으면 살 수가 없다.', '그래서 사치품이 아니라, 생필품이다.'라고 하며 이메일에 사진을 첨부해서 보냈다. 반짝이는 것을 사 주고 또 시키는 말들을 읊을 때가 되었다는 뜻이다. 안 그러면 정은은 그 일이 이뤄질 때까지 매일 이메일을 보내올 거였다.

그 사진을 첨부해 메시지를 적는 동안, 아들이 그의 볼을 잡아당겼다.

[브랜드 명과 매장ㅈ 위치 알려 주세요ㅛ]

아들의 손아귀에서 얼굴을 떼려다 오타가 난 메시지를 그냥 보냈다. 세상 무서운 표정을 지으며 노려보려 했지만, 무언가를 오물오물 씹고 있는 빵빵한 볼 때문에 웃음부터 터졌다. 입 주위가 알록달록한 게 과일을 잔뜩 주워 먹은 모양이다.

드레스 룸으로 들어서자 오늘 입을 옷과 넥타이가 준비되어 있었다. 아마 홍보팀 일정 때문에 정은이 직접 골라 놓은 듯했다.

오늘 회식 자리로 정은을 데리러 가야겠다고 계획했다. 안 그러면 진탕 술을 마시고 새벽에 들어오실 테니까.

셔츠를 입는 동안 제윤이 '아 와와, 아 와와.' 짧은 말을 하면서 뺨을 비비는 게 느껴졌다. 얼른 옷을 입고 자기한테나 신경 쓰라는 재촉이었다.

가만, 아까 샤워하다가 무슨 생각을 하다 말았더라. 맞다. 요즘엔 왜 자신에게 그런 질문을 하지 않는지.

하긴 그런 고민을 할 여유와 정신이 없다. 제윤을 안아 들며 신현은 가벼운 한숨을 쉬었다.

차에 올라 정은은 오늘 자신의 일정을 보고받고 연이어 신현의 일정을 물었다.

"후보 물질 검토 회의, 임상 계획 승인 회의, 그리고 점심 식사 이후에는 홍보팀과 일정이 있으십니다. 그 TV 출연 관련해서요."

조 전무의 답에 정은은 고개를 끄덕이면서도 잠시 고민했다.

방송이라. 이 기회를 괜히 그 남자한테 넘겼나.

중역 회의 중 임원들 앞에서 신현과 한창 티격태격하던 때였다. 누군가 화제를 바꾼다고 올린 현안이었다. 카티 제품 출시가 임박해서 홍보 목적으로 정은이 출연을 했으면 좋겠다고.

'방송국에 이사님이 등장하시면 확 튀지 않을까요?'

물론, 여자 앵커들보단 내가 예쁘니까 당연하지.

하지만 명실상부 최고의 앵커가 진행하는 종편 뉴스였다. 나름 그 시대를 이끄는 유명인들만 출연했고, 회사 차원에서 꼭 이용해야 하는 자리였으나 문제가 하나 있었다.

'신 상무님, 좋은 기회네요. 축하드립니다.'

신현이 살짝 미간을 접으면서도 부러운 어조로 말을 건넸다. 정은도 똑같이 미간을 접으면서 그를 마주 보았다. 실은 머릿속이 복잡해서였다.

그 앵커와 붙어서 이득을 본 사람도 많지만, 반대의 경우도 적지 않았다. 특히 앵커는 이번에 출시되는 카티의 약가가 비싸게 책정되었다고 공격할 게 분명했다.

약값이 결정되는 데에 관련된 기관을 비난하지 않는 한에서 쉽고 명쾌하게 회사를 변호해야 한다. 그러나 상대의 정치적 성향으로 볼 때 쉽사리 빠져나가게 해 줄 리가 없다.

그런 변명의 자리는 그다지 나가고 싶지 않았다.

'그럼 부사장님이 대신 나가시는 건 어떠세요?'

양보하는 게 아쉽다는 어조로, 한번 해 본 질문이었다.

'승진도 하셨으니 본인 홍보도 하실 겸. 좋은 기회 같아서요.'

그 말에 신현은 고맙다는 뜻으로 가볍게 웃고는, 기껍게 고개를 끄덕였다.

'그 좋은 기회 빼앗아 죄송하지만, 이번엔…… 그럽시다.'

안도감을 감추며 정은은 여유 있게 마주 웃어 보였다.

언론을 귀찮아하는 사람인데 의외였다. 김 회장과의 소송이 마무리될 즈음이니 뭔가 이미지 수정을 할 게 있는 건가 싶었다. 어떤 속셈이든, 덕분에 정은은 이 난관을 쉽게 헤쳐 나가게 된 셈이다.

그리고 오늘은 홍보팀에서 방송 내용을 설명하고 예고편에 나갈 사진을 찍게 되어 있었다.

"사진이 너무 잘 나오면 곤란한데 말이죠."

정은이 중얼거렸다. 옷까지 골라 주고도 괜히 심술궂은 마음이 들었다.

"소용……없습니다."

"뭐가요?"

"그렇게 초조해하실 거면 상무님이 방송을 나가셨어야죠."

"아니, 그건."

"안 그래도 요즘 너무 밀리시는데."

정은의 인생에선 천군만마 같은 조 전무여서일까. 지나치듯 던진 말인데도, 정은은 가슴에 칼이 박히는 느낌이었다.

"차 부사장님이 방송을 타시면, 어떤 결과가 나올지 아시지 않습니까?"

뇌리로 오늘 아침에 본 기사의 헤드라인이 떠올랐다.

'글로벌 바이오업계의 게임 체인저, 차신현 부사장.'

모두 현일바이오가 곧 전 세계 바이오업계의 최대 공룡이 될 거라고 했고, 그 이유가 차신현이라고 했다.

'웃기시네.'

이 회사 내가 다 키워 놓고 차신현은 숟가락만 얹은 건데. 쳇.

정확히 말하자면 이 남자를 스포트라이트 속으로 들어가게 한 건 전부 내 공이란 말이다.

역시 옷은 좀 칙칙한 걸 골라 줘야 했다.

잘난 남편한테 얹혀사는 느낌도, 차신현 부사장의 아내라는 소리도, 둘 다 썩 맘에 들지 않았다.

경영 문제도 그랬다. 최대 주주 등극 전에는 날 보스 취급해 주며 말도 잘 듣더니 요즘은 하나부터 열까지 지적을 해 댄다. 그럼 정은은 그 결정을 다시 검토하고 또 고민해야 하고.

이 인간이 김 회장과 소송하면서 ㈜현일 주식 대신, 현일바이오 주식을 가져올 때부터 이 상황을 예견했어야 했다. 나를 이겨 먹기 위해선 ㈜현일 주식까지 미련 없이 포기할 남자임을.

정은은 눈을 질끈 감고는 그동안 꾹 참아 왔던 질문을 했다.

"나중에 이 사람이 대표 자리에 오르겠죠?"

"네."

어째 수식어도 없이 저렇게 딱 잘라 대답할까.

울고 싶은 마음이지만 다가온 현실이었다. 정은과 신현, 둘이 공동으로 대표 후보에 오른다면 모두가 신현 쪽에 손을 들어 줄 것이다. 그리고 한 20여 년, 그 자리에서 물러나지 않겠지.

이 회사를 통째로 빼앗기는 건가.

정은의 눈앞이 아찔해졌다. 내가 이 회사에 공들인 시간이 대체 얼마인데!

"어차피 잘됐지 않습니까. 원래 놀면서 사시는 게 꿈이셨으니."

조 전무가 위로하듯 말했다.

그래, 사실 오래전엔 그랬다. 차신현에게 주겠다고 울며 겨자 먹기로 다니며 키운 회사였다. 한데 이게 요즘 왠지 모르게 제대로 재미있어졌단 말이다. 막상 줄 때 되니 왠지 내 것 빼앗기는 느낌도 들고.

"내가 너무 키워 줬나 봐요."

후회 가득한 중얼거림에 조 전무가 빙긋, 알 수 없는 웃음을 지으며 덧붙였다.

"지금은 차 본부장께 열심히 듣고 배우세요. 상무님이 더 잘 해내는 날까지."

이 말을 조 전무가 언젠가 해 줬던 것 같다. 그럼에도 정은의 귀엔 들리지 않았다.

"그게 이 모든 불안함을 해결할, 단 하나의 길입니다."

정말로 내가 방송을 나갔어야 했나. 곰곰이 씹으며 정은은 후회만 했다.

아니다. 괜찮을 거다. 상대 앵커는 백전백승의 노장이지만 신현은 말수도 없는 편이고 그런 토론을 그다지 즐기지 않는다.

***

부사장 TV 출연 건은 사실 세희의 윗선인 홍 팀장이 담당이었다.

세희가 대신하겠다고 자원했다. 차신현 부사장을 직접 보게 되었다고 좋아했던 홍 팀장은 뷔페 티켓을 받더니 '뭘 이런 걸 다.'라며 흔쾌히 양보했다.

로또 1등에 당첨된 기분이었다. 이날을 고대하고 또 고대했다.

비서가 문을 두드렸다. 세희는 사진작가와 함께였다. 등 뒤로 여의도의 전경이 환하게 보이는 사무실이었다. 차 부사장은 그 창가 턱에 걸터앉은 채로 서류를 보고 있었다. 그렇게 옆모습만 보였다.

"부사장님, 홍보팀에서 왔습니다."

비서의 안내에 차 부사장이 그들을 돌아봤다. 딴생각에 빠진 듯 무성의한 시선이었다.

세희와 사진작가는 고개를 꾸벅이며 인사했다. 차 부사장이 몸을 일으키자 순간 커다란 집무실이 그의 존재감으로 꽉 차는 느낌이었다. 차갑고 냉랭한 얼굴, 슈트에 감싸인 탄탄한 몸, 우아하고 매혹적인 움직임.

"앉으세요."

서류에 눈길을 떼지 않은 채로 책상 앞으로 걸어오던 차 부사장이 무심한 손길로 의자를 가리켰다.

묘한 목소리였다. 순식간에 몸에 휘감기는 느낌.

"네. 감사합니다."

그렇게 답변하는 동안, 차 부사장이 서류를 내려 두고 자리에 앉아 마침내 그들에게 제대로 된 시선을 던졌다. 빠르고 짧게 훑던 눈길이 문득 세희에게서 멎었다. 머리, 얼굴, 액세서리, 입고 있는 옷까지. 그 시선이 움직이는 동안 세희의 심장이 쿵쿵 뛰었다.

차 부사장의 눈빛에서 감정이 사라지고 원래의 침착한 얼굴로 돌아왔다. 발개진 얼굴을 감추며 세희가 서류를 건넸다.

"방송국에서 보내온 질문지입니다."

차 부사장이 그 서류를 받아 한 번에 휙 훑고는 돌려주었다.

"경영기획 조재수 전무에게 전달해 주세요. 1차 답변을 그분이 작성하시도록."

"네. 그러겠습니다."

그렇게 대답한 세희는 잠시 숨을 골랐다. 그리고 이내 물었다.

"예고편에 들어갈 사진 촬영이 있어서요. 제가 간단한 메이크업 좀 해 드려도 되겠습니까?"

차 부사장에게 가까이 다가갈 수 있는 기회였다. 숨소리조차 들을 수 있게 된다. 세희는 가슴이 벅찼다.

그를 바라보며 세희는 미리 연습해 둔, 나른한 미소를 지었다. 차 부사장이 그런 세희를 바라보며 귀찮다는 표정으로 고개를 저었다.

"괜찮습니다. 그냥, 찍죠."

제약회사 오너들과의 비정기 만찬이었다.

[그쪽으로 이동 중.]

신현이 보낸 그 메시지를, 정은은 받은 지 30분이 지나서야 봤다.

'여기에 온다고?, 아니면 이 근처에 데리러 온다는 뜻인가?'

이해가 되지 않아 이맛살을 찌푸리는 동안 누군가가 어깨에 가볍게 손을 얹어 왔다. 오프숄더 옷 위로 드러난 맨 어깨에 손이 닿자 놀라서 뒤돌아봤다.

"합석해도 괜찮겠습니까?"

남편이었다.

"차 부사장. 오랜만입니다."

모두 놀라서 일어나며 반색했다. 가장 연장자인 은발의 송 대표가 악수를 권했다.

"아니, 몇 번을 초대했는데 이제야 얼굴을 보여 주시나."

신현이 정중한 웃음으로 답했다.

"약값 단합한다고 잡혀갈까 봐 조심스러웠습니다."

농담이긴 해도 세상 진지한 어조인데 사람들이 일제히 웃음을 터뜨렸다.

신현이 다른 사람들하고도 인사를 나누는 모습을 정은은 호기심 어린 눈빛으로 바라봤다. 새로운 관계를 만드는 자리는 오랜 시간 고민한 후에야 참석하는 사람이었다. 오늘 무슨 바람이 불어 여길 찾아왔을까 싶었다.

자리가 떠들썩했다.

정은의 잔에 와인이 새로 채워질 때마다 불안하게 쳐다보는 눈길이 느껴진다. 대신 마셔 줄까 봐 또 지레 겁이 나던 중이었다.

송 대표가 지나치는 어조로 말했다.

"아무튼 두 분 함께 계신 모습을 보니, 감회가 새롭습니다."

와인 잔을 들던 신현이 의문의 눈길로 송 대표를 돌아보았다. 송 대표가 인자한 웃음을 띠며 말했다.

"차 부사장 부친이, 가끔 박 여사와 함께 모임에 나오셨더랍니다. 부부 동반 모임도 즐겨 열곤 하셨고."

그 말에 신현은 그냥 멋쩍게 웃어만 보였다.

술을 마신 터라 기사가 운전했다. 앞 좌석엔 조 전무가 앉아 있었다. 둘은 기분 좋게 취해 나란히 앉은 상태에서 조 전무가 건넨 서류를 차례로 읽고 있었다.

"이게 방송국에서 보낸 예상 질문지인가 봐요?"

정은이 묻자 서류를 보던 신현이 아, 소리를 내고는 조수석을 향해 몸을 기울였다.

"조 전무님. 이 질문지, 답변 작성 좀 부탁드립니다."

"네."

"최종 검토는 신 상무가 하도록 해 주시고요."

왜 이걸 나한테 시키지? 이 남자가 또 옛날 옛적의 상하 관계를 잊지 못하고 있는 건가? 감정을 죽이며 정은은 조용히 반문했다.

"나 당신 부하 직원 아닌데?"

여전히 서류에 눈을 둔 채로 신현이 정은에게 손을 뻗어 왔다. 굳은 어깨를 마사지하듯 눌러 주며 부드럽게 대꾸한다.

"부사장이 지시하면 그냥 하시죠, 신 상무님."

정은이 하아, 입을 벌렸다. 이 사람이 진짜.

결혼 후 달라진 점이라면, 다른 사람들이 있는 자리에서 신현은 정은에게 반드시 존대했다. 그래서 어쩔 수 없이 정은도 존대를 했다.

"그 부사장, 제가 만들어 드렸는데."

이 부부 또 시작했구나 하는, 조 전무의 가벼운 한숨이 들렸지만 정은은 지지 않고 대응했다.

서류를 넘기며 신현은 매끄럽게 대답했다.

"착각은. 상무를 제가 달아 드렸죠."

어처구니가 없다. 사원부터 차곡차곡 실력으로 올라서 상무까지 닿았다. 본인은 임원으로 입사했으니 이런 마음 모르겠지만 말이다. 그런데 이 겁 없는 남자가 한술 더 떴다.

"자격은 좀 부족하지만 자리가 사람을 만든다고도 하니."

입이 벌어졌다. 정은이 발끈해서 물었다.

"회의 때마다 사사건건, 내 의견 묵살하는 건 그만할 수 없어요?"

신현의 입가에 침착한 미소가 어렸다.

"제대로 된 사업안을 내시죠. 채산성, 타당성 모두 충분히 계산한 사업안 말입니다."

"부사장 해임안을 그렇게 올려야겠네요."

"이젠 제 우호 지분이 더 많아서."

정은이 그를 쏘아보았다. 언젠가 저 여유 만만한 콧대를 꼭 눌러 줘야겠다고 조용히 결심하며.

판교, 그들의 집이 시야에 들어오자 조 전무가 리모컨을 들어 대문을 열었다.

신현이 문득 조 전무 쪽을 향했다.

"조 전무님, 질문지 말입니다."

"네. 부사장님."

"홍보팀 통해서 제 쪽에서도 추가할 내용 있다고 전달해 주세요."

"그러겠습니다."

역시 방송에 나가는 이유가 따로 있었던 거다.

"그 내용만 제가 시간 내서 따로 전달하겠습니다."

"네."

대화를 흘려들으며 정은은 자연스레 차창 밖을 응시했다. 차가 대문에 들어서는 동안 어두운 바깥, 그들의 집 앞을 서성거리는 여자의 실루엣이 눈에 들어왔다.

정은은 가늘게 뜬 눈으로 여자를 응시했다. 적당한 몸매에 멀리서 봐도 괜찮은 외모의 여자였다.

외진 곳이라 누가 지나갈 일은 없었다. 산책을 하는 건가. 기자가 저런 옷차림을 할 것 같지는 않았다.

"오늘 제윤이, 내가 목욕시키는 날인가?"

신현의 혼잣말 같은 질문에 정은의 정신이 돌아왔다.

"응."

사이드미러를 흘끔거리니 여자가 그들의 차에서 멀어지고 있었다. 그러고 보니 옷차림이 눈에 걸린다.

참으로 익숙해서.

아이를 씻긴 신현은 젖은 셔츠를 벗고 시계를 풀고 있었다. 정은도 옷을 갈아입기 위해 드레스 룸으로 들어섰다. 서로 등을 대고 서 있는 자세가 되었다.

"제윤이 말 배우는 게, 매우 느리대."

그 말에 신현은 얼마 전처럼 '아, 아.' 그러고 말았다.

제윤의 발육이 더딘 것은 사실이었다. 걷는 것도, 말하는 것도 전부 또래 애들보다 한참 늦었다. 소파에 올라가다가도 굴러떨어지기 일쑤였다. 시터도 한 걱정이었다. 큰 두려움이 없던 정은이지만 요즘의 제윤을 보면서는 종종 불안해졌다.

제윤이 태어나기 전까지 이 문제로 초조해했던 건 분명 신현이었다. 제윤이 태어나고 나서도 여러 번 관찰하는 시선을 보내기도 했고 실제 병원에도 데려갔다. 아들이 어디 아프거나 열만 나도 신현은 밤새 잠을 설쳤다. 그런데 요즘 신현의 얼굴에선 이런 문제들에 대한 불안한 기색이 거의 보이질 않는다.

언제부터 저렇게 여유로워졌더라…….

거울 너머로 정은은 그의 벗은 등을 응시했다. 신현이 움직일 때마다 잘 짜인 근육들이 물결처럼 요동쳤다. 아랫배가 가만히 떨려 왔지만, 정은은 내색하지 않았다. 오히려 귀걸이를 풀며 평이하게 물었다.

"오늘 홍보팀 일정은 잘 진행됐어?"

"응."

얼마 전 조 전무가 사진 두 장을 올렸다. 예전 사진과 요즘 사진이라며 올려 왔다. 의지가 있어 보이는 눈빛과 어디선가 본 듯한 머리칼이 정은의 머릿속에 남아 있다.

"담당이 누구였지?"

"김세희 과장. 임연석 사진기자."

원래도 저 밑 사원들의 이름까지 정확히 기억하는 사람이었다.

다른 쪽 귀걸이까지 푸는 동안 신현이 그쪽 거울 너머로 흘끗 정은을 바라봤다. 정은이 그와 눈을 마주친 채 이어서 말했다.

"방송 나갈 때까지 몇 번 보겠네."

말을 듣는 건지 아닌 건지, 그의 시선은 정은의 손 움직임에 닿아 있었다. 슬립만 입고 있는 정은의 몸에도 그 시선이 흘렀지만 언뜻 보기엔 무미건조하다.

신현이 문득 슬라이딩 서랍에 손을 뻗어 무언가를 꺼냈다. 옅은 황금빛의 정사각형 케이스였다. 정은의 심장이 즐겁게 뛰기 시작하고 눈가에 웃음이 어렸다.

그 케이스를 열어 내밀며 신현이 물었다.

"이거, 맞아?"

나뭇잎 모양을 한 색색의 보석들이 가는 줄에 규칙적으로 달린 목걸이였다.

"응."

배시시 나오려는 웃음을 감추며 정은은 고개를 끄덕였다.

"사이즈가 여러 개던데."

일부러 그런 걸 골랐다. 이 남자가 정은의 선물을 고르며 한참 고민하도록.

"이 사이즈, 맞아."

신현이 목걸이를 꺼내고 케이스를 내려 두었다. 이어 정은의 허리를 잡은 채로 몸을 반 바퀴 돌렸다. 연결 고리를 채워 주는 손길이 느껴진다. 소리와 촉감들. 그의 손끝이 목의 맨살을 스치고 정은의 등과 팔에 오스스 소름이 돋았다.

목걸이가 채워지자 정은이 다시 몸을 돌려 그와 시선을 맞췄다. 맨 어깨에 뻗어 오는 손을 잡아 부드럽게 떼며, 정은은 우선 기다리는 눈길로 그를 바라봤다. 곰곰이 생각에 잠겨 있던 신현은 저번에 배운 대로 말문을 뗐다.

"잘, 어울려."

정은이 다시 신현과 시선을 맞췄다.

"그리고?"

또 이 시간이구나, 하는 깨달음이 그의 눈빛에 어렸다. 그래도 대답을 열심히, 성의껏 고민하는 눈치였다. 정은이 그를 도왔다.

"왜 사 줬어?"

"사 주고 싶어서."

노력은 가상하지만 이 정도로는 부족했다. 정은이 고개를 저었다.

"좀 더 정확하게, 자세히."

회의 때 정은의 기획안을 보며 신현이 하는 말을 정은은 그대로 돌려주었다. 신현이 미간을 모은 채 정은을 들여다보듯 시선을 고정했다.

"네가…… 기뻐했으면 싶어서."

참 응용력도 없다. 저번이랑 비슷한 말이다.

오늘은 이 정도에 만족하겠다는 뜻으로 정은이 고개를 끄덕이자 신현의 눈가에 부드러운 웃음이 어렸다. 다시 정은의 맨 어깨를 안아 오며 입술을 부딪쳐 왔다. 혀가 섞이고 슬립을 들치는 급한 손길이 느껴졌다.

입술이 목의 선을 따라 흘러내리고 정은의 몸이 급작스레 뜨거워졌다. 정은아, 속삭이는 나른한 한숨이 귓속을 파고들었다.

실은, 사랑한다는 말을 듣고 싶었다. 워낙 쑥스러움을 잘 타는 남자여서인지 아직 그 말을 해 주지 않았다.

등 뒤로 전신 거울의 딱딱함이 닿았다. 허벅지가 들리고 한 덩어리가 되어 엉켜 뜨거운 숨을 내쉬면서도 정은은 사랑한다는 말을 들을 그 순간을 예상해 봤다.

어떤 여자가 어떤 유혹을 해도 흔들리지 않을 거라는 사실을 안다. 하지만 그 말은 꼭 듣고 싶었다. 그 말을 듣게 되는 날까지 이 조련의 끈을 계속 팽팽하게 당기고 있으리라.

마침내 그 말을 듣게 되면, 이 남자를 다 소유한 기분이 들 것 같았다.

온전히, 완벽하게.

외전3. 아우

2024년 10월, 현일 바이오 익명 게시판

제목 : 현바는 차 부사장 혼자 하드캐리하는 느낌이다_아이디 iiiiilli76

댓글 :

ㄴ 대주주여서 다행임. 어디 스카우트될까 걱정 안 해도 돼서. _아이디 iiiiilli81

ㄴ S바이오, 아직도 2인자 자리 비워 놨다는데. _아이디 lllilli56

ㄴ 말이 되냐. 경쟁사 최대 주주를. _아이디 lllilli34

ㄴ 곽 대표가 아직도 협상 중이라 말한다드라. 둘이 혈육이라나. _아이디 lllilli34

ㄴ 이 와중에 꼴통은 왜 그렇게 남편이랑 싸워 대? _아이디 illlli35

ㄴ 일방적으로 깨진다던데. _아이디 illlli232

┗ 차 부사장 직급이 위잖아. 업무 때문인 거지. _아이디 덤비

┗ 내 생각에는 곧 이혼할 것 같아. _아이디 곱슬머리

윤기는 신현과 해장국집에 있었다.

결혼 이후로, 신현의 외박은 아예 불가능해졌고 함께 해장국을 먹기조차 쉽지 않았다. 그나마 오늘은 밤새도록 같이 술을 마신 신 상무가 '두 분 해장국 먹으러 다녀오세요.'라고 봐주듯 허락해 준 덕택에 올 수 있었다.

"눈물 없인 먹을 수가 없네. 와 씨. 이게 대체 몇 달 만이냐."

해장국을 한술 뜨던 신현이 머쓱하게 웃었다. 그리고 적당히, 중간 즈음의 대답을 했다.

"애가 어린데 어떻게 새벽에 집을 비워요."

이런 말을 차신현에게 들을 날이 있을 줄은 예전엔 상상조차 못했다.

"걱정돼서 그런다. 혹시 찌질하게, 신 상무한테 밀리고 살까 봐."

신현이 대답 없이 윤기를 흘끔 보고는, 먹는 데 집중했다. 윤기가 떠보듯, 조심히 덧붙였다.

"시키는 대로 다 하고. 잘 보이려고 이것저것 사 주고. 막 다정하게 굴고. 설마 그렇게 사는 거 아니지?"

그 말에 신현은 그냥 피식 웃었다. 그때까지 살피듯 바라보던 윤기는 안도의 숨을 내리쉬었다.

"그렇지. 남자가 가오가 있지. 하긴 네가 그럴 리가 있냐? 나

한테도 이렇게나 뻣뻣한데.”

깍두기를 우걱우걱 씹으며 윤기는 바로 습관 같은 화제에 돌입했다.

“심심하니까, 조건이나 읊어 봐.”

신현도 습관처럼 대답했다.

“먼저 주식 비율을 더 올려 봐요.”

“새꺄. 올렸잖아. 파격적으로!”

윤기의 목소리가 바락 커졌다. 주변에서 밥 먹던 사람들이 쳐다봤지만 신현은 흔들림 없이, 부지런히 해장국만 떠먹었다.

“전 그 정도에 안 넘어갑니다.”

건조한 목소리에 윤기가 핏 웃음을 흘렸다.

“더 줘도 너 절대 안 올 거 알아. 내가 너한테 공들인 시간이 바야흐로 몇 년이냐.”

“저를 겨우 그 수준의 노력과 시간 갖고. 누가 절대 안 간다고 했어요?”

가슴이 살살 뛰기 시작했지만 윤기는 눈을 가느스름하게 떴다. 이 인간, 또 장난치네.

“야, 주식을 그 비율로 준다는데 거절하는 건, 새꺄. 왼쪽 엉덩이나 좌측 궁뎅이나. 결국 그 말이 그 말이지.”

“상대 몸값도 파악 못 하면서 무슨 협상을. 그러니 실적도 그 모양이죠.”

저렇게 싸늘한 말로 상대의 가슴에 확 불을 지르는 저 기술은 여전했다. 윤기는 가슴을 부여잡고 싶었다.

사실 S바이오가 실적이 별로인 건 아니다. 그동안 이 새끼 때문에 현일바이오가 미치게 성공해서, 두 회사 실적이 크게 벌어져서 그렇지.

"대체 왜 나를 그렇게 데려가려 해요?"

지겹다는 어조로 떠보는 듯 들리는 건 그의 착각일 테지. 윤기가 삐뚜름하게 답했다.

"아무려면 너 좋아서 그럴까 봐."

"말마따나 경쟁사 최대 주주를. 그 회사 가서 무슨 짓을 할 줄 알고."

바로 그 실적 때문이다. 현일바이오와의 격차를 줄이려고. 그리고 또……. 사실은……. 내 진심은.

"야! 경쟁사 최대 주주를 못 데려올 거라는 편견은 버려! 거 참. 너 은근 촌스럽다?"

신현은 잠시 고개를 갸웃한다. 나름 진지한 표정이긴 한데, 진짜로 듣는 건지. 이 자식은 늘 알 수가 없다. 그 모습을 훔쳐보며 윤기가 열변을 토했다.

"넌 좀 쿨하게, 세련되게 살 필요가 있어. 꼭 현일바이오에 충성할 필요 있어? 나중엔 결국 신 상무가 대표 해 먹겠다고 나설 건데. 물론 네가 당연히 이길 테지만. 그래도 난 그런 과정 없이, 네가 달라면 바로 대표 자리 넘길 거라니까?"

신현이 깍두기를 집으며 윤기와 시선을 맞췄다. 그리고 아무렇지 않게 질문했다.

"선배, 요즘 외로우세요?"

순식간에 윤기의 얼굴이 시뻘게졌다.

"야, 너 미쳤어?"

그렇게 붉으락푸르락 되묻고, 윤기는 젓가락을 들었다. 얼굴에 열이 오르고 머리가 띵해 왔다. '선배'라고 부르는 게 영 맘에 안 들어서다. 하염없이 깍두기를 헤집다가 하나 입에 넣고 또 우적우적 씹었다. 하. 얘가 지금 뭐라고 했지.

"네가 여자 때문에 나 버리고 갔다고, 내가, 뭐, 외롭고 그러면. 새꺄, 내가 사람이냐."

신현이 피식 웃으며 달래듯 구슬렸다.

"언젠가 내가, 꼭 돌아간다니까."

"척추에 디스크 순서대로 튀어나오는 소리 하고 자빠졌네. 결혼하고 넌, 구라만 늘었어."

그렇게 말하면서도 가슴은 또 두근거렸다. 순간 신현이 그의 회사에 다니는 상상이 다시 머릿속을 스쳤다. 출근하면 옆방에 이 자식이 있고. 막히는 거 털어놓으면 길을 내 주고. 회식 핑계로 가끔 이렇게 같이 해장국을 먹고.

"맞아요. 제가 거길 왜 가요. 그러니까 이제 식사나 하세요."

평소와 같은 말로 대화를 마무리하며 신현은 윤기의 해장국을 눈짓했다. 그러고 보니 한 숟갈도 안 떴다.

"그러치. 네가 우리 회사를 왜 와? 야, 나도 그렇게 생각해!"

그렇게 큰 소리를 치면서도 윤기는 숟가락 대신 젓가락을 들었다. 깍두기를 하나 더 집으려는데 없다. 저 생오이라도 먹어야 하나. 쩝쩝 입맛을 다시며 윤기는 생각에 집중했다.

아무리 되짚어도 저 말이 옳다. 사실 현일바이오 최대 주주가 왜 S바이오에 오냔 말이다. 그건 세련된 뉴욕, 월스트리트에서나 가능한 일이었다.

근데 왜 조건을 더 올려 보고 싶지? 사실 여기서 주식 비율을 더 올리면 다 퍼 주는 거다. 하지만 난 그러고 싶은데 어쩌란 말인가. 하여간 이 새끼는 상대가 바닥을 다 드러내며 모든 걸 던지게 만드는 재주가 있다.

이번엔 오이를 하나 들어 입에 넣고 윤기는 물끄러미 신현을 바라봤다.

아무래도 내가 또 차신현 손바닥 위에서 놀고 있지 싶다. 신 상무가 그랬다. 이 자식은 내숭 9단이라고.

반쯤 먹은 오이를 내려놓은 윤기가 카운터 쪽을 향해 진구를 불렀다.

"야! 강진구! 깍두기 좀 더 가져와라."

그 말에 진구가 딴청을 부리며 느릿느릿 몸을 움직였다.

"저 고삐리, 저거, 여기 매출 우리가 다 올려 주는데. 능글맞아져서는. 어엇, 가만. 저기 신……. 아, 아니네."

윤기가 알 수 없는 말을 중얼거리는 동안 진구가 깍두기를 가져왔다.

"너, 입시 준비 잘하고 있어?"

윤기가 다그치듯 질문할 때였다.

"안녕하세요, 부사장님."

반갑고도 또렷한 목소리였다. 이 가게 안에서 부사장은 다른 사람인데, 먼저 돌아본 건 윤기와 진구였다. '현일바이오 홍보팀, 김세희 과장입니다.'라는 인사에 윤기는 입을 딱 벌리고 여자를 쳐다봤다.

"아, 안녕하세요."

신현과 여자를 번갈아 보다가, 윤기가 어정쩡하게 인사했다. 세희가 부드럽게 웃으며 합석해도 되냐고 물었다. 윤기가 입을 벌렸다. 물론 학창 시절에는 이런 일이 종종 있었다. 하지만 지금의 그들에게 식사 자리에 합류해도 되냐고 쉽게 묻는 사람은 없다. 글쎄, 그들보다 더 큰 사업체를 운영하거나 유명 정치인 정도면 가능할까.

그런데 딱히 거절할 명분도 없었다.

"아, 네. 물론."

윤기가 의자의 위치를 옮겨 주려던 때였다. 고개도 들지 않고 신현이 대답했다.

"저희끼리 먹겠습니다. 이 과장."

쌀쌀맞은 건 결혼해서도 여전했다.

자리에 앉으려던 세희가 멈칫했다. 진구도 윤기도 어색하게 신현과 세희를 바라봤지만, 신현은 표정 없이 식사에 열중해 있을 뿐이었다.

어째 그 시절과 똑같은 표정과 말투로 거절을 하냐. 암튼 벽 치는 기술은 천부적이다.

김세희가 떠난 자리에서 윤기는 흘낏 신현을 훔쳐만 봤다.

"아니, 이 과장이 아니라, 김 과장이고……."

그렇게 말하다가 윤기는 입을 다물었다.

이 자식은 허투루 들을 인간이 아니다. 이런 걸 기억 못 할 인간도 아니다.

얼굴을 긁으며 신현을 곰곰이 응시하다가 윤기가 중얼거렸다.

"골 때리네."

주변을 둘러보니 김세희 과장은 조금 떨어진 곳에서 혼자 식사하고 있었다. 윤기는 참지 못하고 물었다.

"야, 근데 저 정도면 신 상무한테도 말해야 하는 거 아냐?"

$$***$$

비서실에서 상은은 조 전무를 훔쳐보고 있었다. 저쪽 구석에 선 채로 조 전무는 조용하고 엄격한 목소리로 통화하고 있었다.

"《눈높이》 두 장을 더 하는 건 네 미래를 위한 일이지, 아빠가 네게 용돈을 더 줄 이유는 되지 않는단다."

벌써 5분째 같은 언쟁 중이었다. 안 된다는 이유를, 교장 선생님이 훈화 말씀을 하는 것처럼 차분하고 지루하게 설명하면서도 조 전무는 사실 진땀을 빼고 있었다.

"현준아, 하루 2백 원이면 충분히 많은 돈이야."

조현준이라는 아이는, 초등 저학년이고 하루 용돈이 2백 원으로 추측된다. 2백 원이면 요즘 너무 적은 거 아닌가?

아이가 '아빠, 아빠.'를 반복해서 부르며 징징거리는 소리가 휴대폰 너머로도 들렸다. 조 전무가 손으로 이마를 문지르며,

'안 돼.'라는 말을 대여섯 번 반복했다. 아이가 훌쩍이기 시작했고 조 전무는 아이가 울음을 그칠 때까지 충분히 기다려 줬다.

"나갈 때 전깃불은 끄고. 그래. 콘센트도 다 잠그는 거다. 알았지?"

용돈은 적게 주고, 아들한테 저런 것까지 아끼라고 하고. 조 전무님 되게 짠돌이네. 우리 부사장님 일까지 같이 봐주며 연봉 두 배로 올렸다고 들었는데.

통화를 끝낸 조 전무가 상은에게 걸어왔다.

"부사장님, 아직 도착 안 하셨습니까?"

상은은 현일바이오 비서 포털에 접속해 CEO 회의실의 상황을 체크했다. '신 후보 물질 회의'라는 글자에 On이라는 빨간 불이 들어와 있다. 10분 전에 끝났어야 하는데 아직도 진행 중인가 보다.

"네. 아직요."

조 전무가 고개를 끄덕였고 상은은 탁상 위 시계를 확인했다. 조 전무와의 회의는 20분이 예정되어 있었다. 앞 회의가 이렇게 늦게 끝나게 되면 다음 일정도 줄줄이 미뤄지게 된다.

"부사장님 다음 일정은 뭐죠?"

역시 눈치로 먹고사는 사람답다. 그럼에도 일정표를 쳐다보던 상은은 잠시 대답을 망설였다.

"홍보팀에서 보고가 있어요."

그 말을 하며 딱딱한 미소를 짓는 상은을 조 전무가 유심히 쳐다봤다.

그때였다. 똑똑, 문 두드리는 소리가 들렸다. 김세희 과장이 입구에 서 있었다.

"안녕하세요."

원래도 저랬던가. 똑똑 떨어지는 느낌의 세련된 목소리였다. 상은은 인사하는 대신 어색하게 눈만 마주쳤다.

"부사장님 안에 계신가요?"

"아뇨. 기다리고 계시면 안내해 드리겠습니다."

의례적인 대꾸에 세희가 고개를 끄덕이고는 접견용 소파로 향했다. 다리를 꼬아 앉더니 옆에서 패션 잡지 하나를 꺼내 펴든다. 찌푸린 채 그 모습을 응시하다가 조 전무와 시선을 맞췄다. 심각한 얼굴로 바라보는데도 조 전무는 그저 빙긋 웃을 뿐이었다.

상은은 사실 김세희 과장을 예전에 본 적이 있었다. 그때는 분명 평범했었다. 요 1년 새에 천지가 개벽하듯 변했다고 하는 소문을 주변 직원들로에게 들었다.

마침 비서실 입구로 신현이 들어왔다. 시간이 늦어진 걸 아는지 다소 빠른 걸음이었다. 기다리고 있는 김세희 과장과 조 전무를 훑은 신현이 상은에게 시선을 던졌다.

"누가 먼저지? 일정."

"조 전무님께서 먼저 오셨습니다."

고개를 끄덕인 신현이 조 전무를 바라보고는 질문했다.

"죄송한데 조 전무님, 잠시 기다려 주시겠습니까? 여기 이 과장과의 일정을 빨리 끝낼 테니."

이 과장? 김세희 과장을 말하는 건가?

조 전무는 알아들은 듯 고개를 끄덕였지만 상은은 고개를 갸웃했다. 부사장이 이런 실수를 하는 적이 거의 없어서였다.

상은이 당황해서 머뭇거리는 동안, 김세희 과장이 자리에서 얼른 일어났다.

"괜찮습니다. 제가 기다릴게요."

신현이 고개를 젓고는 집무실로 들어서며 지시했다.

"그냥, 들어오시죠."

"아, 네."

김세희 과장이 어물쩍거리며 들어섰다. 콩콩 뛰는 심장이 여기서 느껴질 정도였다. 상은이 그런 김 과장의 뒷모습을 노려보다가 문이 닫히자마자 조 전무에게 따지듯 물었다.

"지금 저 여자, 아니. 음, 저 과장님이랑 먼저 회의하시겠다고 조 전무님 기다리라고 하신 거죠?"

"네, 뭐, 그렇죠."

하고 답변한 다음 조 전무가 이어 덧붙였다.

"저 일정을 빨리 해치우시고 저랑 길게, 편하게 회의하시고 싶으시다는 뜻으로 이해했는데."

그런 건가. 인상을 찌푸리면서도 상은이 소리를 죽여 물었다.

"요즘 사이 안 좋으신 것 아녀요? 얼마 전 회의 중에 또 크게 다투셨다면서요."

"뭐, 그거야 늘. 워낙 의견이 다르셔서."

"그렇게 다투시면 직원들이 불안해하죠."

"에, 정확히는 회사 문제 관련해서만 의견 조율이 안 되는 거니까 직원들이 불안해할 이유는 없죠."

싸우려면 댁에서 싸울 것이지. 답답하다. 이러니 이혼 소문까지 떠돌지.

"저 정도면 신 상무님께 보고하셔야 하는 사안, 아니에요?"

김 과장의 뒷모습에서 시선을 떼며 조 전무는 상은을 쳐다봤다.

"글쎄요. 제가 개입한다고 해결될 문제가 아니라서."

무슨 이야기인지 못 알아들은 상은이 고개를 갸웃했다. 분명 한국어이고 쉬운 문장인데 이 사람이 말하면 이해가 안 될 때가 많았다.

나만 그렇게 느끼나. 외모도 어째 양철 인간처럼 생겨서는 말투도 수수께끼 같고. 사실 이름도 좀 웃기고.

사람들과 똑같은 밥을 먹고 살까, 상은은 문득 궁금해졌다.

"근본적인 해결책을 찾아야 하는 건데……."

"근본적인 해결책이요?"

상은은 앵무새처럼 되물었다. 또 못 알아듣겠다. 혼자 골똘히 생각하던 조 전무는 무심한 표정으로 답했다.

"신 상무님이 알아서 하실 겁니다."

퇴근한 후 세희는 오늘 일을 떠올리며 혼자 식탁에 앉아 있었다.

요즘 세희는 차 부사장 부부가 종종 방문한다던 삼성동 딤섬집을 찾아가곤 했었다. 금요일 저녁이면 가끔 방문한다는 소식을 들어서였다.

여섯 번을 혼자 딤섬을 먹은 끝에, 오늘에서야 처음으로 차 부사장을 볼 수 있었다. 딤섬집 체인 사업 대표라는 홍콩 여자와 신정은 상무가 함께였다. 영어로 대화가 오가는 동안, 차 부사장이 통역하는 눈치였다.

사실 세희는 먼저 신 상무를 지켜보았다.

원래도 독보적인 여자였지만, 오늘은 그냥 예뻤다. 옷차림과 표정, 맥주 잔을 쓰다듬는 손길, 차 부사장을 바라보며 간간이 짓는 뿌듯한 웃음이 특히. 그렇게 힐끗힐끗 바라보는 동안 차 부사장과 눈길이 마주쳤다. 마치 아내에게 향하는 시선을 인식한 것처럼.

그 바람에 세희는 신정은 상무에게서 눈을 떼고 차 부사장을 응시했다.

차 부사장은 날카로운 눈길로 세희를 한 번 쳐다봤을 뿐이었다. 금테 안경 너머로 가늘어진 눈매가 오롯이 세희만을 향하자 몸이 가늘게 떨렸다.

그 떨림을 감추기 위해 다시 신 상무 쪽으로 고개를 돌리던 때였다. 차 부사장이 자세를 바꾸는 바람에 신 상무에게로 향하는 시선이 차단되었다.

이후 그가 세희를 다시 바라볼 일은 없었다. 신 상무도 보지 못했다. 신 상무의 의자에 편하게 팔을 올린 그의 뒷모습을 본 게 전부였다.

세희의 입술 사이로 엷은 한숨이 흘러나왔다. 그 세 사람 사이에서 부드럽게 흔들리던 촛불과 웃음소리가 떠올랐다.

그 완벽함이 몸서리날 만큼 부러웠다.

***

아침에 일어나니 날씨가 좋았다. 햇볕은 따뜻하고 단풍은 짙었다.

충동적으로 집을 나섰고 셋은 근처 공원으로 향했다. 오랜만에 나온 단란한 가족 산책이었다.

잔디가 넓게 펼쳐진 곳에 들어서자, 신현은 안고 있던 제윤을 바닥에 내려 주었다. 둘은 양쪽에서 제윤의 손을 하나씩 잡고 천천히 걸었다. 제윤의 몸이 번쩍 들리지 않게 하기 위해 신현이 한쪽으로 허리를 숙였다. 작은 손가락들이 정은의 손바닥 안에서 꼬물꼬물 움직였다.

그들이 지나가자 근처의 비둘기들이 한 번에 일제히 날아올랐다. 제윤이 손짓을 하며 '새.', '새.'라고 가리켰다. '새'라는 발음도 정확하지 않고 '셰'라고 발음한다. 정은의 가슴에 또 불안함이 찼다.

"비둘기."

정은이 정확히 가르쳐 주자 제윤은 말똥말똥한 눈동자로 쳐다만 봤다.

"비, 둘, 기."

정은이 제윤과 눈을 맞추고 입술을 움직여 정확히 발음했다.

말을 따라 하라고 할 때마다 늘 그랬던 것처럼 제윤은 심각하게 이마를 찌푸리더니 어느 순간 싹 무시하듯, 고개를 휙 돌려 버렸다.

제윤은 둘에게서 손을 빼고는 느닷없이 뛰기 시작했다. 이어 제윤이 향한 곳은 작은 놀이터였다. 엉거주춤 뛰다가 넘어졌지만 울지 않고 바로 일어나 또 뛴다.

둘은 천천히 그 뒤를 따라갔다. 제윤이 놀이터의 모래 바닥에 털썩 주저앉는 모습을 보며 신현은 손수건을 꺼내 벤치에 깔았다. 정은은 제윤에게 시선을 둔 채, 그 손수건 위에 앉았다.

"짧은 말도 아직 못 따라 하네."

정은의 말에 신현은 가볍게 답했다.

"그럴 수도 있지."

정은이 옆에 앉은 신현에게로 고개를 돌렸다. 예리한 눈길로 살폈지만 그의 표정에는 특별할 게 없었다.

"제윤이랑 같은 개월 수 아이들, 다 문장으로 말하거든."

조심스러운 지적에 신현은 원론적인 대답을 했다.

"애들마다 발달이 다 다르잖아."

물론 그렇게 생각할 수 있다. 의사들도 보통 그런 핑계를 댄다. 하지만 요즘 정은의 마음속 불안은 자꾸만 커져 갔다.

"혹시 영어는 알아듣나? 한번 영어로 말해 봐."

정은의 어처구니없는 말에 신현은 웃지도 않았다. 그저 제윤을 바라보는 데에만 집중해 있었다. 이상하게도 신현은 가끔 저렇게 아이를 뚫어질 정도로 쳐다볼 때가 있다.

모래를 만지고 던지기를 반복하다가 제윤은 혼자 웃었다. 뜻을 알 수 없는 음절 몇 개를 중얼거리기도 했다. 그 모습을 왜 저러지 하는 표정으로 관찰하면서도 신현은 아이를 따라 웃었다. 저 집중력과 관심이 가끔 이해가 가지 않았다. 물론 입을 오물거리며 잠드는 거나, 웃음을 터뜨릴 땐 정은도 아이가 귀엽긴 했다. 하지만 저렇게 정신을 다 뺏길 정도는 아니었다. 제윤도 놀다가 아빠가 어디 있나 습관처럼 찾곤 했다. 마치 온 세상에 둘뿐인 것처럼 각별하게 느껴졌다.

"너 닮아서 좋지?"

정은의 질문에 신현이 아, 소리를 내며 멋쩍은 표정만 지었다.

"손가락까지 널 닮았어."

어제도 제윤의 손을 잡고 잠들다가 깜짝 놀랐다. 그 모양이 어처구니없을 정도로 신현의 손가락과 똑같아서.

"그런가."

신현이 갸웃하며 대답하자 정은이 고개를 끄덕였다.

"눈 색깔도 똑같아, 너랑."

어수룩하게 웃으며 인정하면서도 신현은 변명처럼 덧붙였다.

"아이는 크면서 계속 변한대. 엄마 닮았다가, 아빠 닮았다가."

신현을 닮은 곳은 많은데 정은을 닮은 곳은 하나도 없다. 그 사실에 정은이 서운해할까 봐 한 말 같았다. 게다가 아빠만 좋아하고 '엄마' 하고 부르며 달려오는 일도 거의 없고.

글쎄, 내가 서운한가.

마음을 분석할 새도 없었다. 마침 제윤이 모래밭에서 유아용 미끄럼틀로 향하기에 둘의 시선이 자연스레 그쪽으로 이동했다. 미끄럼틀 앞에서 왔다 갔다 하더니 제윤은 계단 쪽을 향했다. 엉금엉금 기듯 올라가다가 갑자기 쭈우욱 미끄러졌다. 정은의 엉덩이가 반사적으로 들리자 신현이 놔두라는 듯, 팔을 잡았다.

제윤은 울지도 않았다. 그저 앙증맞은 주먹을 꽉 쥔 채로 미끄럼틀을 쏘아보더니 다시 올라갔다. 하지만 이번에도 마찬가지였다. 주르륵 미끄러지는 아들을 바라보는 동안 정은은 초조해졌다. 저 때의 아이들은 잘만 올라가는데 제윤은 역시 못하나 보다. 그래도 제윤은 그만두지 않았다. 꼭대기에 먹을 거라도 있는지 또 올라가려 했고 미끄러지기를 고집스럽게 반복했다.

정은의 얼굴에 걱정스러움이 스칠 무렵 신현이 벤치에서 일어났다. 청바지를 입은 긴 다리로 성큼성큼 아들에게 다가간다.

어떻게 오르는 건지 신현은 몸을 숙여 아이와 눈을 맞추고 차분히 설명해 줬다. 아이가 또랑또랑한 눈동자로 아빠와 눈을 마주했다.

얄밉다. 나한테는 새침하게 도망만 다니더니 아빠한테는 저렇게 고분고분, 말랑말랑하다. 남편의 관심을 빼앗아 간 것에도 질투가 났다.

어떻게 복수를 하지 다시 고민하면서도, 제윤이 아빠가 알려준 대로 열심히 몸을 움직이는 모습을 보니 어딘가 뭉클해졌다. 신현은 아이가 또 실패할까 봐 아이에게 온 신경을 집중했다. 모든 감정을 숨기고 얼굴엔 따뜻한 웃음을 더한 채였다.

"괜찮아, 제윤아. 다시 하면 되지."

정은은 그 목소리를 가만히, 귀 기울여 들었다.

'괜찮아……'

그 소리가 귓가를 울리고 정은의 가슴을 부드럽게 흔든다. 자신에게 한 소리도 아닌데 안도감에 입술 사이로 부드러운 한숨이 흘러나왔다. 제윤이 잘 해낼 때까지 계속 옆에서 지켜보고 가르쳐 줄 거라는 게 느껴졌다.

같이 살면서 깨달은 게 하나 있다. 저 남자는 냉정할 때보다 다정할 때 더 섹시하다.

저렇게 몸을 숙여 아이와 눈을 맞추고 자상하게 설명해 줄 때. 아이가 어떤 짜증과 억지를 부려도 사랑스럽게 쳐다보며 다 받아 줄 때.

***

정은은 영화관에서 신현을 기다리고 있었다.

현일엔터가 투자한 영화의 시사회 때문이었다. 홍보팀에서 모든 임원들에게 표를 제공했고 신현도 참석하기로 되어 있었다. 현일바이오 CEO와 함께 오느라 늦어지는 모양이었다.

상영관으로 향하던 중 짧은 은색 원피스를 입은 정은을 모두가 힐끔거렸다. 신경 써서 차려입고 온 게 다행이었다. 사람들의 시선에 익숙해졌다고 생각했는데 오랜만에 이런 자리에 나오니 뭔가 두근거리기도 했다.

신현에게 연락을 하기 위해 핸드백을 열어 휴대폰을 꺼내던 중 주위에서 수군거림이 들렸다. 단축 번호를 누르고 초조하게 근처를 살피다가 끌리듯 고개가 돌아갔다. 휴대폰을 귀에 댄 채 허공에서 시선이 부딪혔다.

한순간에 주변 모두를 압도하는 남자가, 먼 곳에서도 정은만을 똑바로 바라본다. 격식 있는 자리에 잘 어울릴 만한, 반듯하게 날이 선 고급 슈트와 흰 와이셔츠. 건조한 표정인데도 섹시하고 나른한 느낌이다. 심장이 두근거리며 뛰었고 휴대폰을 든 손이 툭 떨어졌다.

내 남자.

정은의 입가에 미미한 미소가 스쳤다. 신현이 옆에 선 CEO에게 양해의 말을 하고는 정은에게 걸어왔다. 정은에게 다가오는 내내 시선을 떼지 않은 채였다.

마침내 곁으로 다가온 신현이 정은의 옆에 서서 물었다.

"들어갈까?"

정은이 고개를 끄덕이고는 팔짱을 끼었다. 단단한 팔이 닿자 기분이 좋아졌다. 서너 걸음 움직였을 때였다. 누군가가 정은의 옆으로 다가왔다.

"좌석 안내해 드리겠습니다."

세련된 느낌의 고혹적인 목소리였다. 영화관 직원이거나 현일엔터 직원이겠거니 했다. 표를 건네면서도 정은은 그저 습관처럼 고개만 가볍게 숙여 보였다.

그러다가 무의식중에 눈에 들어온, 어떤 익숙함에 당황스러워 상대를 확인했다. 그 여자가 정은을 마주 보며 가볍게 눈인사를 했다. 조 전무가 올린 사진에서도 봤듯 제법 미인이었다. 하지만 놀라운 건 그게 아니었다.

자연스럽게 그 인사를 받으면서도 정은은 깨달았다.

똑같았다. 자신의 머리 스타일, 옷차림, 그리고 액세서리까지.

영화는 지루한 데다가 진입 장벽이 높았다. 팝콘을 못 사 먹어서 안 그래도 아쉬운데, 내용이 전공 서적보다 복잡하고 어려웠다. 그럼에도 정은은 한참 동안 집중해서 영화를 봤다.

남자 조연이 병원 침대에 누워 있는 여자 주인공에게 심각하게 제안했다.

— 그러니까 민혁이 재산은, 우리 그 비율 그대로 가릅시다. 7 대 3.

둘이 합심하여 남자 주인공의 돈을 빼돌리자는 소리 같았다. 하지만 중요한 건 그 역할을 하는 배우의 외모였다. 남자 주인공 역할의 배우도 인물이 예술이던데, 조연의 외모도 귀족적인 분위기를 풍겼다.

그 남자의 얼굴에 푹 빠져 있는데 문득 커다란 손이 정은의 손을 감싸 쥐었다. 이렇게 영화관 내에서 신현이 손을 잡아 온 기억이 까마득했다. 신현의 손이 느릿느릿, 정은의 손을 쓰다듣었다. 손톱부터 손가락의 등, 손바닥의 모든 부분이 샅샅이 훔쳐지는 느낌. 간질간질하고 아슬아슬하다.

신현의 얼굴을 흘낏하니, 혼자만 달아오른 것 같다. 붉어진 얼굴을 감추기 위해 정은이 화면을 응시한 채 속삭였다.

"귀엽네, 저 배우."

신현은 물끄러미 화면을 보다가 천천히 답변했다.

"글쎄."

나를 이렇게 설레게 해 놓고, 혼자만 차고 담담한 목소리라니 약이 오른다. 그러고 보니 근래 좀 느슨했다. 슬슬 팽팽하게 당길 때가 된 것 같다. 정은이 신현의 손아귀에서 뺀 손을 그의 다리 위에 가볍게, 장난처럼 얹었다.

처음엔 아무 반응이 없었다. 다소 딱딱해진 근육만 느껴졌을 뿐.

영화가 마무리될 즈음, 문득 길게 내쉬는 한숨 소리가 정은의 귓가에 들렸다.

회사 덕택에 오랜만에 데이트를 한 셈이다.

영화가 끝나고 상영관을 나가는 정은의 기분은 다소 들떠 있었다. 현일엔터 사장이 서둘러 걸어와 고개를 숙여 인사했다. 의례적인 대화를 나누다가 현일엔터 사장이 지나치는 어조로 물었다.

"영화 관계자들과 함께 가벼운 회식이 이어질 예정입니다. 감독과 연출, 주조연 배우들이 참석할 예정인데."

주조연. 그 단어에 정은은 솔깃해졌다. 그 남자들을 실제로, 가까이서 보고 싶긴 했다.

가만, 지금 몇 시지? 문득 이 순간 시터와 함께 있을 제윤이 떠올랐다. 오늘 여길 나올 때는 남편의 관심을 독차지했던 꼬맹이에게 복수를 하는 통쾌함을 느낄 거라 생각했다. 그런데 지금은 괜히 가슴 근처가 불편했다.

아빠를 기다리며 울고 있는 건 결코 아닐 것이다. 잘 놀다가 가끔 현관문을 바라보는 정도일 것이다. 먹는 걸 세상 누구보다 좋아하는 애니 그때마다 시터가 간식을 주며 달랬을 거고 제윤은 아주 행복하게 웃었을 거였다.

현일엔터 사장이 조심스럽게 제안했다.

"혹시라도 참석 가능하신지……."

당연히 참석 가능하다고 말할 참이었다. 신현이 손목시계로 시간을 확인했다. 이어 정중하게 웃으며 거절했다.

"죄송합니다만. 저희가 일찍 들어가 봐야 해서요."

역시 신현은 제윤이 보고 싶은 거다. 현일엔터 사장이 아쉬운 얼굴로 둘을 응시했다.

"아, 그럼 다음에 다시 한번 자리를 마련하겠습니다."

그렇게 서로 인사를 하고 돌아섰다. 기다리던 수행원이 따로 탈 수 있는 엘리베이터로 그들을 안내했다. 수행원이 지하 4층을 눌러 주었고 엘리베이터는 멈춤 없이 주차장에 도착했다.

기다리고 있던 차량의 뒷문을 신현이 열어 주었다. 차에 오르려던 정은이 멈칫하고는 물었다.

"회식 참석할 걸 그랬나?"

차 문을 잡은 채 신현이 정은과 시선을 맞췄다.

"난, 빨리 가고 싶은데."

시선이 좀 차갑게 느껴졌다.

"어차피 곧 제윤이 잘 시간이잖아."

정은이 가볍게 설득을 시도했다. 제윤이 잠들었을까 궁금하긴 했다. 순한 모습으로 잠드는 아이였다. 곤하고 평화롭게 고르릉거리는 모습을, 긴 속눈썹을 지금도 보고 싶기는 했다. 하지만 그 배우들을 실제로 만나 보고 싶은 것도 사실이었다. 신현이 그런 그녀를 물끄러미 내려다보다가 손가락으로 정은의 입술을 부드럽게 쓰다듬었다.

"나한텐, 더 중요한 일이 있어서."

경고처럼 느껴지는, 조용하고 낮은 목소리였다.

출근하자마자 정은은 자신의 집무실에서 국내외 뉴스 브리핑을 듣던 중이었다.

"몇 년 전부터 꾸준히 언급되셨던 건 사실이니까요. 이번엔 가장 유력하다고 합니다."

조 전무의 보고에 정은은 잠시 펜을 내려 두었다.

형욱이 세계적으로 가장 권위 있는 상의 화학 분야 후보로 선정될 거라는 소식이었다. 인터넷상에 가득한 관련 뉴스를 정은도 서너 번 클릭해서 보긴 했다.

전 세계 과학계가 또다시 논란에 돌입한 모양이었다. 유전자

가위를 개발하고 인간의 유전자 분석에도 결정적인 기여를 한 것은 맞지만, 실제로 인간 '교정' 시도를 했던 신형욱이다. 그런 그가 수상 대상이 된 건 명명백백히 윤리적인 문제가 있다는 주장이 대세였다.

사실 형욱이 상을 받든 못 받든, 정은에겐 그다지 중요한 문제가 아니었다.

"그래서 언제 귀국하신대요?"

찬사와 논란으로 시끄러운데도 정작 본인은 제3의 국가에서 은둔자처럼 연구만 하며 지내고 있었다. 한국 정부의 요청으로 중요한 프로젝트가 수원에서 반년간 진행될 예정이라 극비로 귀국할 수도 있다고만 들었다.

"왜요? 만나 보시게요?"

형욱이 저지른 짓 때문에 신현이 정은을 미워하진 않는다는 걸 이젠 확실히 알지만, 굳이 아버지를 만나고 싶지는 않았다.

"요즘 상태가 많이 안 좋아지셨다는 소문이 있습니다."

수많은 질병 치료법의 근간이 되는 연구를 해 온 형욱이었다. 그런 그가 모순적이게도 담도암을 앓고 있다는 소식을 들은 건 얼마 전이었다. 인류를 불사로 이끄는 기술을 개발하는 사람이 나타난다면 그게 아버지일 거라고 예상했는데, 본인에게 닥쳐온 운명은 뛰어넘지 못했나 보다.

"수상 대상이 되더라도, 그 전에 돌아가실 수 있겠습니다."

소위 핏줄의 힘인가. 이런 소식엔 가슴속 어딘가가 괜히 뜨끔해지는 기분이었다. 그래도 엄마가 알아서 극진하게 챙겨 주시겠지 싶었다. 그 상금과 상패를 혜조가 대신 받게 된다면 이 또한 얼마나 아이러니한가 싶기도 했다.

"글쎄요."

감정을 감추며 정은은 심드렁하게 답했다.

"괜찮으시겠죠."

조 전무가 올린 서류를 미뤄 두며 정은은 잠시 뒤척거렸다.

"진짜, 어디 편찮으십니까?"

골반과 허리 주변을 주무르는 정은을 보며 조 전무가 눈을 가늘게 떴다.

"아침에 약 드신 것도 그렇고."

출근하기 전에 온몸이 아파서 진통제를 먹고 나오긴 했다. 밤새도록 시달려서 그렇다. 맘먹고 덤비면 답이 없는 남자였다. 아무렇지 않게 샤워를 하고 출근하는 남편을 보며 정은 혼자 침대에 뻗어 있던 아침이 떠오른다.

잘못 건드려도 내가 한참 잘못 건드렸지.

함께 술을 마시고 일어난 날은 정반대인데 말이다. 혼이라도 난 것 같아 어딘가 분한 기분이다. 세상에, 내가 한눈을 판 것도 아닌데.

붉어지려는 얼굴을 감추며 정은은 일부러 다른 화제에 집중했다. 몇 개의 업무 이야기를 들으며 정은은 랩톱으로 회사 뉴스를 검색했다. 이어 익명 게시판을 보게 된 건 일종의 습관이었다.

오늘도 신현의 사진이 떠 있었다. 사진이 뜰 때마다 구경하는 재미가 있지만 그 아래 댓글들을 보는 재미도 쏠쏠했다. 그런데 요즘 마음에 걸리는 게 하나 있다.

정은이 곰곰이 생각하다가 입술을 떼었다.

"이 '덤비' 말이에요. 아이디."

은근히 신현이나 정은의 편을 들어 주던 아이디였다.

"네."

"누구죠?"

"홍보팀 홍수연 팀장입니다."

아, 그 마르고 키 큰 여자. 유명 디저트 카페에서 두 번이나 마주쳤었다. 정은이 고른 것보다 더 단 것을 선택한 여자여서 인상 깊었다. 감사팀에서 오래 있어서 깐깐하다고 들었는데, 아닌가.

"이, '곱슬머리'는요?"

"같은 팀 김세희 과장입니다."

예상했던 대답에 정은은 고개를 끄덕였다.

"제가 마주쳤던 것 같은데. '파편' 시사회에서."

"네, 맞습니다."

영화관에서도 그 여자는 신현을 여러 번 쳐다봤었다. 회사 부사장을 보는 눈빛과 어딘가 모르게 달라서 신경이 쓰이긴 했다. 정은과 눈이 마주치기 직전, 신현이 몸을 움직이는 바람에 서로 시선이 차단되었다.

"제가 해결할까요?"

펜을 든 채로 다른 생각에 집중해 있던 정은이 조 전무의 말에 정신을 차렸다. 정은이 갸웃하며 물었다.

"왜? 이번엔 좀 막아야겠어요?"

그 정도로 위협적인가 궁금한데 조 전무의 얼굴은 평소처럼 무덤덤했다. 사실 표정을 보고 조 전무의 감정을 예측하기는 불가능했다.

"이사님 스타일과 매우 비슷합니다. 옷도, 머리 스타일도."

조 전무가 보기에도 그런 모양이다. 정은은 현재 상황부터 파악하기로 했다.

"홍보팀과의 일정이 아직 많아요?"

"아무래도, 아직 방송 촬영이 남아 있으니까요. 당일 방송국에서도 홍보팀에서 수행할 거고요."

정은이 천천히 고개를 끄덕였다.

"출연 완료되면 사보에 그 내용을 실을 거니 그때도 차 부사장께 보고할 일이 남아 있습니다."

"네."

접촉할 일이 제법 많아진다는 뜻이다. 정은은 앞으로 일어날 일을 찬찬히 예상해 봤다. 이러다가 마음을 고백하고 육탄 공격을 하는 수순일 것이다. 하지만 지금 한 명을 신현의 눈앞에서 치운다고 해서 향후 이런 일이 또 일어나지 않을 거라는 보장은 없다.

"놔두세요."

뭐, 열심히 하라지. 가능하면 최선을 다해서.

정은이 가볍게 대답하자 조 전무가 차분히 되물었다.

"전배라도 해 둘까요?"

"괜찮아요. 그건 해결책이 되지 못해서요."

그렇게 대답한 정은은 다시 서류로 고개를 돌렸다. 그것보다 지금은 차신현에게 업무로 얻어터지지 않기 위해 일을 해야 했다. 조금 뒤 회의실에서 또 결전이 있었다. 이거 다 외우고 완벽한 논리까지 세워야 입이라도 한번 뻥긋할 수 있었다.

그런 정은을 지켜보던 조 전무의 입가에 빙긋 미소가 떠올랐지만 정은은 집중해 있느라 미처 깨닫지 못했다.

***

방송국에 나가기 이틀 전에야 최종 질문과 답변이 확정되었다. 세희는 그 질문지를 들고 홍보팀장과 함께 부사장실을 방문한 참이었다.

홍보팀장이 질문지를 앞에 두고 차근히 설명했다.

"전체 질문이 크게 세 파트라고 이해하시면 됩니다. 현일바이오에 대한 개략적인 질문, 신약에 대한 질문. 오너이자 부사장으로서 회사를 이끌 방향에 대해 차례로 질문할 겁니다."

그 페이퍼를 신현이 훑어 내리는 동안 홍보팀장이 이어 설명했다.

"다른 것들은 모두 개략적인 질문이니 조 전무가 작성한 그대로 답변하시면 됩니다. 문제는 신약 가격에 대한 설명인데요. 여기 적힌 것처럼 앵커는 다소 공격적으로 나올 겁니다."

"네."

단답형의 대답을 들으며 세희는 물끄러미 신현을 응시했다. 오늘은 왠지 더 가슴 떨리게 하는 얼굴이었다.

넥타이도 재킷도 없이, 빳빳한 흰 와이셔츠를 입은 신현은 밤새 기분 좋은 일이라도 있었는지 오늘따라 더 산뜻해 보였다. 펜을 끌어오기 위해 손을 뻗자, 근육 때문에 셔츠가 팽팽하게 당겨졌다.

"이 질문 역시, 조 전무님께서 최종 답변 하신 내용을 여기 적어 두었습니다."

옆에 얌전히 앉아 귀걸이를 만지작거리며 세희는 여전히, 몰래몰래 차 부사장만 흘끔거렸다. 아무리 봐도 질리지가 않는다.

"네."

여전히 짧은 대답에도 홍 팀장은 아무렇지 않게 세부적인 사항을 설명했다. 분장이나 마이크 착용 방법, 수행 등등.

방송국엔 경호원뿐만 아니라 홍 팀장과 세희가 같이 수행하기로 되어 있었다. 회사 VIP에 대한 예우 차원에서였다.

그나저나 이번 방송 출연이 끝나고 나면 세희가 차 부사장을 이렇게 직접 마주할 일은 많지 않을 거였다.

오늘따라 아무런 눈빛을 주지 않는 것이 유독 아쉬웠다. 만날 계기를 더 만들어야 했다. 여전히 귀걸이를 만지작거리며 세희는 곰곰이 고민했다.

상은이 정기 교육을 받으러 간 사이 신현의 행정 비서인 유라는 부사장실에서 소모품 정리를 하고 있었다. 곧 부사장이 점심 식사를 하고 돌아올 시간이라 서둘러야 했다.

먼저 새로 배포된 회사 사보를 책상 위에 두고, 커다랗고 둥근 컵에 사탕을 더 채웠다. 필기구 개수도 확인하고 길이가 짧아진 연필은 새걸로 교체했다. 그 귀걸이를 발견한 건 책상 밑으로 기어 들어가 프린터에 새 종이를 채우던 때였다.

고급스러운 느낌의 링 귀걸이였다. 링 끝에 달린 작은 남색의 보석은 사파이어일 것이다.

누구 거지?

그 귀걸이를 손가락 두 개로 들고 자세히 살폈다. 작게 새겨진 글씨를 가까이 살피니 하이엔드 주얼리 브랜드명이었다.

"아아."

유라는 혼자 고개를 끄덕였다.

얼마 전 상은이 이 브랜드의 매장 위치를 검색했었다. 그날 점심시간에 상은이 차 부사장의 운전사에게 이 매장 위치를 알려 주었다.

그런데 왜 한 짝이 여기에 떨어져 있는지 모르겠다.

유라는 우선 티슈 한 장을 뽑아 귀걸이를 모양 좋게 싸 두었다. 이걸 어떻게 전달할까 두리번거리던 중 옷걸이에 걸린 차 부사장의 재킷이 눈에 들어왔다. 주머니에 넣고 솔을 찾아 재킷을 털 때였다.

조 전무가 집무실 문을 열었고 차 부사장이 들어왔다. 유라가 가볍게 고개를 숙여 인사하는 동안 조 전무가 보고했다.

"수원 연구소에 계신다고 합니다. 윤 이사장님도 이미 다녀가셨고요."

자리에 앉으며 부사장은 서류를 받아 들고는 천천히 읽어 내렸다.

"상태는요?"

"항암 중이신데 그냥 퇴원하셨다고 들었습니다. 연구소에 거의 살다시피 하신다고."

이제 테이블 위의 다과를 정리할 차례였다. 유라는 캐비닛 서랍에서 쿠키를 골라 꺼내며 조용히 그 대화를 들었다. 신형욱 박사 이야기로구나, 그렇게 혼자 깨달았다. 항암이라니. 저런 기사는 보지 못했다.

"신 상무에게는 보고하셨나요?"

"네."

그리고 조 전무는 조심스럽게 덧붙였다.

"마음이 무거운 눈치였습니다."

등을 돌리고 다과를 정리하는 유라의 귀에 삐그덕 의자 소리가 규칙적으로 울렸다. 아마도 차 부사장이 생각에 잠긴 듯했다. 의자를 빙글빙글 돌리며 고민하는 건 차 부사장의 오랜 습관이었다.

"신 박사님과 미팅 약속 좀 잡아 주세요."

"네?"

유례없이 놀라는 조 전무의 목소리가 들렸다.

"아, 부사장님이 신 박사님을 만나신다고요?"

차 부사장이 장인을 만나는 게 왜 조 전무를 당황하게 할 일이지, 싶다가 유라의 머릿속으로 몇 년 전 세상을 떠들썩하게 했던 기사들이 떠올랐다. 선대 현일 회장과 신형욱 박사 사이의 그 거래. 실험 이야기.

부사장은 말을 고르듯 시간을 두다가 조 전무의 질문과는 다소 어긋난 답을 했다.

"신 박사님께 부탁드릴 일이 있습니다."

한참 당황스러운 침묵이 흘렀다. 조 전무가 천천히 답했다.

"네. 약속 잡아 보겠습니다."

"제가 아니라 신 상무와 약속을 잡으셔야 합니다."

이번에 조 전무는 아예 아무 말도 못 했다. 한참 뒤에야 '네.'라는 짧고 곤란한 답을 하고는 이어 물었다.

"그게…… 상무님께는 어떻게 설명할까요?"

"제가 설명할 겁니다. 조 전무님은 그쪽과 약속만 잡아 주시면 됩니다."

"네. 그러겠습니다."

그렇게 대화가 끝날 줄 알았는데 역시 조 전무는 이 부부에게 특별한 사람인지 부사장이 그 이유를 설명했다.

"제윤이 문제입니다. 신 상무가 많이 불안해하는 눈치여서요."

유라는 하던 일을 마무리했다. 귀걸이 이야기를 보고해야 한다는 걸 깜빡한 채였다. 집무실을 나오며 등 뒤로, 부사장이 한숨처럼 덧붙인 말을 들었다.

"한 번 만날 기회를 만들어 주고 싶기도 하고요."

잠에서 아직 깨지 않았는데 평소처럼 뺨에 닿는 따뜻한 입술이 느껴졌다.

"회사에서 봅시다, 신 상무."

차씨 남자들은 대부분 일찍 기상했고 아침마다 출근하기 직전 신현은 잠든 정은의 뺨에 이렇게 키스를 해 주곤 했다.

"네."

오늘 겹치는 회의 일정이 하나 있긴 했다. 거기서도 싸우지 않으면 다행이지만 말이다. 그 생각이 나자 비몽사몽 중에 회사인 줄 착각해서 존댓말로 대답한 게 갑자기 분해진다.

신현이 출근한 뒤에도 정은은 한 30여 분 더 자고 일어났다. 느긋하게 샤워를 하고 나서 시터와 함께 아침을 먹는 제윤의 옆에 앉았다.

제윤의 입에 딸기를 넣어 주고 정은은 태블릿을 켰다. 회사 포털을 여니 처음 보는 주소의 이메일이 도착해 있었다.

발송인란에 적힌 'Hyeongwook. SHIN' 글자를 정은은 굳은 채로 응시했다. 흔한 이름일 수도 있지만 그 뒤에 붙은 도메인은 분명 베이징 연구소였다. 신현에게 이미 설명을 들었음에도 정은은 내키지 않는 기분으로 이메일을 클릭했다.

"아무아, 맘마. 따방."

제윤이 식탁을 탁탁 치며 한 소리였다. 무슨 소린지 아무리 노력해도 모르겠다. 먹는 걸 좋아하는 애니 아마 딸기를 더 주면 되지 싶다.

화면에서 시선을 떼고 정은은 반사적으로 딸기를 들었다. 제윤이 입을 크게 벌리고 정은을 향해 있다. 입에 넣어 주니 냉큼 받아먹는다. 그 모습을 자신도 모르게 넋 놓고 쳐다보다가, 다시 태블릿으로 시선을 돌렸다.

메일은 짧았다. 딸이 영어라면 질색하는 걸 모르는지 형욱은 영어로 메일을 보내왔다. 조 전무에게 해석을 부탁할까 하다가 정은은 신현이 중학교 때 쓰던 낡은 영어 사전을 찾아 들고는 더듬더듬, 읽어 내려갔다.

수원 연구소에서 지내고 있다는 간단한 안부와 함께 유전자 분석을 위해 아이의 타액을 송부하라는 내용이었다. 그리고 이후, 만날 날짜와 시간이 적혀 있었다. 공교롭게도 신현이 방송 출연을 하는 날이라, 아무래도 둘 중 하나를 선택해야 할 듯했다.

"상무님?"

자신을 부르는 소리에 정은은 고개를 돌렸다. 집안일을 해 주는 헤드 비서였다.

비서가 내민 손바닥 위의 귀걸이 한 짝을 정은은 의문의 눈동자로 응시했다.

"부사장님 재킷을 세탁하다가 발견했어요. 상무님 물건 같아서요."

정은의 귀걸이였다. 아침에 떨어뜨렸나 보다. 그런데 이상했다. 신현이 출근하고 나서야 귀걸이를 찾았는데 저게 어떻게 그의 재킷에서 나온단 말인가.

정은은 무심결에 손을 뻗어 귓불을 확인했다.

"아."

비서가 당황스러운 소리를 냈다. 그렇게 깨달았다. 정은의
귓불 양쪽에 이미 귀걸이가 있다는 것을.

한 달 내내, 온 힘을 다하여 운동을 했다.

마침내 다가온 치팅데이. 정은은 시내 유명 베이커리에 모자
를 쓰고 선글라스를 낀 채 방문했다. 눈으로 모든 디저트를 살
피고, 먹고 싶은 걸 자신이 직접 주문하는 기쁨을 누리고 싶어
서 매장 영업시간이 끝난 후 전체를 예약해 둔 터였다.

10여 분을 고민한 끝에 고른 건 아무리 먹어도 질리지 않는
딸기 생크림 케이크였다. 그걸 고이고이 모셔 들고 집으로 향
했다.

샤워를 하고 예쁜 나이트가운을 차려입은 뒤 정은은 의식을
치르는 사람처럼 테이블에 앉았다. 아주 천천히 기도하는 마음
으로 포장을 풀었다. 수십 가지를 사 둔 케이크 포크 중 정은은
가장 마음에 드는 걸 골랐다. 케이크를 먹기 좋은 크기로 잘라
접시에 담는 동안, 가슴이 두근거렸다. 마침내 케이크를 한 입
넣으려던 때였다.

시선이 마주쳤다.

저 멀리서 장난감 휴대폰을 갖고 놀다가 정은을 바라보는 그
녀의 아들과.

왜 저렇게 쳐다보지?

아빠가 퇴근하면 온갖 애교를 떨며 알은척을 하곤 했지만 정

은은 늘 뒷전이었다. 말을 걸어도 시큰둥한 눈길만 던져 주고
는 늘 장난감에 집중해 있곤 했다. 모유 수유를 해 준 것을 제
외하곤 특별한 희생을 한 것이 없어서 딱히 서운하지는 않았
다. 아기들도 참 정확하게 인간관계를 하는구나, 하는 생각은
들었다.

진짜 내 아들이 맞나, 가끔 궁금하긴 했다. 나한테 아들이 있
긴 한 건가. 오히려 '엄마'라고 부르면 닭살 돋을 것 같긴 하고.

아무 의심 없이 아들을 받아들이고 사랑하는 신현에 비해,
정은은 아이와 눈이 마주칠 때마다 어색해지고, 새삼스레 궁금
해지곤 했다. 쟤는 대체 누구이고 우리 부부랑 언제부터 알아
왔다고 옆에 딱 붙어서 같이 먹고 같이 살까.

왜 나는 가끔 네 미래에 대해 걱정하게 되는 걸까.

왜 나는 자꾸만 너를 쳐다보게 되는 거지?

그리고 그 아들이 지금 느닷없이, 이쪽으로 동동동 뛰어왔
다. 가깝지도 멀지도 않은 어정쩡한 위치에 선 채로 정은과 케
이크를 번갈아 바라봤다.

왜 쳐다봐? 정은이 문득 바라봤다. 너, 나랑 친해?

설마 이게 먹고 싶은 거야?

먹는 걸 유독, 심하게 좋아하는 아이이긴 했다. 하지만 이게
뭔지 알고?

"이건 안 돼."

속으론 좀 통쾌한 기분이었지만 정은은 다정하게 답하려고
노력했다.

"너무 달아. 너 같은 유아들은 먹는 거 아니야."

아무리 해도 이 말투는 적응이 되지 않는다. 친절한 엄마의 말투.

그리고 무슨 말인지 알아들은 것도 아닐 텐데 제윤은 심각하게 정은을 바라봤다. 뭔가 곰곰이 생각하는 표정이어서 정은이 그 뜻을 가늠해 볼 때였다.

"아우!"

허공에 입술을 내밀고 제윤은 또 알 수 없는 말을 뱉었다. 비어져 나오려는 웃음을 감추며 정은은 솔직히 말하기로 했다.

"혹시라도 먹고 싶다고 해도, 이건 절대, 죽어도 양보 못 해. 너라면 깜빡 죽는 네 아빠한테나 부탁해 보렴."

정은이 포크를 들어 마침내 한 입 넣었다. 아, 맛있어.

제윤이 뛰듯 두 발을 콩콩, 굴렀다.

"아우!"

제윤이 또 소리쳤지만 정은은 우물거리며 한마디 더 했다.

"아니면 정확히 말해 봐. 엄마, 케이크 주세요라고."

"아우우!"

제윤이 또 소리쳤다. 툭 튀어나온 입에 심각한 눈동자를 보다가 저도 모르게 픽, 웃음을 터뜨렸다.

그때였다. 도어 로크를 누르는 전자음이 들렸다. 늦게 퇴근할 때면 직접 문을 열고 들어오는 신현이었다.

"퇴근했습니다."

의례적인 인사를 한 신현이 슬리퍼를 신었다.

슬쩍 보니 제윤은 정은의 발 근처에서 혼자 휴대폰 장난감을 꾹꾹 누르고 있었다. 순간 정은의 명치 주변이 이상한 충동으로 뜨끈해졌다. 왠지 저 아이에게 다가가 안아 주며 달래 주고 싶은 기분.

갸웃하면서도 정은은 신현이 '오늘 내 아들 괴롭힌 것 아니지?' 하고 물어 올까 봐 찔리는 거라고 치부했다. 정은은 다시 케이크에 집중한 척했다.

정은의 뺨에 퇴근 키스를 하기 전, 신현이 테이블 위를 살폈다.

"또 이 케이크네? 저번 달에도 먹던 그거."

목소리엔 큰 변화가 없다. 정은은 고개를 저었다.

"아냐. 이건 여기 딸기 위에 슈거 파우더가 뿌려져 있어. 분홍색."

신현이 성의 있게 살피다가 음 소리를 냈다.

"자세히 봐 봐. 휘핑크림 모양도 좀 다르잖아."

고개를 갸웃하는 모양새가 아무리 봐도 차이를 모르겠다는 표정이었다.

"아, 좀 더 예술적이긴 하네."

가벼운 웃음에 정은이 살짝 그를 흘겨보며 다시 포크를 들었다. 한 입 또 삼키는데 머릿속을 복잡하게 하는 모든 것들이 다 사라지는 기분이다. 행복한 웃음이라도 지었는지 정은을 바라보며 신현이 엷은 미소를 지었다.

신현이 몸을 숙이고 빵빵하게 부푼 정은의 뺨에 키스를 할 때였다. 정은이 오물오물 케이크를 먹으며 아무렇지 않게 말을 꺼냈다.

"나 귀 하나 더 뚫으려고."

뺨에 닿던 입술이 잠시 멈췄다. 눈을 맞추고 부드럽게 묻는다.

"그래? 왜?"

이번엔 정은이 혼낼 차례였다. 물론 이 남자가 한눈을 판 건 아니지만 그래도 더 조심했으면 싶었다.

정은도 부드럽게 대답했다.

"좋아하는 귀걸이가 있는데……."

숨이 닿을 만큼 가까운 거리였다. 정은이 그와 시선을 맞추고 이어 말했다.

"같은 게 한 짝이 더 생겨서."

신현이 주의 깊은 표정으로 정은을 바라봤다. 정은은 그저 눈웃음만 지었다.

외전 4. 케이크

세희는 홍 팀장과 함께 방송국 정문 앞에서 차 부사장을 기다리고 있었다.

방송국은 번잡했다. 유명 연예인들이 차에서 내려 건물로 들어가는 모습도 볼 수 있었다. 하지만 차 부사장이 차에서 내리자, 눈에 띄기 위해 화려하게 차려입고 분장한 연예인들조차 세희에게는 빛을 잃은 느낌이었다. 차 부사장은 그들에게는 없는, 당당하고 지적인 매력을 갖고 있었다.

그런 그를 홍 팀장이 뉴스 룸 옆 분장실 쪽으로 안내했다. 보도국장이 그 방에서 기다리고 있었다. 환대하며 인사를 하고는, 직원 대신 방송 일정과 앵커의 성향에 대해 설명했다. 방송 출연에 대해 차 부사장은 아무런 긴장도 없는지 편안하게 보도국장의 말을 들었다.

방송국 직원이 핀 마이크를 착용해 주기 위해 차 부사장에게 다가설 때, 세희가 말했다.

"제가 할게요."

직원이 멈칫하며 세희를 돌아봤다. 홍 팀장도, 보도국장도 세희를 쳐다봤다. 차 본부장은 잠시 휴대폰으로 메시지를 보내는 중이었다. 메시지가 세희의 눈에 들어왔다.

[방송국 도착.]

짧게 행선지만 알려 주는 메시지였다. 그리고 휴대폰 종료 버튼을 꾸욱 누른다. 마치 상대편의 연락을 차단하는 것 같아서 세희의 기분이 좋아졌다.

차 부사장이 마이크를 흘낏하고는, 이어 홍보팀 팀장에게 시선을 던졌다.

"제가 하죠. 그리고 홍 팀장."

마이크를 들고 가까이 가려던 세희가 멈칫했다.

"네, 부사장님."

홍 팀장이 답했다. 신현이 핀 마이크를 받아 방송국 직원이 알려 준 대로 몸에 부착하며 지시했다.

"방송 끝나고 나, 잠깐 봅시다."

형욱을 만나기 위해 수원 연구소로 향하는 날은 조 전무가 정은을 수행했다.

주중이었고 늦은 저녁 시간이었다. 사람들의 시선을 피하기 위해서 그렇게 잡았을 것이다.

신현의 방송국을 따라가는 대신, 정은은 수원 연구소를 찾아왔다. 딱히 아버지를 만나려는 건 아니었다. 다만 제윤의 유전자에 대해 가장 정확하게 해석해 주고, 문제가 있을 때 해결책을 제시해 줄 사람이 모순적이게도 아버지였다. 명실공히 이분야 최고 권위자이자 이 모든 상황을 만들어 낸 장본인.

수원 연구소는 업무차 몇 번 온 적 있는 곳인데도 오늘은 괜히 길이 울퉁불퉁, 멀게 느껴졌다. 가는 도중, 신현이 방송국에 도착했다는 메시지를 보내왔다. 통화도 잘 하지 않는 남자가 어딜 가든 여전히 행선지를 꼬박꼬박 알려 온다. 이게 굉장히 중요한 일인 것처럼.

차가 연구소에 도착했고 정은은 건물로 들어섰다.

아버지의 실험실은 꼭대기인 5층에 있었다. 나라에서 내준 초호화 호텔 방을 비워 두고 형욱은 실험실 옆 작은 숙직실을 숙소로 사용하고 있다고 들었다. 좁고 딱딱한 침대에서 쪽잠을 자며, 종일 현미경과 배양 접시 등을 체크하다가 틈틈이 책과 논문을 검토한다고 했다.

끼이익, 조 전무가 문을 열어 주고 물러섰다. 실험실 안은 서늘했다.

형욱은 정은이 기억하고 있던 어린 시절 모습 그대로, 실험용 흰 가운을 입고 있었다. 언론에조차 얼굴을 드러내지 않는 사람이라 매우 낯설었다. 정은이 마지막으로 마주한 모습보다 한참 늙었고 항암 치료 때문인지 많이 여위어 있었다. 면도도 하지 않았으며 쓰고 있는 안경은 백 년은 되었을까 싶을 정도로 낡고 볼품없었다.

형욱이 들고 있던 두꺼운 서류를 내려 두고 정은을 돌아봤다. 형욱의 얼굴에 옅은 미소가 서렸다.

"오랜만이구나."

언제 마지막으로 뵀더라. 아버지의 목소리가 저랬는지조차 가물가물했다.

"네. 안녕하세요."

두꺼운 안경을 벗으며 형욱은 자국이 난 콧대를 주물렀다.

"앉으렴."

정은의 시선이 연구실을 훑었다. 명성이나 업적에 비하면 많이 협소했으나 형욱에겐 상관없을 거라는 생각이 들었다. 그냥 실험 도구가 들어갈 공간에 책과 공책, 침대까지 갖춰져 있으면 그곳이 어디든 만족할 것이다.

작은 체구에 다소 촌스럽게 예쁜 직원이 차와 다과를 가져왔다. 형욱은 초콜릿 한 개를 집어 껍질을 뜯었다.

안부를 건네기도 어색한 사이였고, 어떤 사람인지 알지 못했다. 정은은 다소 지난 일이지만, 공적인 소식부터 전달했다.

"장민희 책임은 오리건으로 트랜스퍼 시켜 줬어요. 부탁하신 대로 임원급이에요."

형욱이 직접 그 일을 처리하기 애매한 상황이라 조 전무가 진행했다. 자신이 폭로한 일에 대해, 형욱 대신 많은 것들을 뒤집어쓰기로 하고 민희는 대가로 그 자리를 요구했다.

오물오물 초콜릿을 씹으면서도 형욱은 곰곰이 생각에 잠긴 모양새였다.

"종우는 복지원에 적응을 잘 못 해서, 입양 가정을 알아볼 예정이고요."

장 책임은 아이를 키우는 대신 커리어를 택했다. 별로 놀랍지 않은 결정이었다. 그 나이에 오리건 연구소 임원이면 사실 학계에서는 어마어마한 성공이긴 했다.

그 소식에도 형욱은 깊은 생각에 잠긴 채 대충 고개만 끄덕였다. 그러다가 아까 보던 서류를 흘끗했다. 그제야 정은은 상황을 눈치채고 다소 경악한 기분이 되었다. 형욱은 여전히 저 논문에서 못 빠져나온 거라고. 몇 년 만에 딸을 만나는 데도 말이다.

정은은 입을 다물고 그를 기다렸다. 형욱은 정은이 앞에 있다는 것도 잊은 모양이었다. 결국 손을 뻗어 그 논문을 들고 머리를 긁적이며 한참을 읽어 내렸다. 게임기에라도 빠져 있는 어린애처럼 몰입해서 쳐다보다가 영어로 무언가 중얼거리기도 했다. 그 종이 뭉치를 내려놓기까지 십수 분이 걸렸다.

초콜릿에 다시 손을 뻗던 형욱이 깜짝 놀란 얼굴로 정은을 쳐다봤다. 딸이 여기 왜 있을까, 어리둥절한 표정이었다가, 어느 순간 머쓱하고도 씁쓸하게 웃었다. 뭘 잘못했는지 깨달은 모양이고 그래도 어쩔 수 없었던 듯했다. 일종의 중독 같다고 정은은 생각했다.

"하, 저게 오늘 구한 논문 초록인데, 음, 말이 안 되는 부분이 있어서."

형욱이 양손을 살짝 들어 보이며 가볍게 변명했다.

"내 연구 특허하고도 관련이 있고."

정은은 그냥 고개만 끄덕였다. 별로 개의치 않았다. 아까 전달한 이야기도 형욱에겐 그다지 중요하지 않을 테니까. 못 들었대도 형욱의 일이었지 정은의 일은 아니었다. 오늘 정은은 자신의 용건만 해결하고 가면 된다.

마침 형욱도 그 용건을 떠올린 듯했다.

"유전자 검사 결과를 보면……."

그렇게 정은은 아버지와 시선을 마주했다. 긴장으로 정은의 심장박동이 빨라졌다.

"……동류의 질환 발생 확률이 거의 제로로 나왔으니 걱정하지 않아도 될 것 같다."

모계 질환이므로 사실상 남아는 상대적으로 안전했다. 설마 신현이 그 질환 유전자를 진짜로 갖고 있고 물려받았다고 해도, 수정란에는 부계의 미토콘드리아가 거의 존재하지 않는다는 게 정설이므로 극히 희박한 확률이다. 이론적으론 분명 그랬다.

하지만 형욱의 입으로 나온 그 말을 들자 숨이 탁 놓이던 그 순간, 정은은 깨달았다. 여기까지 오면서 나름 많이 긴장했었다는 걸. 자신을 1도 닮지 않고 새침만 떠는 그 아이의 건강이 자신의 건강보다 더 중요한 문제라는 걸.

판사로부터 무죄 선고를 받은 사람의 기분이 이럴까. 부모가 된다는 게 어떤 건지, 아주 조금 알게 되는 느낌이랄까. 눈가가 뜨거워져서 정은은 한동안 아무 말도 하지 못했다. 정신을 차렸을 때는 다른 질문을 하고 있었다.

"제 남편, 신현. 그 사람은요? 자세히 알고 싶어요."

그런 것들과 상관없이, 신현과 평생을 같이하기로 결정했다. 내일 죽을 남자여도 괜찮았다. 그런데 정작 말을 뱉고 나니 두려움이 몰려왔다.

정은도 이 실험이 가질 수 있는 오류에 대해 모르는 것이 아니었다. 박서린의 난자에서 세포질을 교체하면 미토콘드리아 질환이 예방될 수 있다고 생각되지만, 실제 이식하는 과정에서 문제의 미토콘드리아가 완벽하게 분리되었을 거라고 누구도 확신할 수 없기 때문이다.

정은이 조심스러운 어조로 덧붙였다.

"예전에 정 회장의 아이도 검사상으론 그 질환 유전자가 없던 것 아니에요? 그런데 급작스럽게 사망했고……."

실은 매일매일 꿈같아서 불안했다. 저렇게 커다란 세상처럼 날 따뜻하게 안아 주다가 느닷없이 떠나면 어쩌지. 나만 남겨 두고 제윤이와 떠나 버리면 난 어떡하지. 정 회장 부부는 그 끝간 데 없는 슬픔을 대체 어떻게 감당했을까.

형욱이 곰곰이 생각에 잠긴 눈으로 정은을 응시했다. 기억을 더듬는 눈치였다. 이제까지 딴 세상 사람처럼 앉아 있던 형욱의 집중력이 한껏 올라갔다.

"돌아보면 그때 이상한 게 있었는데."

'그때'라는 단어에 긴장이 정은의 몸을 내달렸다. '세 부모 아이 프로젝트'일 것이다.

형욱이 자리에서 일어나 책상 위에 쌓인 책 중에서 낡은 노트 한 권을 찾아냈다. 'HW-001', 'HW-002' 그렇게 중얼거렸다.

형욱이 기억하지 못할 리는 없었다. 정 회장 사건은 형욱의 유전자 조작 커리어의 시작이었으며, 두 아이는 각각 성공과 실패의 한 축이었으니까.

늙고 주름진 손이 오래된 공책의 첫 장 첫 줄부터 짚기 시작했다. 실험 노트 한 권을 전부 다시 읽으려는 듯 형욱은 골몰해 있었다. 아마도 다 복기한 후에 말해 주려는가 보다.

정은은 기다리기로 했다.

방송이 끝나자마자, 차 부사장은 국장의 회식 제안도 거절하고 바로 복도로 나왔다.

홍 팀장은 빠른 걸음으로 엘리베이터로 향하는 차 부사장 뒤를 따랐다. 층별 버튼을 누르고 엘리베이터에 오르고 나서야, 차 부사장은 홍 팀장을 기다리게 한 안건에 대해 입을 열었다.

"법적인 이슈가 발생하면 조재수 전무가 대응할 겁니다. 이미 말해 두었으니."

홍 팀장도 예상했던 내용이었다. 여긴 회사였고 차 부사장은 결혼한 남자였다. 선을 넘어도 한참 넘었다.

"네."

"지금 이후로, 내 눈에 띄지 않도록."

넥타이를 풀어내는 손길에는 짜증이 잔뜩 묻었는데, 말투는

지극히 건조하고도 정중했다. 무슨 말인지 홍 팀장은 정확하게 알아들었다.

"네, 그러겠습니다."

엘리베이터가 멈췄다. 1층이었다. 차 부사장이 내리며 인사했다.

"고생 많으셨습니다. 내일, 회사에서 봅시다."

홍 팀장이 고개를 숙여 인사했다. 차 부사장은 아까처럼 빠른 걸음으로 로비를 가로질러 갔다. 그가 차에 오르는 뒷모습을 홍 팀장은 끝까지 응시했다.

이 늦은 저녁에 무슨 급한 일이 있기에 저렇게 서두르나 조금은 의아해하면서.

형욱이 입을 연 것은 1시간 정도가 지나서였다.

"HW-001은 젊은 대학생 난자를 이용했음에도 수정이 쉽지 않았거든. 계속 실패했어. 그런데 HW-002는 차 교수의 난자를 이용했고 한 번에 성공했지. 그 이유가 무얼까…… 몇 년을 고민했는데."

형욱의 손가락이 톡톡 관자놀이를 두드렸다. HW-001이 정 회장의 첫 아이일 거고, HW-002가 신현을 말하는 것일 테다.

"대학생 난자는 돌연변이 미토콘드리아의 증식 속도가 건강한 미토콘드리아의 증식보다 빨랐지. 한데 차 교수의 난자는……. 흠, 이걸 어떻게 설명해야 하나."

턱을 손으로 문지르며 형욱은 말을 골랐다. 눈빛이 형형하게 빛났고 광대뼈 주변은 불그스름했다. 자랑스러운 자신의 작품에 대해 설명하는 예술가의 눈빛과 비슷했다.

"……그 반대였어. 쉽게 설명하자면 건강한 미토콘드리아의 증식 속도가 돌연변이 미토콘드리아의 증식을 억누른 느낌이랄까."

잘 알아들은 건지 형욱이 정은과 눈을 마주했다. 반 이상은 알아들었다. 엉망으로 다녔지만 그래도 약대를 졸업했다. 아마도 나이 든 차 교수의 난자가 더 건강해서 질환 유전자의 돌연변이를 압도했고 수정에도 문제가 없었다는 뜻일 것이다.

"발달도 늦고 해서 네 어머니는 걱정했지만 사실 난 성공했던 순간, 완벽하게 확신했었지. 이 애는 문제없다고."

아버지가 '이 애'라고 말하는 동안 어조에 열기가 서렸다.

이름이 왜 신현인지, 수십 년 동안의 궁금증이 이제야 풀렸다. 어머니의 자궁이 아니라, 실험실에서 인위적으로 만들어졌으니 엄밀히 말한다면 신현은 '유전자 교정 아이'였다.

"그 이름을, 직접 지어 주신 건가요?"

형욱은 건조하게 답변했다.

"응. ……그랬지."

형욱이 고개를 끄덕하며 인정하는 순간, 많은 의문이 해결되었다.

신현新現. 새롭게 나타나다.

아버지가 만들어 낼 완벽한 인류의 첫 시작. 그의 유전자 교정 커리어의 첫 성공작. 그래서 빼돌렸던 거다. 도저히 놔줄 수

316

없었을 것이다.

수많은 감정이 소리가 되어 넘쳐흘러 나올까 봐 정은은 아예 입을 닫아 버렸다.

아무 말도 하지 않는 딸을 형욱은 어느 순간 물끄러미 응시했다.

"날 원망하니?"

아버지라서, 가면을 뚫고도 정은의 표정을 읽어 내는 능력이 있나 보다.

하지만 원망이라는 한 단어로 이 감정을 표현하기는 역부족이었다. 너무나 원망스러운데 한편으론 이해가 되어서였다. 아버지가 어떤 사람인지 이제야 깨달아서인지도 모르겠다. 그냥 자신의 일에 미친 거고, 인간적인 감정은 그에 비해 상대적으로 적게 갖고 태어난 것이다.

그래서 딸을 안 보고도 살 수 있었던 거고, 그래서 저 위치에 있는 거고, 그래서 위험한 실험까지 손을 뻗었다가 범죄 경력까지 덧붙여져 망명까지 가야 했고, 결국 최고 과학상 후보로도 거론되는 거였다.

"후회하진 않는단다. 내가 그때, 차시영 박사의 난자까지 이용해 이런저런 도전을 하지 않았다면……."

형욱은 거기까지만 말하고 멈췄다. 정은은 그가 하지 않은 말을 짐작해 봤다.

형욱의 호기심과 도전 정신이 아니었다면 물론 신현은 이 세상에 없었을 거였다. 형욱의 연구 덕분에 김천댁 아들 경호의 눈도 더 나은 기술로 수술할 수 있었다. 앞으로도 수많은 질환이 형욱의 연구로 인해 해결될 것이 분명했다.

그럼에도 정은은 미미한 미소만 지어 보였다. 자신은 그저 결과가 궁금해서 연구만 할 뿐이라고, 그게 자신의 소명이라고 답할 사람이라는 예측이 들었다.

형욱은 마치 날씨라도 이야기하듯 평이하게 말했다.

"그냥 걱정하지 말고 살거라."

무책임한 발언처럼 들리기도 했고 당부처럼 들리기도 했다. 둘 다일 수도 있다. 자신이 저지른 짓이 불행이 되지 않기를 바라는 이유도 있을 것이다. 형욱이 다시 손을 뻗어 초콜릿을 한 개 들었다.

"네 아이, 이름이 뭐라고 했더라. 아무튼."

오물오물 그 초콜릿을 씹으며 형욱은 이어 말했다. 하나뿐인 손자의 유전자 배열은 다 알고 있을 테지만 이름은 잊은 사람이 정은에게 의외의 말을 했다.

"설마 그 아이의 발육이 늦는다 하더라도 초조해하지 말고."

그 말에 정은의 손이 가볍게 떨렸다. 아마 제윤의 발육이 늦다는 걸 누가 전달하지는 않았을 텐데.

"네."

마르고 여윈 형욱의 볼이 초콜릿으로 볼록해졌다.

"실험과 관련되지 않은, 가벼운 문제일 수도 있는 거니까."

"예를, 들면요?"

단 음식을 먹는 중이어서 그런지 형욱의 표정이 느슨해졌다.

"정 회장의 선친께서 발육이 많이 늦었지. 수재들 보면 종종 늦된 사람이 꽤 있어. 나도 그랬고."

조금 멍청한 기분으로, 어쩌면 한 대 후려 맞은 기분으로 그 이야기를 들었다. 한글을 열한 살에 깨쳤을 정도로 형욱의 머리가 늦게 트인 건 요즘 아동 서적의 《신형욱 위인전》에도 나오는 사실이었다. 그런데 정 회장 선친도 그러셨구나.

"네."

"끝까지 살아 보기 전까지는 아무도 모른다는 거지. 그러니 네 엄마 입장도 그랬던 거고."

"……네."

침묵이 흘렀다. 가족들이 정은을 기다리고 있을 거라는 생각이 퍼뜩 들어서 마음이 급해졌다. 어차피 더 이상 할 대화도 없으니 자리를 마무리하는 게 나을 것 같았다.

"가 볼게요."

형욱이 아무런 아쉬움 없이, 지인에게 인사하듯 고개를 까닥였다.

"그러렴."

또 보자는 말도 없었다. 어차피 다시 만날 일이 없다는 걸 둘 다 알고 있었다.

정은이 자리에서 일어났다. 문가로 걸어가는데, 문득 형욱이 '아 맞다.' 하면서 입을 열었다. 정은이 돌아보며 눈빛으로 묻자 형욱은 소식 하나를 전했다.

"네게 동생이 생길 거다."

형욱이 문가를 손짓하며 다소 쑥스러운 표정으로 설명했다.

"아까 차랑 초콜릿 가져다준 우리 연구원, 매향이. 걔가 아이를 가졌어."

그럼 제윤이와 다섯 살 정도 차이가 나려나. 기가 막힌다는 표정을 감추며 쳐다보는데 형욱이 의외의 말을 했다.

"네 엄마와는 이혼을 하게 될 것 같다. 너한테는 그 뭐냐, 피해를 주지 않는 방법이라고 하더구나. 내가 죽기 전에, 이혼하고 싶다고. 그래도 내 연구는 도와줄 테지만."

보통 사람들은 이런 상황에서 '피해'가 아니라 '상처'라고 표현을 한다. 뭐가 됐든, 혜조의 판단은 옳았다. 또 하나의 불륜보다는 재혼이 덜 부끄러웠다.

정은은 그저 예의 있게 인사했다.

"잘됐네요. 축하드려요."

형욱이 고개를 끄덕였다. 희미하게 웃은 것도 같다.

문득 죽음을 코앞에 둔 아버지가 유전자 교정을 하지 않은 아이를 가진 게 실수였을까, 아니면 자연스러운 일이었을까 궁금해졌다. 문을 열고 나가는데 아버지를 기다리다 소파에서 쭈그려 잠든 그 연구원이 보였다.

후자일 수도 있겠다는 생각을 하며 정은은 연구소를 나섰다. 신현에게 메시지 하나를 보내고 1층으로 향했다. 밤바람이 선선했다.

신현은 거실 소파에서 앉아 서류를 읽던 중이었다. 정확히는 정은이 기획한 사업들과 결재한 서류들을 검토하고 있었다. 요즘 수시로 챌린지를 하게 해 줬더니 실력이 몰라보게 올라왔다. 조 전무도 요즘 그런 평가를 종종 하곤 했다. 최고 경영자에게 필요한 조건들이 착착, 순조롭게 채워지고 있는 셈이다. 이제 발끈하는 그 성격을 고치고 영어 실력만 키우면 될 것 같긴 한데.

자신이 장기간에 걸쳐, 두 남자에 의해 얼마나 치밀하게 조련되고 있는지 정은은 모를 것이다.

서류를 내려놓고 신현은 제윤을 살폈다. 일하는 도중에도 틈틈이 보긴 했었다. 제윤은 거실에서 이쪽저쪽 서랍을 열어 보며 평소처럼 탐구 생활 중이었다.

정은이 늦어지고 있었다. 출출해서 그 생각이 들었을 것이다. 그때 즈음 휴대폰으로 문자 메시지가 도착했다.

[제윤이 간식 먹일 시간이야. 체리 준비해 놓으라 했어.]

아, 일에 정신이 팔려 깜빡 잊고 있었다. 오늘 간식은 그가 챙기기로 했었다.

주방 아일랜드 테이블 위에 체리가 한 접시 준비되어 있다.

신현이 체리 그릇의 덮개를 열기도 전에, 소리를 들은 제윤이 호다닥 튀어 왔다. 제윤을 먼저 식탁에 앉힌 뒤 신현은 손을 씻었다. '아부아, 아부와.' 입술을 내밀고 소리치며 제윤이 탁자를 툭툭 때렸다. 체리를 하나 꺼내 아들에게 건네는 동안 신현은 정은을 떠올렸다. 간식을 줄 때마다 꼭 이름을 또박또박 말해 주는 정은을.

"이건 체리야."

열심히 따라 해 봤지만 제윤은 듣지도 않고 손을 뻗어 체리를 움켜 채 간다. 그리고 바로 입 안에 넣었다.

"씨는 뱉어야 해."

아들이 오물오물 씹을 때마다 복숭앗빛 볼이 움직였다. 신현은 아이에게 눈을 맞추고 한 자 한 자 또렷하게 발음하며 가르쳐 줬다.

"체, 리."

또랑또랑한 눈동자로 바라보면서도 그 말을 절대 따라 하지는 않는다.

제윤이 먹던 체리를 입에서 빼더니 그에게 건넸다. 체리가 씨를 드러낸 채 반쯤 남았고 입 주위는 과즙 때문에 지저분했다. 남은 걸 먹으라는 건지 이걸 버리라는 건지, 도대체 저의를 알 수가 없다. 그를 빤히 쳐다보더니 씨익 웃기만 했다.

아, 치우고 다른 거 달라는 뜻이구나.

신현은 군말 없이 시킨 대로 그걸 받아서 버리고, 꼭지를 딴 다른 체리를 아들에게 건넸다. 입에 물고도 제윤은 한 손을 또 내밀었다. 하나 더 주었더니 다른 손을 또 내밀었다.

신현은 또 고분고분 꼭지를 따서 건넸다.

그새 제법 생각하는 방법을 배운 셈이다. 많이 먹으려면 양손으로 미리 받아 두면 된다는 것을. 그리고 자신 앞에 선 이 남자가 누구인지 정확히는 모르지만, 계속 달라고 해도 하염없이 줄 사람이라는 것을.

그런데 적당한 힘을 주는 방법을 아직 몰라 손안에 있는 체리가 짜부라졌다. 그걸 보던 제윤이 느닷없이 아아앙, 화난 울음을 터뜨렸다. 다른 체리로 얼른 교체해 주면서 문득 손가락이 닮았다는 정은의 말을 떠올렸다.

제윤이 체리를 먹는 데 열중한 동안, 그 손가락을 자세히 살폈다.

우선 작은 손가락들이 어떻게 그렇게 완벽한지 기특한 마음부터 들었다. 손가락 열 개, 손톱도 열 개. 손톱은 부지런히 자라서 때가 되면 잘라 줘야 하는데 성인의 손톱과는 다르게 투명하고 종이처럼 얇았다.

"주름도 있네. 마디도 있고."

신현은 혼자 감탄하며 작게 중얼거렸다. 그의 손에 비해 3분의 1도 되지 않지만 성인의 것처럼 모든 곳이 완벽했다.

자신과 어떻게 닮았는지 비교해 보려 했지만 제윤이 짜증을 내며 손을 뺐냈다. 그릇 안의 체리가 다 사라졌으니 볼일 없다는 뜻일 것이다. 제윤이 바닥으로 내려 달라고 낑낑댔다. 그 아이를 안아 다시 바닥에 내려 주니 쌩 하고는 아까 열고 놀던 서랍으로 향했다.

그때 휴대폰이 울렸다.

— 어디냐?

윤기는 거나하게 취한 목소리였다.

"집이죠."

— 나와. 마시자. 쉬팔.

얼마나 마셨는지, '시팔'이 '쉬팔'이 되었다. 혀는 잔뜩 꼬여 있었다.

"지금 어떻게 나가요?"

— 왜 못 나와? 나와. 문 열고! 사내답게!

신현이 정색했다.

"안 돼요. 이혼당해요."

— 뭐? 넌 자존심도 없냐. 야! 너 지고 사는 거 맞지?

"와이프 이기면 뭐 합니까? 상금 받습니까?"

— 와, 내가 믿었던 너에게마저 배신당하고. 쉬베리아 조카 크레파스 같은 내 인생!

윤기가 퍽퍽, 하고 가슴을 두드리는 소리가 들렸다. 많이도 마셨나 보다.

— 너 때문에 내가, 그 오랜 시간을 얼마나, 배신감에 치를 떠는지. 너는 모른다.

어느새 또 이 주제로 돌아왔다. 죄책감을 느껴야 할 이유가 없는데도 윤기를 떠올리면 마음이 늘 무거웠다. 신현은 잠시 뒷머리를 긁었다.

"언젠가 돌아갈지도 모르잖아요?"

— 뭘 와? 지금 온다고? 진짜?

윤기가 반가움을 감추며 되물었다. 신현은 머뭇머뭇, 거짓말을 반복했다.

"내 회사로요. 내 돈으로 세운."

— 그럼 거기는?

"여긴 내 와이프 회사고."

현일바이오가 정은의 회사라는 말은 진심이었다. 그 생각은 한 번도 바뀐 적이 없었다.

그래서 그는 정은이 팔아 치운 주식을 되찾아 왔고, 지금은 그 회사의 최고 경영자가 될 정은을 잘 키워 내는 것이 자신의 역할이라 믿었다. 그리고 먼 훗날, 윤 사장의 손녀는 조부의 회사 설립 이념을 받들어 인류를 질병에서 구해 내는 데 큰 기여를 할 것이다.

— 와. 씨. 일단 넌 맞고 대화하자. 나와.

"S바이오는 제 돈 없었으면 시작 못 했어요."

— 네! 좋겠어요! 넌 지랄도 신박해요!

윤기가 얼이 빠졌다는 것처럼 소리치다가 기억을 뒤져 냈다.

— 저번에, 그 뭐냐. 그 빚 털어 준다며. 암튼 지금 다 돌려줄 테니까, 우선 나와!

"조건이 신박해야 간다지 않습니까?"

또 '차구라' 어쩌고저쩌고하는 투덜거림이 들렸다.

물론 현일바이오를 떠난다고 해도, 윤기의 회사로 갈 계획은 아직 없다. 실은 자신이 원하는 일을 찾고 싶었다. 공부를 더 하거나. 아니면 회사를 하나 더 세워도 좋고.

뭘 해도 잘할 자신이 있었다. 뭐가 됐든 지금보다는 다소 여유 있는 생활을 하고 싶었다. 정은이 일로 바쁜 동안, 제윤이 소외감을 느끼지 않게 아빠로서 시간을 더 낼 수 있는.

근데 '회사 다니기 재미없다.', '살맛 더럽게 안 나네.'라는 윤기의 말이 자꾸만 명치에 걸렸다.

낮에는 윤기와 일하고 저녁엔 가족과 함께하는 삶. 어차피 회사 키우는 건 그가 가장 잘하는 일이고……. 나쁘지 않다.

곰곰이 따져 보던 신현은 손을 들어 입가를 쓰다듬었다. 내가 S바이오로 들어가면, 아무래도 그 회사가 현일바이오를 앞서게 될 거 같은데. 그럼 정은이가 화낼 거고.

"대표 자리 준다니까, 새꺄. 어차피 난 이 회사, 어디 물려줄 데도 없고."

윤기가 구질구질 또 질척거렸다. 웃음을 참으며 신현은 우선 달래듯 그를 불렀다.

"선배."

— 왜 또 '선배'냐. 언제는 '형'이라며.

서로에게 어려운 일이 있으면 발 벗고 나섰다. 기쁜 일이 있으면 밤새워 술을 마시며 함께 자축했다. 피붙이 하나 없었던 그 둘은, 그렇게 스무 살의 힘든 시절을 견뎌 냈다. 서로 뭘 줘도, 빼앗겨도 그다지 아깝지 않았다. 그게 형제가 아니면 뭐란 말인가.

마음으로는 그렇게 생각하지만 그래도 그 호칭이 아무 때나 쉽게 나오는 것은 아니었다.

"외로운 거, 맞죠?"

휴대폰 너머로 듣도 보도 못한 욕설이 들렸다. 피식 웃고는 신현이 충고했다.

"먼저, 개를 키워요."

— 그러니까 나와, 차신현. 이 씹새야. 너부터 키워 보자, 이 개…….

귀가 멍멍했다.

"끊습니다. 와이프 올 시간이에요."

그렇게 휴대폰을 내려놓았다.

가만 생각해 보니 그도 배가 고팠다. 냉장고를 열고 신현은 그 안을 살폈다. 그가 잘 후숙시킨 아보카도가 사라졌다. 정은은 아닐 것이다. 출산을 하고 나서 정은의 입맛은 원래대로 돌아왔고, 갑각류 알레르기도 완벽하게 사라졌다. 아보카도처럼 밍밍한 맛의 과일은 이제 쳐다보지도 않았다. 이번 범인도 아마 차제윤일 것이다.

몸을 숙여 더 자세히 살피니 저쪽 구석에 케이크 박스가 보였다. 그 딸기 생크림 케이크인 듯하다. 혼자 먹으려고 몰래 숨겨 둔 게 뻔했다. 먹을 것에 관련해서는 인정머리가 하나도 없었다.

"신 상무님, 당신 너무 냉정한 것 아니십니까?"

신현이 한숨 속에서 투덜거렸다.

"부사장 드실 건 챙기지도 않고 늘 본인 것만."

그래도 사소한 복수의 대상을 발견한 셈이다. 정은이 분노할 게 머릿속에 환하게 그려졌다.

그걸 꺼내 아일랜드 테이블 위에 올릴 때였다. 열심히 거실을 어지르던 제윤이 휙 돌아봤다. 테이블 위의 분홍색 케이크와 신현을 번갈아 보는 제윤의 눈동자가 똥그랬다. 왜 저러지,

생각할 시간도 없이 제윤은 순간, 바람처럼 뛰어왔다.

설마 이걸 먹고 싶어서 그런 건 아닐 테고.

먹음직스럽게 생긴 그 케이크는 진짜 딱 한 쪽이 남아 있었다. 제윤이 의자 위로 올려 달라고 또 만세 자세를 취했다. 신현은 나름 친절하게 사정을 설명했다.

"이건 아빠 거야. 저녁을 못 먹었어."

그 말을 알아들은 것도 아닐 텐데 제윤이 양 주먹을 꼭 틀어쥐었다.

"아우!"

화가 날 때 제윤이 하는 소리였다.

"이건 아빠 먹고 넌 다른 걸 줄게."

"아우!"

제윤이 반쯤 몸을 접힌 채 쿵쿵 뛰었고 신현은 진지하게 변명했다.

"이건 아기들 먹는 것 아니야."

이제 제윤은 '아우우!'를 말할 차례였다. 그 전에 이 케이크를 해치워야 했다.

"케이크!"

포크를 들던 움직임이 우뚝 멈췄다. 신현은 놀라서 아들을 내려다보았다.

정은이 밖으로 나가자 조 전무가 차 앞에 서 있었다. '안 돼. 안 돼.'를 반복하며 통화 중이었다.

"2천 원 내에서 맞춰야지."

조 전무의 목소리는 단호했다.

"그렇게 비싼 젤리를 왜 사야 하는 건데? 아니, 아빠는 절대 그 이상은 줄 수가 없다."

아이의 찡얼거림이 휴대폰 너머로 들렸다. 무언가를 말하려 던 조 전무가 정은과 눈이 마주치자 얼른 차 뒷문을 열었다.

"끊자. 아빠 이제 일해야 해."

떼를 쓰다가 '아빠, 아빠.'라고 다급하게 부르는 아이의 목소 리가 휴대폰 너머로 들린다. 조 전무 인생에서 가장 어려운 협 상 상대는 그의 막내아들 현준이었다. '그 아줌마 벌써 왔어?'라 고 묻는 목소리가 귀에 또 들리자 정은은 눈을 질끈 감으며 차 에 올랐다.

"아줌마 소리 안 하면, 그 젤리 제가 사 준다고 전해 주세요."

통화를 끝내고 조수석에 오르는 조 전무에게 정은이 딜을 제 시했다.

"안 됩니다."

조 전무가 딱 잘라 대답했다.

"아이 버릇 나빠집니다."

하아, 정은이 한숨을 내쉬었다. 이 답답한 아저씨야. 핵심은 돈이 아니라 나를 아줌마라고 부르지 말았으면 하는 거였다.

"그럼 조 전무님 소아 병원 설립 프로젝트, 제가 좀 보탤게요."

2백억이 모이면 어려운 환경의 아이들을 위해 소아 병원을 만들겠다는 일념으로, 평생을 왕소금으로 살아가는 남자였다.

어차피 그 사업하게 되면 관련 허가받고 하는 일들, 다 정은이 힘을 써야 할 테니 돈 보태는 건 문제도 아니었다. 아줌마 소리 듣는 것보단 몇십억 더 쓰는 게 훨씬 낫게 느껴졌다.

"안 됩니다."

유혹을 떨쳐 내듯, 조용하지만 단호한 목소리였다. 조 전무는 오히려 정색하며 덧붙였다.

"제 혼자 힘으로 해낼 거라고, 윤 사장님께 약속했습니다."

말문이 막혔다. 뭘 또 저렇게 진지하게 거절하나 싶다. 그러면서도 천 원을 꺼내 재킷 주머니에 따로 빼어 두는 조 전무를 보고 정은은 어처구니가 없었다. 하여간 나한테만 야박한 건 한결같다.

"신 박사님과는 말씀 잘 나누셨습니까?"

정은은 대답하지 않았다. 뭐라 답변해야 할지 애매했다. 그런 정은을 조 전무는 백미러로 흘끗 살폈다. 그 짧은 눈짓만으로도 어떤 대화가 오갔는지 다 알아냈을 것이다.

차가 출발했다.

"방송, 무사히 끝났어요?"

"네."

조 전무는 리모컨을 들어 차 내 모니터의 On 버튼을 눌렀다. 녹화된 화면을 준비해 뒀을 것이다.

뭐, 잘하셨겠지. 화면이 켜지는 동안 정은은 시큰둥하게 예상해 봤다.

넓은, 푸른빛의 뉴스 데스크에 눈에 익은 남자 두 명이 들어

왔다. 한 명은 유명한 앵커, 한 명은 정은과 같이 사는 남자다. 앵커가 오늘의 초대 손님을 소개하자 화면 전체에 신현이 잡혔다. 깎아 자른 듯한 얼굴이나 깔끔한 피부, 짙은 갈색의 눈동자, 빛이 반사될 정도로 흰 셔츠. 연예인들 다 기죽을 정도로 카메라가 잘 받는다.

'안녕하세요, 현일바이오 전략 기획 최고 담당자cso 차신현 부사장입니다.'라는 인사말을 듣자 정은의 입술 사이로 옅은 웃음이 터졌다. 남들은 모를 테지만, 저 자리에 앉기 전 저 말을 수천 번 연습했다는 것을 정은은 알고 있었다. '안녕하십니까.'가 맞을지 '안녕하세요.'가 맞을지 다른 방송들을 한 백여 개 틀어 보며 비교해 봤을 테고.

인터뷰는 신현의 업무에 대한 질문으로부터 시작했다. 출연자가 미리 답변을 준비해 와도 후속으로 던지는 질문들이 심도 깊고 날카롭다고 명성이 자자한 인기 앵커였다.

글로벌 제약업계의 변화와 이에 대응한 부사장으로서의 업무 목표, 오너로서의 다짐 등등. 가벼운 질문처럼 보이지만 장대비처럼 매서운 내용들이 지속됐다. 하나하나 논리적으로 답변하는 신현을 보며 정은의 손바닥엔 진땀이 서렸고, 공격적이던 앵커의 얼굴은 차츰차츰 부드러워졌다.

약값 관련 이슈가 나왔다. 원래 준비했던 대답 외에 더 공격적인 질문이 나왔으나, 정은의 우려와 앵커의 성의가 무색해질 정도로 신현은 쉽고 능숙하게 대응했다.

같이 사는 남자인데도 순간 그에게서 후광이 느껴졌다. 더 잘생겨 보이기까지 한다. 다른 사람들은 더했을 것이다.

방송을 함께 보던 조 전무가 짤막하게 평했다.

"정말, 잘하시네요."

그래, 저렇게 잘 해낼 줄 알았다.

아, 갑자기 배가 아파 왔다. 자신이 한 계단 오를 때마다 세 계단씩 오르는 남자였다. 자랑스럽다고 생각하면서도 가끔 자신이 저 사람의 상대가 되지 않는 것 같아서 힘이 빠졌다.

정은은 우선 현실부터 부정해 봤다.

"앵커가 물렁물렁한 것 같은데요?"

괜히 트집을 잡자 조 전무가 고개를 저으며 객관적으로 답변했다.

"아닙니다. 차 부사장님이 잘하시는 겁니다."

하여간 조 전무, 분위기 파악 되게 못 한다. 그럼에도 정은은 행여 질투심이 드러날까 봐 너그러운 어조로 답했다.

"저 잘난 사람이 나중에 현일바이오 CEO 되면 좋죠, 뭐."

남편 덕에 부자 되면 그것도 기쁜 일이지. 그 돈으로 난 보석이나 사들이고.

신경질적인 한숨을 쉬다가 백미러로 조 전무와 시선이 마주쳤다. 조 전무가 급히 시선을 피하며 건조한 어조로 말했다.

"방송, 끝까지 보시죠."

뭐야, 지금 방금 웃은 것 같은데. 정은은 갸웃했다.

그럴 리가 없다. 저 양반은, 1년에 한 번 정도 웃는다. 정은은 다시 화면에 집중했다. 날카롭고 긴장되는 시간이 끝났나 보다.

하루 일정, 취미 등 일상적인 질문을 이어 가는 앵커의 얼굴이 살짝 상기되어 있었다. 신현이 손가락으로 안경을 올리며 꼼꼼히 대답하는 동안, 앵커도 본인이 쓴 안경을 따라 올렸다.

입가에 서린 미소를 볼 때, 앵커는 이제 신현이 인간적으로 궁금한 눈치였다. 마무리할 시간이 다가왔는지 시계를 흘끔거리면서도 계속 질문을 이어 갔다. 뭔가 존경이 서린 눈빛이랄까.

— 학업에도 뛰어났고 커리어에서도 빠르게 성장하셨습니다. 다만 야망 있는 사람이라는 평가가 다소 존재합니다.

직선적인 질문을 서슴지 않는다던데 진짜 그런가 보다. 정은은 어떤 답이 나올지 기다렸다.

— 야망이나 욕심이 있는 게 나쁘다고는 생각지 않습니다.

앵커가 동의하듯 고개를 끄덕였지만 이어지는 주제 역시 예민했다.

— 신정은 상무와 결혼한 것에도 그러한 평가가 있습니다. 그럼 이 자리를 통해 그 오해를 없애고 싶으신지요.

역시 당황스러운 질문이었다.

정은은 삐뚜름한 웃음을 지었다.

이러면 안 되는데, 신현이 당황하는 모습을 볼 수 있을 거라는 기대감에 앵커에게 감사한 심정이었다. 정은은 남편의 눈빛이나 표정이 어떻게 변하나, 자세히 살폈다. 저 사람을 잘 아는 게 정은이니 아무리 감춰도 곤란함을 알아챌 자신이 있었다.

그런데 신현은, 세상 건조한 어조로 담담히 답변했다.

— 글쎄, 제 욕심으로 결혼을 추진한 건 사실이라서.

그 대답을 들은 앵커는 소문을 인정하는 건가, 싶은 얼굴로 신현을 잠시 묵묵히 바라봤다. 쉽게 넘어갈 생각은 없는지 앵커는 완곡하지만 정확하게, 다시 질문을 시도했다.

— 언론에 자주 언급되는 내용이라, 실례가 되어도 양해 부탁드립니다. 선대에 인연이 있던 신형욱 박사가 장인이십니다. 결혼 결정에 고민이 많았을 텐데요.

이 질문이 이렇게 연결되는 게 당연한데도, 차마 예상하지는 못했다. 정은은 긴장한 손을 가볍게 오므렸다.

신현은 잠시 적당한 답을 고르듯 앵커를 응시했다.

— 이런 말을 이해하실 줄 모르겠는데.

그렇게 운을 뗀 신현은 기억을 더듬는 것처럼 공간의 어느 한 곳을 응시했다.

— 외롭고 길고…… 힘든 인생에서, 처음으로 빛이 쏟아지는 순간을 느낄 때가 있습니다.

그렇게 엉뚱한 말을 해 놓고 신현은 잠시 입을 다물었다.

정은도 이맛살을 찌푸렸다. 원래 상황에 안 맞는 말, 절대 안 하는 사람인데?

앵커가 조금 떨떠름해하다가 동의를 했다.

— 그렇……죠.

신현이 빙긋 웃었다.

— 제게는 그게, 아내를 만난 날이었습니다. 고등학교 때, 차창 너머로 아내를 보던 날.

당황한 쪽은 정은이었다. 순간 얼굴이 확 붉어지고 가슴이 펄떡펄떡 뛰었다.

저 속 터지게 내성적인 남자가 가끔 남들 앞에서 정은과 관련한 말을 할 때는, 저렇게 뻔뻔해진다.

아니, 아무리 그래도, 저렇게 낯 붉어지는 이야기를 어떻게 저런 데서.

앵커가 놀란 웃음을 터뜨렸다가, 부드러운 기대감이 찬 눈으로 신현을 바라봤다. 신현이 담담히 이어 말했다.

— 그때 결심했던 것 같습니다. 어떤 어려움에도, 이 여자를 잡아야 한다고. 그래야 내가 사는 이유를 찾을 수 있겠다고.

앵커가 웃음이 가득한 얼굴로 되물었다.

— 그래서 결국, 그 의미는 찾으셨습니까?

짧게 고개를 끄덕이는 걸로 신현은 대답을 대신했다.

— 그 삶의 의미가 무엇인지 여쭤도 되겠습니까?

— 가족입니다. 내 아내. 내 아들.

— 이 자리를 빌려, 아내분께 하실 말씀이 있으시다면?

앵커를 바라보던 신현이 잠시 카메라 쪽을 응시했다. 그 순간 정은은 데자뷔를 느꼈다. 오래전, 이렇게 신현과 정은은 화면을 사이에 두고 서로를 바라봤었다.

그리고 정은이 오랫동안 기다리던 말은, 그렇게 특별한 기념일도 아닌 지금, 느닷없이 찾아왔다.

— 사랑합니다, 신정은 씨.

아무 꾸밈 없는, 담백한 말이었다. 가르쳐 주지도 않았는데 신현은 정은을 똑바로 바라보며, 정은이 듣고 싶은 말을 정확히 했다.

순간 정은의 가슴에서 폭죽 같은 무언가가 터지는 기분이었다. 환한 불꽃이 되어 펑펑, 터지더니, 흩뿌려지듯 가슴을 구석구석 채워 왔다.

온전히, 완벽하게.

화면이 꺼지고 나서도 정은은 벅찬 기분에 다소 멍해 있었다.

눈가가 뜨거웠다. 현실로 돌아오기까지 한참이 걸렸다.

손을 들어 떨어지는 눈물을 닦다가 백미러로 조 전무와 시선이 마주쳤다. 머쓱함을 감추기 위해 정은은 오히려 새침한 어조로 중얼거렸다.

"차 부사장 탐내던 시시한 여자들, 오늘 다 약 올라서 죽겠어요. 아, 속 시원해."

다행히 조 전무는 딴생각에 빠져 있는 눈치였다. 흘끗 보니 아까 꺼냈던 천 원을 다시 지갑에 넣고 있었다.

하릴없이, 눈물이 자꾸만 솟아올랐다. 하, 나 지금, 손수건도 없는데.

정은은 다시 또 눈물을 닦으며 물었다.

"왜요? 천 원 안 보태 주시게요?"

조 전무가 인상을 찌푸렸다. 심사숙고하는 눈치였다.

"네."

결연하게 대답했다가 조 전무는 얼마 뒤 다시 길게 한숨을 내쉬었다.

"절대 안 되는데."

조 전무는 또 지갑 속에서 천 원을 꺼냈다.

"이 녀석이 서운해할까 봐요."

그 천 원을 예쁘게 접으며 조 전무는 변명하듯 덧붙였다.

"우리 현준이가 좀 예민합니다. 물론 절약도 중요하지만. 이런 일 있으면 밤에 자다가도 울고."

이유가 어딘가 모르게 길고 구질구질하다.

"그냥, '우리' 현준이한테 젤리 사 주고 싶어서 그런 거 아니에요?"

정은이 던진 핀잔에 조 전무는 또 진지하게 반론했다.

"아닙니다. 올바른 교육도 중요하지만, 이런 걸로 애가 상처 입으면 인성에도 문제가 생길 수 있으니까요. 그러면 사회에 피해를 줄 수도 있고요."

어쩌 오늘 집에 갈 때까지 내내 이 고민을 할 눈치였다. 정은은 또다시 눈물을 닦으면서도 아무렇지 않게 지시했다.

"방송국에 이야기해서 이 인터뷰, 풀 촬영 본 넘겨 달라고 해 주세요."

조 전무가 천 원을 손에 꼭 쥔 채로 대답했다.

"홍보팀장에게 해당 내용 전달하겠습니다."

"여자 과장이 담당자 아니었어요? 그 김세희 과장."

"김 과장은, 음, 퇴사할 겁니다."

"갑자기, 왜요?"

조 전무가 잠시 틈을 둔 후 대답했다.

"익명 게시판에 회사 경영진 관련하여 악의적인 소문을 퍼뜨렸다는 제보가 있어서, 팀장이 오늘 퇴사 권유를 할 것 같습니다."

정은은 고개를 끄덕이며 핸드백을 뒤적여 휴대폰을 찾았다. 신현에게 집에 도착할 거라는 메시지를 보내고 나서 잠시 창밖을 바라보았다.

***

어느새 밤이 되어 사위는 어두웠다. 도시의 네온사인을 보는 동안에도 인터뷰에서 들은 말만 정은의 뇌리에 가득했다.

신형욱을 장인으로 두고도 결혼할 수 있었냐는 질문에 사랑한다는 말로 답을 한 셈이다. 아무 말이나 하는 사람은 아니니, 진심일 것이다. 그 말에 부모님 때문에 갖고 있던 모든 죄책감이 순식간에 사라졌다.

그나저나 되게 싱거운 남자네.

왜 둘이 있을 때는 저런 달콤한 말을 안 해 주고 사람들 앞에서만 하는 거지.

그래도 그 한마디가 다시 가슴을 꽉 채워 왔다. 현실이 믿기지 않아 배시시 웃음이라도 나올 것 같다.

아, 행복해.

회의 중에 나를 다그칠 때마다 이 말을 생각하며 참아 줘야지.

먼 기억을 거슬러, 정은도 이 남자를 처음 만났던 때를 떠올려 본다. 첫눈에 딱 찍은 남자였다.

내가 선택했다. 그래서 나만 바라보게 하고, 결혼하고, 아이까지 낳고, 이제는 사랑한다는 말까지 들었다. 인생에서 가장 원하는 한 가지를 정말로 완벽하게 이뤄 낸 기분이다.

죽는 그 순간까지 이 팽팽한 긴장을 유지해 줘야 하는데. 그게 진정한 선수인 건데.

이제 차신현의 인생에서 정은에게 맞설 적수는 없어 보인다. 차제윤이 가끔 그의 정신을 뺏기는 하지만 왠지 그건 용서할 수 있을 것 같다.

뭐랄까, 걔는 음…… 귀여우니까.

그러니까 예쁜 딸만 생기지 않게 최대한 조심하면 된다.

아무튼 차신현에게는, 지금보다 좀 잘해 줘 볼까?

맘껏 아껴 주고 사랑해 주고. 그래서 세상 모든 따뜻함을 내게서 느낄 수 있도록.

신현과 아들이 기다릴 집으로 돌아가며 그런 다짐을 해 보는 정은이었다.

'하, 이놈 봐라.'

신현은 놀란 눈동자로 아들을 내려다봤다.

역시 그랬던 거다.

아이의 발달이 늦다는 걸 알고 초조했던 건 사실 정은보다 자신이었다. 하지만 언제부터인가, 제윤의 발달 지연보다 더 크게 다가오기 시작한 문제들이 있었다. 순간순간 제윤이 뭘 말하고 표현하고 싶은가였다.

이상하게도 제윤은 보통의 아기들과 다르게 엄마인 정은보다 그를 더 따랐다. 마치 그가 혈육으로부터 그런 무조건적인 감정을 받아 보지 못한 걸 알기라도 하는 것처럼 말이다. 태어나서 처음으로, 신현은 혈육인 제윤을 통해 그런 맹목적인 감정을 받아 봤다.

그런 제윤이 원하는 게 무엇인지가 당연히 그에게도 중요한 일이 되었다. 왜 웃음이 나는지, 왜 짜증이 나는지, 왜 서러운지, 신속하고 정확히 알아내서 그 울음을 멈추게 하고 더 자주 행복하게 해 주고 싶었다.

말을 못하니, 눈빛이나 웃음, 행동을 유심히 관찰해야 했다. 그리고 언젠가부터 제윤이 자신과 눈을 맞추며 표현할 때마다 자신의 말을 다 알아듣고 있다는 걸 눈치채기 시작했다. 그래서 마음이 놓였던 것 같다. 다 알아듣기만 한다면 우선 제윤을 행복하게 해 줄 수 있고, 발화나 운동 능력의 발달이 늦는다고 해도 큰 문제는 아닐 거라고.

한데 지금 자신이 들은 게 진짜 맞나? 뭔가 헛것을 들은 것도 같고.

신현은 무릎을 굽혀 제윤과 눈을 맞췄다.

"다시 말해 봐."

제윤이 잔뜩 이마를 찌푸린 채로 그에게 집중해 있다. 뭔 말인지 또 모르는 눈동자다. 제윤이 칭얼거리며 발을 쿵쿵거렸다.

신현은 정은이 그러듯, 입 모양을 정확하게 하며 최대한 친절하게 물었다.

"제윤아, 다시 말해 볼래?"

우와아앙, 제윤이 울음을 터뜨렸다. 그 조그만 입을 세상 크게 벌리고, 또다시 나라가 망한 것처럼 울어 댄다.

아이쿠. 고집 하나는 어마어마하게 세다. 뭐 하나 찍으면 손에 쥘 때까지 치열하다. 대체 누구를 닮았나 싶다.

신현은 다시 자리에서 일어나 케이크 접시를 제윤의 눈앞에 가져왔다. 포크로 찍어 입에 넣어 주려는데 제윤이 더 빨랐다. 또다시 손으로 움켜쥐어 통째로 입에 넣는다.

"맛있어?"

대답도 없다. 처음에는 맛있는지 맛없는지 모르고 어리둥절했다. 그러다가 놀람으로 눈동자가 크게 떠지더니 이게 대체 뭐냐는 눈빛으로 아빠를 마주 본다. 맨날 과일과 밥만 먹는 아이가 케이크를 맛보았으니 오죽할까.

크림과 딸기가 짜부라져 손에 엉긴 케이크를 한 번에 다 먹어 치우는 그 모습을 신현은 무릎을 굽힌 채 지켜보았다.

한참을 먹던 제윤은 눈물이 잔뜩 남은 행복한 눈동자로, 신현을 마주 보며 얼핏 웃음을 지었다. 원하는 것을 얻었을 때 짓는 눈웃음이 어딘가 모르게 익숙했다. 왠지 아들이 더, 못 견디게 좋아진다.

신현의 입에서 어쩔 수 없이 웃음이 터져 나왔다. 치아도 다 나지 않았는데 순식간에 먹어 치웠다.

어떻게 이렇게 작고…… 예쁘지.

사람들의 말대로 내 새끼여서 그런가. 심장을 달라고 하면, 진짜 꺼내서 건네주고 싶은 심정이다.

손에 묻은 케이크를 닦아 주기 위해 물티슈를 찾을 때였다. 자신이 알고 있는 걸 가르쳐 주기 위해 제윤은 살짝 고개를 숙여 아빠와 시선을 맞췄다.

"지지, 지지."

나름 똘똘한 눈동자로 심각하게 알려 주는데, 평소보다 뽈록 튀어나온 배만 더 도드라졌다.

"어, 그래. 지지."

웃으며 맞장구쳐 주면서도 신현은 순간 괜히 뭉클해져서 제윤을 번쩍 안아 들었다. 토실토실한 엉덩이를 두드리고 이름을 불렀다.

"제윤아."

높이, 높이 안아 올리자 제윤이 까르르 웃음을 터뜨렸다.

신현은 여전히 케이크를 우물거리는 아이의 하얀 뺨에 잠시 자신의 뺨을 대어 봤다. 따뜻하고 매끄럽다. 인간의 체온은 이렇게 아이조차도 완벽하다.

"제윤아."

그렇게 또 부르는데도 이젠 귀찮다는 듯 버둥거려서, 신현은 아들을 바닥에 내려 주었다. 바닥에 닿자마자, 이제까지 얻어먹은 건 또 까맣게 잊고 후다닥 제 세상으로 도망가 버렸다.

그런 제윤을 지켜보며 서운해하다가, 신현은 잠시 한 10여 년 후를 상상해 봤다. 키가 얼마쯤 되려나. 그때쯤엔 초등학교를 졸업하고 있을까.

제윤의 졸업식에 참석한다고 서두르고 있는 걸 떠올려 본다. 제윤을 위해 정은과 꽃을 살 것이다. 중학교 들어가는 제윤을 위해 뭘 해 줘야 하나 골똘히 고민할 거고.

그때에도 저렇게 귀엽고 소중할까, 문득 궁금해졌다. 아마도 그럴 것 같다.

20여 년 후도 상상해 본다. 아마 그와 비슷한 체격에 같은 눈높이를 갖게 되었을 거고, 그와 비슷한 목소리를 낼 것이다. 대학을 졸업했을 거고 사랑에 빠져 있을지도 모른다.

그때에도 이렇게 귀엽고 소중할까, 또 궁금해졌다. 아마도 이 감정이 더하면 더했지, 사그라질 것 같지는 않다. 이 감정은 영원히 덧대어지고 또 덧대어질 것이다.

이 아이가 여든이 되고, 자신이 만약 살아 있다고 하더라도, 여전히 제윤은 자신의 '소중한 아이'일 거라는 예감이 들었다.

그리고 신현은 아들과 정은 중에 자신에게 누가 더 중요한 존재일까, 그런 유치한 질문도 해 봤다.

아무리 이 아이가 예쁘고 소중해도, 이렇게 보는 것만으로 웃음이 터져도, 그의 살과 뼈로 만들어졌어도, 이 아이를 위해서라면 죽을 수도 있어도, 인생은 결국 배우자와 함께 가는 거라고 생각한다. 그가 눈을 감는 날 뒤돌아봤을 때, 온 인생을 통틀어 가장 소중한 사람은 정은이 될 거라고.

그럼에도 정은과의 관계가 더 뜻깊은 가장 큰 이유는 이 아이라는 생각이 들었다.

죽는 순간, 눈을 감으며 안도할 것 같다. 제윤이 그들 대신 이 세상을 누리며 때때로 그들을 떠올리고 그리워해 줄 거라고.

만약 한 명 더 있다면 어떨까.

제윤의 얼굴을 바라보며 그 얼굴을 추측해 본다. 저 얼굴보다 더 정은을 닮은 아이가 한 명 더 있다면. 이왕이면 딸이 좋고.

그때 도어 로크를 누르는 소리가 들려 생각이 멈췄다. 정은이 도착하나 보다. 그의 심장이 반가움으로 뛰고 제윤의 눈에도 반짝임이 서렸다.

"아무아, 어무우."

제윤이 손으로 문을 가리키며 또 신현에게 뛰어와 동동거렸다. 콩콩, 소리가 하도 급해서 지진이라도 날 것 같다.

"그래, 아무아 왔다."

'엄마'라고 고쳐 주는 대신, 신현은 제윤의 말을 그대로 따라서 썼다. 제윤이 그를 보고 환하게 웃고는 더 급하게 뛰었다. 그런 제윤을 안아 들며 신현은 천천히 현관으로 향했다.

곧 문이 열리고 정은이 들어올 것이다. 그러면 그와 제윤을 보며 웃을 게 분명했다. 그 생각에 신현의 입가에도 웃음이 서렸다.

행복하고도 편안한 웃음이.

《키메라》 완결

후기

이 글은 픽션입니다. 글에 등장하는 제약회사, 개발 제품, 과학계 현황 등은 최대한 현실을 반영하였으나 독자의 흥미를 위해 일부 단순화시키고 변형시켰음을 알려 드립니다. 또한 글에 등장하는 인물 신형욱 박사는 현존 과학자들의 커리어를 차용하였지만 그들과 전혀 무관한 소설 속 캐릭터임을 알려 둡니다. 행여 작품이 현실과 동 떨어져 있다는 생각이 드신다면 출간 후 시간이 흘렀기 때문도 아니고 오롯이, 좀 더 그럴듯하게 표현하지 못한 제 부족함의 탓일 겁니다.

지면을 빌어 감사 인사 올립니다.

자문을 맡아 주신 K 협회 J 약사님, B 언론사 L 기자님, Y 제약 K 과장님, 시놉시스부터 출간까지 틈틈이, 부지런히 제게 시달려 주신 파란, 박지해 편집장님, 마케팅 임유미 팀장님 특히나 감사드립니다. 최고이신 두 분 덕택에 글을 잘 마무리할 수 있었습니다.

영원한 내 친구 Gisele 상무님, 언제까지나 내겐 감사한 존재인 김남연 님, 제 어떤 단점에도 제 편을 들어 줄 친구 박혜진 님, 두 명의 반포 사모님 김정은 님, 한지원 님. 모두 감사합니다. 효진 님, 미미 님, 같이 이 길을 헤쳐 나갈 사람이 있어 늘 기쁩니다. 안혜영 님, 신상은 님, 이연주 님, 권미경 님을 비롯한 '오후 세 시' 카페 회원들과 조효은 작가님께도 인사 올립니다. 오지영 님, 이 이사님, 원하시는 모든 것들이 이뤄졌으면 좋겠습니다. 끝으로 이제는 더 이상 연락하지 않는 몇몇 분들을 떠올려 봅니다. 비록 '시절 인연'으로 마무리 되었으나 제가 더 많이 좋아했고 더 많이 잘못했고, 그래서 더 많이 아쉽다는 말씀을 꼭 드리고 싶습니다.

최근작이 전공 서적보다 어려웠다는 말이 다섯 해 가깝게 체기로 남아 있었습니다. '제발 쉬운 글을 써라.' 주변인 모두가 목이 쉬도록 해 주는 조언입니다.

원고를 다 완성하고 나니 또 뭔 말인지 모를 허세만 가득합니다. '아, 대체 내 주제에 뭔 짓을!' 하면서 머리를 감쌌지만 이미 늦은 일이고 출간은 코앞이었다지요. 심지어 헐렁하고 유쾌한 글로 다시 뵙겠다고 덜컥 약속까지 드렸는데 말입니다.

그럼에도 불구하고 《키메라》를 많이 아껴 주셔서 제 마음은 사실 더욱 죄송하고 무겁고 그래서 어째야 하나 잘 모르겠습니다.

갱년기가 가까워지니 이젠 고집 좀 꺾고 주제 파악을 한 글을 쓰게 될까요? 하여, 딱 한 번만 또 속아 달라고 거짓말을 해 봅니다.

"다음번엔 '진짜' 가볍고 쉽고, 그러면서도 재미있는 글로 찾아뵙겠습니다."

말 많은 스타일인가 봅니다. 감사하다는 한마디면 될 일을 또 이렇게 주절주절 길게 늘어놓았습니다.

사랑해 주시고 기다려 주셔서 정말 고맙습니다.

곧 다시 뵙겠습니다.

홍수연 올림

[참고도서]

폴 뇌플러, 《GMO 사피엔스의 시대》, 반니, 2016

제니퍼 다우드나, 《크리스퍼가 온다》, 프시케의 숲, 2018

김응빈, 김종우, 방연상 外, 《생명과학, 신에게 도전하다》, 동아시아, 2017

이기형, 천승현, 이은아 外, 《바이오사이언스의 이해》, 바이오스펙테이터, 2017

허원, 《바이오 대박넝쿨》, 부크온, 2016

박종호, 임정희, 《대한민국 미래경제를 살릴 바이오 헬스 케어》, 새빛, 2019

마크 오코널, 《트랜스 휴머니즘》, 문학동네, 2018

김명진, 김동광, 《급진 과학으로 본 유전자, 세포, 뇌》, 바다, 2015

리처드 도킨스, 《이기적 유전자(개정)》, 을유, 2018

한학수, 《진실, 그것을 믿었다.》, 사회평론, 2014